Ulrike Bliefert

Der Tod der Schlangenfrau

Von der Autorin bisher bei *KBV* erschienen:

Die Samariterin

Ulrike Bliefert, geb. 1951, ist eine beliebte Film- und TV-Schauspielerin. Ende der 70er Jahre wurde sie mit der Rolle der Maximiliane in den Literaturverfilmungen *Jauche und Levkojen* und *Nirgendwo ist Poenichen* bekannt. Sie wirkte bis heute in mehr als 40 Hauptrollen in Fernseh- und Kinofilmen, Serien und Reihen mit, u. a. als Täterin, Ermittlerin, Hauptverdächtige und Zeugin in vier Tatort-Folgen, in der Eifelkrimi-Reihe *Der Bulle und das Landei* und der Kriminiserie *Morden im Norden.* Neben umfangreicher Tätigkeit als Hörspiel- und Featuresprecherin arbeitet sie als Drehbuchautorin (u. a. Tatort *Rückfällig),* Bühnen- und Romanautorin. Sie veröffentlichte 2018 bei KBV den Thriller *Die Samariterin.*

www.augustekrimi.de

ULRIKE BLIEFERT

DER TOD DER SCHLANGENFRAU

EIN KRIMINALROMAN
AUS DER KAISERZEIT

KBV

MIX
Papier aus verantwortungsvollen Quellen
FSC® C083411
FSC www.fsc.org

Originalausgabe

www.kbv-verlag.de
E-Mail: info@kbv-verlag.de
Telefon: 0 65 93 - 998 96-0
Umschlaggestaltung: Ralf Kramp
Lektorat: Nicola Härms, Rheinbach
Druck: CPI books, Ebner & Spiegel GmbH, Ulm
Printed in Germany
ISBN 978-3-95441-542-7

Dieses Buch ist meiner Oma Emma* gewidmet,
die wunderbar »von früher« erzählen konnte und
die jedes Jahr zu Kaisers Geburtstag
einen neuen Hut bekam.

** Emma Fuchs geb. Schoddel*
** 22.7.1889 in Langenberg – † 5.9.1976 in Campen/Krummhörn*

Eine kurze Vorbemerkung

Die fiktive Geschichte der Fotografin Auguste Fuchs ist eingebettet in reale Ereignisse des Jahres 1896.

Die Dialogtexte zu Menschen in den damaligen deutschen Kolonien sowie zu den sogenannten »Schaunegern« auf der Kolonialausstellung in Berlin sind weitestgehend authentisch. Sie sind im historischen Kontext zu sehen und entsprechen selbstverständlich in keiner Weise dem Gedankengut der Autorin.

Viel Interessantes zu Auguste und ihrer Zeit finden Sie unter **www.augustekrimi.de**

Kapitel 1

Schminke, Staub und Körperpuder …«, wisperte Auguste und schnupperte hingerissen, als sich der schwere, rote Samtvorhang des Wintergarten-Varietés nach der Pause wieder hob und der unverwechselbare Bühnenduft zu ihr hinunterwehte.

»… und ein zartes Häuchlein Achselschweiß«, setzte Tante Hattie schmunzelnd hinzu.

Auguste schnupperte erneut. »Stimmt.« Sie warf einen amüsierten Blick auf ihre Begleiterin: Tante Hattie – genauer: Lady Henrietta Droydon-Jones – nahm wie immer kein Blatt vor den Mund. Ihre wenig damenhafte Direktheit hatte sie, wie ihre britischen Verwandten nicht müde wurden zu betonen, ihrer deutschen Herkunft zu verdanken. Ihrerseits verdankte sie den angeheirateten Londoner Aristokraten ein Landgut in den Cotswolds und eine hübsche, kleine Apanage; beides auf das frühe Ableben Lord Droydon-Jones' infolge eines Jagdunfalls zurückzuführen.

Auguste schlug das Programmheft auf. Die nächste Nummer bestand aus einer fünfköpfigen Damenimitatoren-Truppe. Ein Tusch, und schon kamen die Herren hereingerauscht und tanzten – üppig ausstaffiert mit Lippenrot, Perücken und Pleureusen – einen flotten Cancan.

Lady Henrietta applaudierte begeistert, und Auguste verkniff sich ein Grinsen: Offenbar hielt sich Tante Hatties Trauer um den verblichenen Gatten in Grenzen. Aber Augustes Erinnerung zufolge verfügte seine Lordschaft auch nicht gerade über ein sonniges Gemüt. Außerdem war Tante Hattie mit ihren siebenunddreißig Jahren ohnehin zu jung, um im Witwenstand zu versauern; sie trug das dem zweiten Trauerjahr angemessene Dunkelviolett denn auch lediglich noch während ihrer Aufenthalte in England.

Bei dem Gedanken an die sanften, grünen Hügel von Oxfordshire und das behagliche Droydon-Jones'sche Landhaus kuschelte Auguste sich wohlig an Tante Hatties Schulter.

Als Nächstes würde die berühmte Pantomimin Félicia Mallet auftreten, und danach sollte es endlich so weit sein! Die Sensation des Abends: »Samirah, die Lieblingsfrau des Sultans, tanzt mit einer lebenden Königspython!«

Die pummelige Pantomimin war wie versprochen umwerfend komisch, und da die Bühnenarbeiter für den Umbau zur nächsten Nummer mehr Zeit als gewöhnlich brauchten, spielte das Orchester zur Überbrückung eine auf orientalisch getrimmte Rossini-Ouvertüre. Auguste schloss genüsslich die Augen. So nah wie sie und Tante Hattie war sonst keiner am Geschehen: erste Tischreihe, Mitte, direkt am Orchestergraben – da ließ sich Juppi Weinfurth nicht lumpen!

Selbstverständlich war sie mit ihren nicht ganz einundzwanzig Jahren zu jung, um allein eine abendliche Varietévorstellung zu besuchen. Aber Juppi Weinfurth war wohl davon ausgegangen, dass Julius Fuchs seine Tochter begleiten würde. Man brauchte schließlich nicht einmal eine Droschke, um zum Wintergarten zukommen, denn das Varieté lag nur wenige Schritte vom Fuchs'schen Fotoatelier in der Friedrichstraße entfernt. Doch Augustes Vater hatte für solche »Sperenzchen« wie Varietévorstellungen absolut nichts übrig.

»Bitte, Papa!« Auguste hatte erfolglos sämtliche Register gezogen: Ihr Vater ließ sich nicht erweichen.

Wie so oft kam ihr Tante Hattie zu Hilfe: »Kein Problem, Julius! Ich mach gern die *Chaperone* und halt unserem Gustchen die Augen zu, sobald's schlüpfrig wird!«

Auguste fand das englische *Chaperone* bedeutend eleganter als das deutsche »Anstandsdame«, und den letzten Ausschlag gab schließlich die Tatsache, dass es sich beim Besuch des Wintergartens um ein rein berufsbedingtes Unterfangen handelte: Josef »Juppi« Weinfurth, der Impresario der Schlangennummer, hatte sich erst kürzlich in Berlin niedergelassen. Der rundliche Rheinländer mit der gut geölten Stirntolle betreute eine ganze Reihe internationaler Unterhaltungskünstler, und seit seinem Umzug in die Reichshauptstadt war er wild entschlossen, sein Tätigkeitsfeld zu erweitern: Seine Mutoskope – Apparate, die mittels mechanisch abgeblätterter Momentaufnahmen die Illusion von Bewegung erzeugten – erfreuten sich bereits eines breiten Publikums, und seit die Brüder Skladanowsky im vergangenen Jahr mit ihrem Bioskop im Wintergarten aufgetreten waren, sah Juppi Weinfurth einer noch weitaus glänzenderen Zukunft des bewegten Bildes entgegen. »Vorrichtung zum intermittierenden Vorwärtsbewegen des Bildbandes für photographische Serien« nannte sich das Patent. Man konnte mit der Skladanowsky'schen Kurbelkiste ganze Szenenabläufe auf einer schmalen Folie festhalten und wieder und wieder dem Publikum vorführen. »Escht genijal!«, fand Juppi Weinfurth. Doch bevor er die Anschaffung eines Kinematografen in Erwägung ziehen konnte, mussten zunächst einmal die Mutoskope weiteren Profit abwerfen. Und dafür brauchte er dringend neues Fotomaterial. Da war das Fuchs'sche Atelier in der Friedrichstraße das im wahrsten Sinne des Wortes Naheliegendste. Nach der Honorarverhandlung für etliche Dutzend fotografischer Aufnahmen von »Szenen aus einem ägyptischen Harem« hatte er Auguste feierlich die beiden Eintrittskarten überreicht. »Für dat Se sisch schon mal en Bild machen können!«

Und in wenigen Sekunden sollte es so weit sein!

»Aufgeregt?«

Auguste schrak regelrecht zusammen, als Tante Hattie ihr die Hand auf den Arm legte.

»'n bisschen.«

Nach einem furiosen Schlussakkord hob sich endlich der Vorhang.

»Oh …« Auguste war ein wenig enttäuscht, denn hinter dem Hauptvorhang befand sich noch ein zweiter, halb transparenter Wolkenvorhang, und man konnte nur erahnen, was sich dahinter verbarg. Auf jeden Fall war es bunt. Sehr bunt.

»Da wird dein Vater mit dem Kolorieren aber einiges zu tun haben«, Hatties Mundwinkel zuckten vor Schadenfreude.

»Nee, das mit den Farben macht der Drucker. Aber Papa glaubt, dass es über kurz oder lang sowieso vorbei sein wird mit dem Kolorieren. Weil es bald vielleicht Kameras geben wird, mit denen man von vornherein farbige Aufnahmen machen kann.«

»Na, das wär' ja was ...« Henrietta runzelte die Stirn, dachte über die Konsequenzen nach und blies schließlich missbilligend die Backen auf. »Puh! Dann kann man im Fotoatelier ja gar nicht mehr schummeln und keinen blauen Hut zum grünen Mantel oder braune Stiefel zu 'nem weißen Kleid anziehen.«

»Stimmt. Und das wäre wahrscheinlich auch das Ende der dreimal verlängerten und zweimal weiter gemachten Konfirmationskleider. Sieht in Schwarz-Weiß immer noch ganz gut aus, aber in Farbe?«

»Wie auch immer: Der gute Julius wird vorerst noch reichlich tupfen und pinseln müssen.« Und schon kehrte das schadenfrohe Grinsen auf Henriettas Gesicht zurück.

Auguste hingegen wurde unversehens ernst. »Seltsamerweise überlässt Papa neuerdings immer öfter *mir* die Feinarbeiten. Ich frag mich, wieso er ausgerechnet ...«

»Pscht!« Der Herr am Nebentisch protestierte zu Recht, denn jetzt stellte der Impresario persönlich – und beinahe dialektfrei – die nächste Attraktion vor: »Meine Damen, meine Herren, im ›Passage-Panoptikum‹ sind demnächst die berühmten ›Zweiundvierzig wilden Weiber aus Dahomey‹ zu sehen, und die Brüder Castan zeigen gleich gegenüber die ›Riesen des schwarzen Erdteils‹: exotisch, ungezähmt und angsteinflößend allemal! Wir jedoch …«, Juppi Weinfurth warf sich dramatisch in die Brust, »… *wir* zeigen Ihnen die schönen Seiten des schwarzen Erdteils! Lebendige Exoten, direkt importiert aus Afrika! Samirah, die Schlangenfrau, wurde erst jüngst aus einem ägyptischen Harem befreit und mitsamt ihren Sklavinnen und Eunuchen nach Berlin gebracht!«

Brandender Applaus!

»Und jetzt …«, Weinfurth begab sich katzbuckelnd und wieder und wieder den Zylinder lüpfend in Richtung Bühnengasse, »… jetzt tanzt Samirah für Sie mit ihrer liebsten Spielgefährtin: einer zwei Meter langen Königspython!«

Erneut Applaus, dazwischen vereinzelte Aufschreie empfindsamer Damen, die damit entweder an den Beschützerinstinkt ihrer Begleiter zu appellieren versuchten oder das Programmheft nicht gelesen hatten. Der Gazevorhang hob sich und gab den Blick auf ein riesiges, rundes Stoffzelt frei, vor dem ein Afrikaner saß und einem schießbogenartigen Streichinstrument fremdartige Musik entlockte, während ein schwarzer Diener – Auguste bezweifelte, dass es sich tatsächlich um einen Eunuchen handelte – einen riesigen Straußenfederfächer schwenkte. Jetzt zogen zwei verschleierte Frauen in Pluderhosen die beiden Stoffbahnen am Eingang zur Seite, und Samirah trat aus dem Inneren des Zelts ins

Rampenlicht. Ein Trommelwirbel, dann wurde es totenstill im Saal und auf der Bühne.

Die Schlangenfrau war – ganz gegen Augustes Erwartung – klein und zierlich. Ihre rötlichen Haare hatte sie um einen schweren, goldglänzenden Kopfschmuck geschlungen, der in seltsamem Kontrast zu ihrem blassen, fast kindlich wirkenden Gesicht stand. Sie trug einen kegelförmigen Flechtkorb in den Händen, trat ein paar Schritte vor und stellte ihn in der Mitte der Bühne ab. Dann setzte das Orchester mit einer wilden Mischung aus Chopin und Mussorgsky ein, und die Schlangenfrau begann zu tanzen. Dabei wirkte sie eigentümlich ernst, geradezu traurig. Allerdings nahm Auguste an, dass das außer ihr selbst kaum jemandem auffiel. Die Aufmerksamkeit des Publikums galt vermutlich eher Samirahs gleichermaßen exotischer wie spärlicher Bekleidung: Ihre Brüste waren nur knapp verhüllt von einem aus Muscheln und Perlensträngen zusammengesetzten Schnürleibchen, und anstelle der Pluderhosen, mit denen die anderen Darstellerinnen bekleidet waren, trug sie ein bodenlanges, mit funkelnden Glassteinchen besticktes Wickeltuch, das bei jedem Schritt ihre nackten Beine aufblitzen ließ. Auguste schätzte die junge Frau auf Mitte zwanzig; nicht viel älter als sie selbst.

Die Schlangenbeschwörerin drehte eine Pirouette, dann hielt sie hinter dem Korb stehend inne und hob dessen Deckel. Der Paukist im Orchestergraben spielte ein Tremolo, und Samirahs anmutigen Handbewegungen folgend kam eine braun gefleckte Schlange aus dem Innern des Korbes hervor. Dem kleinen, flachen Kopf folgte ein langer, schwerer Körper, den Samirah schließlich mit beiden Händen ergriff und emporhob.

Hattie kicherte unterdrückt. »So stellt ihr euch also den Alltag in einem ägyptischen Harem vor, ja?«

»Pscht!«, zischte der Herr am Nebentisch erneut, und Auguste war froh, Tante Hatties ohnehin wohl eher rhetorisch gemeinte Frage nicht beantworten zu müssen. Die Schlangenfrau faszinierte sie: Grazil um den Korb herumtanzend, legte sie sich jetzt die Python wie eine Stola um die Schultern. Bestimmt hatten insbesondere die Herren im Publikum etwas Aufreizenderes erwartet: Harem – darunter stellte man sich gemeinhin einen mit vielen bunten Kissen und Teppichen bestückten Raum voll ephebenhaft schlanker, wunderschöner, leicht bekleideter junger Frauen vor. Aber Tante Hattie hatte recht: In echten Harems gab es bestimmt ebenso viele dicke, alte oder sogar griesgrämige Frauen wie anderswo auf der Welt. Und wenn ihnen kalt war, zogen sie sich mit Sicherheit auch deutlich weniger freizügige Kleider an. Aber alles Orientalische stand nun einmal hoch im Kurs, und niemand fragte danach, wie es in solchen Frauengemächern wohl in Wirklichkeit zuging.

Samirah jedenfalls entsprach nicht so recht den schwülstigen Fantasien derjenigen, die sich der neuesten Mode gehorchend Ölgemälde nackter Sklavinnen in die Rauchsalons hängten: Ihr Tanz wirkte nach innen gekehrt, wie in Trance; als seien sie und die Schlange allein auf der Welt. Jetzt trat sie bis zu den Rampenlichtern vor, kniete nieder und nahm das Tier von den Schultern. Die Python ringelte sich vor ihr auf dem Boden zusammen und reckte schließlich den Kopf Zentimeter für

Zentimeter kerzengerade in die Höhe. Auguste lief ein Schauer über den Rücken: Die Schlange war jetzt so nah, dass sie die kalten, dunklen Augen und die unablässig vor- und zurückschnellende Zunge sehen konnte. Die Musik setzte aus, Samirah umfasste den Kopf der Python und zog das Tier wie zum Kuss an ihr Gesicht. Ein weiterer Paukenwirbel, und die Zunge der Schlange berührte den Mund ihrer Herrin! Im Zuschauerraum erscholl ein vielstimmiger Entsetzensschrei, dann erlosch das Bühnenlicht. Als es wieder hell wurde, war Samirah mitsamt der Schlange verschwunden.

Unbeeindruckt von der Tatsache, dass zwei, drei Damen infolge einer Ohnmacht mit Riechsalz versorgt werden mussten, begannen die Leute frenetisch zu klatschen. Juppi Weinfurth erschien auf der Bühne und erklärte, dass es keinen Grund zur Aufregung gebe, da sowohl die Schlange als auch deren Beschwörerin wohlauf seien. Schließlich holte er Samirah höchstpersönlich auf die Bühne, und sie bedankte sich bei den begeistert applaudierenden Zuschauerinnen und Zuschauern mit einem tiefen, sehr europäischen Knicks.

Draußen auf der Friedrichstraße regnete es in Strömen, und Auguste und Henrietta waren froh, dass es nur ein paar Schritte bis nach Hause waren.

»Meinst du, der bringt die Schlange zu den Aufnahmen morgen mit?« Auguste war bei dem Gedanken eindeutig unbehaglich.

»Steht das im Vertrag?«

»Nö.«

»Na, dann wird der sich hüten!«

Kapitel 2

Kommt nich inne Tüte!« Meta Riedel stemmte die Hände in die Hüften und schüttelte energisch den Kopf.

»Musst ja nicht mitfahren, Meta«, Auguste verkniff sich ein Grinsen, »ab hier komm ich ganz gut allein zurecht.«

»Na, Jott sei Dank.« Die Blumenfrau brabbelte, während sie ihren Handwagen zurück zum Hauseingang manövrierte, etwas von »Mumpitz«, und »neumodischem Zeug« vor sich hin. Sie war nicht die Einzige, die lieber fünf Treppen zu Fuß hochstapfte, als den Aufzug zu benutzen. Dass ihr der weitere Transport einer fast zwei Meter hohen Fächerpalme dank dieser wunderbaren Erfindung erspart blieb, schien sie nicht gnädiger zu stimmen. Auguste drückte den Rufknopf, und der Fahrstuhlkorb setzte sich drei Etagen höher geräuschvoll in Bewegung.

»Wohnung oder Atelier?« Luis, der Liftboy, trug Livree; Witwe Preissing, die im ersten und zweiten

Stock des Hauses eine Pension betrieb, hatte beim Einbau des Aufzugs darauf bestanden.

»Ins Atelier, bitte.«

»Versteh ick. Wer will schon so 'n Riesenjemüse bei sich inne Bude rumzustehen haben, wa?«

Auguste unterdrückte erneut ein Grinsen. So sehr sich Hulda Preissing auch um Reputierlichkeit bemühte: Diskretion war Luis' Sache nicht. Kaum ein Wunsch eines Fahrstuhlpassagiers blieb von ihm unkommentiert. Nachdem der Liftboy die Tür geschlossen und eine Reihe von Hebeln und Knöpfen bedient hatte, schwebte Auguste mitsamt dem Palmentopf hinauf ins Dachgeschoss.

Augustes Vater hatte das Gebäude in der Friedrichstraße kurz nach dem Tod ihrer Mutter gekauft, um für sich und seine damals erst wenige Tage alte Tochter ein eigenes Zuhause zu schaffen: Als überzeugter Sozialdemokrat wollte er sein Kind unter keinen Umständen der Obhut seiner adeligen Schwiegereltern überlassen. Die damals ebenfalls gerade erst verwitwete Hulda Preissing erwies sich als das beste Kindermädchen, das man sich wünschen konnte, und nachdem sie eingezogen war, wurden das Haus und der hübsch bepflanzte Innenhof für die kleine Auguste zu einem einzigen, riesengroßen Spielplatz. Im Parterre befanden sich heute wie damals der Laden, das Archiv und die Werkstatt mit der Dunkelkammer, und nachdem Hulda Preissing vor ein paar Jahren ihre Pension aufgemacht hatte, waren Auguste und ihr Vater in die vierte Etage umgezogen. Gleichzeitig war der Dachstuhl an einer Seite komplett verglast worden: ein beinahe exakter Nachbau von Max Liebermanns Atelier in der Auguste-Viktoria-Straße. Julius Fuchs hatte die Arbeitsstätte seines Malerfreundes immer schon bewundert und sich schließlich – pünktlich zu seinem fünfzigsten Geburtstag – den Traum von einem tageslichtdurchfluteten Fotostudio erfüllt.

Als Luis die Fahrstuhltür öffnete, wartete Henrietta bereits ungeduldig auf die Ankunft ihrer Nichte. »Na endlich! Das Kanapee ist schon an Ort und Stelle«, keuchte sie und wischte sich mit dem Blusenärmel den Schweiß von der Stirn. »Jetzt brauchen wir unbedingt noch ein paar richtig protzige Draperien; Tischdecken, alte Samtvorhänge oder so was!«

»Aber Weinfurths Leute bringen doch jede Menge Haremszeug mit! Und du bist schließlich nicht zum Möbelrücken hier!« Auguste protestierte nur halbherzig, denn ihr war klar, dass nichts und niemand auf der Welt ihre Tante von etwas abhalten konnte, das sie sich einmal in den Kopf gesetzt hatte. Wie erwartet wurde ihr Einwand ignoriert. Die beiden Frauen schleppten den schweren Majolika-Topf mit vereinten Kräften zu einem halb hohen Sockel, der normalerweise bei Hochzeitsfotos als Blumenständer diente. Er hatte die Form einer ionischen Säule, sah täuschend echt aus und bestand aus federleichtem Pappmaché. Henrietta trat ein paar Schritte zurück und schüttelte den Kopf. »Das sieht so wenig orientalisch aus wie du und ich!«

Auguste zuckte mit den Schultern. »Juppi Weinfurths ägyptische Sklavinnen sind doch auch nicht echt! Außerdem hat er gesagt, er bringt ein Tigerfell mit. Das können wir doch drüberhängen.«

»Das schwächliche Ding kracht uns doch in Nullkommanichts darunter zusammen!« Tante Hattie hatte für die allseits beliebten Darstellungen von Sultanspalästen und halb nackten Damen zwar absolut nichts übrig, aber das preußische Pflichtbewusstsein ihrer Ahnen konnte sie beim besten Willen nicht verleugnen, und das ließ alles, was auch nur ein Quäntchen unterhalb der absoluten Perfektion fungierte, schlicht nicht zu. »Jetzt komm schon! Der Pott kann ohne Weiteres auf'm Fußboden stehen, und den albernen Akropolisstummel müssen wir mit was anderem abdecken. Das Tigerfell wird nämlich für Julius' unsägliches Kanapee gebraucht. Rote Rosen auf grünem Grund!« Sie schnalzte verächtlich mit der Zunge. »Der gute Hamad würde den Polsterer glatt einen Kopf kürzer machen!«

»Hamad …?«

»His Majesty Sir Hamad Bin Thuwaini ibn Said al-Busaid, Ritter des Roten Adlerordens und Sultan von Sansibar. Hab ihn in der Sommerfrische kennengelernt. Netter Kerl.«

»Aha«, versetzte Auguste trocken. »Na, dann gucken wir mal, was sich mit so 'nem Tigerfell aus Papas Lieblingssofa machen lässt.«

Da Henrietta Droydon-Jones ihren Witwenstand lieber auf Reisen als bei *High Tea* und *Dinnerparties* in England zu verbringen pflegte, riefen ihre über mehrere Kontinente verstreuten Bekanntschaften weder bei Auguste noch bei ihrem Vater Erstaunen oder gar Ehrfurcht hervor.

»Wer sich wie dein Sultan mit preußischen Orden schmückt, sollte ein solides deutsches Kanapee nicht mit Verachtung strafen!«, rief Julius Fuchs von nebenan. Die Tür zu seinem Privatkontor stand offen, und er hatte Henriettas vernichtende Kritik durchaus gehört.

»Julius! Ich *bitte* dich!« Henrietta ließ sich zur Freude ihres Schwagers wunderbar leicht provozieren. »Dieses Ungetüm sieht einfach grässlich aus, und zwar egal, ob es in Berlin, Sansibar oder am Nanga Parbat steht!«

»Teuerste, bitte unterschätz in deinem Eifer nicht die praktische Seite! Das Ungetüm erweist sich bei Familienfotos als äußerst nützlich! Schließlich passen neben Vater und Mutter noch mindestens drei bis vier Kinder drauf.«

»Papa, so wie ich diesen Weinfurth kenne, können wir nur inständig hoffen, dass in seinen schwülstigen Tableaus erst gar keine Kinder vorkommen!«, versetzte Auguste, und die beiden Frauen rauschten mit wehenden Röcken die Wendeltreppe hinunter, um eine Etage tiefer alles an Teppichen, Decken und Kissen zusammenzuraffen, was auch nur ansatzweise dazu geeignet war, das preußisch-bürgerliche Interieur des Ateliers in das eines üppig ausstaffierten ägyptischen Harems umzuwandeln.

Julius Fuchs beschloss, das Terrain bis auf Weiteres den Damen zu überlassen. Er hatte Weinfurths Großauftrag zwar erst nach längerem Zögern seiner Tochter überlassen, aber jetzt war er froh, sich für den Rest des Tages ins Parterre zurückziehen zu können: Als Absolvent der Königlichen Kunst- und Gewerbeschule zu Breslau empfand er Weinfurths pseudo-orientalische Bilder als ästhetische Zumutung. »Grässlich, das Ganze«, brummte er, als er den Fahrstuhl betrat, »aber wir können uns unsere Kundschaft nun mal leider nicht backen.«

»So isses«, der Liftboy nickte, »und der Rubel muss ja nu rollen, nich?«

»Du sagst es, Luis! Und dem ollen Weinfurth sitzt der Rubel scheinbar ganz besonders locker.«

Tatsächlich zahlte der Impresario ein üppiges Tageshonorar, und die Aufnahmen würden deutlich mehr als einen Tag in Anspruch nehmen. Weinfurth belieferte nebenbei auch noch etliche Postkartenhersteller und Verlage, die Stereofotografien angeblich authentischer »Bilder aus dem Orient« unters Volk brachten. Mittlerweile besaß so gut wie jeder Haushalt einen sogenannten »Betrachter«, der zwei nebeneinanderliegende Bilder dreidimensional und somit – wie es in den Reklameanzeigen hieß – »einmalig lebensecht« erscheinen ließ.

»Is' nix escht dran, aber jehen weg wie warme Semmeln, die Dinger!«, hatte Weinfurth bei der Auftragsvergabe geprahlt, und Julius Fuchs hatte das zu veranschlagende Honorar daraufhin stillschweigend um ein hübsches Sümmchen nach oben korrigiert.

Als Juppi Weinfurth im Atelier erschien, hatten die beiden Frauen die griechische Pappmaché-Säule mit einer seidenen Tagesdecke umhüllt, und der Hintergrundprospekt – »Wanderweg mit Bach und Birke« – war mittels mehrerer ausrangierter roter Samtportieren zur Haremskulisse mutiert.

Der Schausteller klatschte begeistert in die Hände. »Fabelhaft, meine Damen! Einfach überwältijend!«

Während Lina Kröschke, die Theaterfriseuse aus dem Wintergarten, gemeinsam mit ihrem ebenfalls dort ausgeliehenen Garderobenhelfer in Julius Fuchs' Privatkontor verschwand, um Schminke und Kostüme herzurichten, schleppten zwei Bühnenarbeiter einen riesigen, sechsflügeligen Paravent und ein ganzes Arsenal an Kleinmöbeln und Requisiten heran.

Sie verwandelten das Rosenblütenkanapee mithilfe des von Weinfurth so großspurig angekündigten Tigerfells in einen exotischen Diwan und rahmten diesen mit einem Sammelsurium von Speeren und Schilden ein.

»Massai-Waffen in 'nem ägyptischen Harem?« Tante Hattie zog eine undamenhafte Grimasse. »Das ist ja wie … Stachelbeertorte mit Senf.«

Doch bevor sie sich weiter über den wüsten Mischmasch aus einheimischen und fremdländischen Accessoires mokieren konnte, klingelte es. Kurz darauf erschienen zwei dunkelhaarige junge Frauen – offenbar Schwestern – im Atelier. Bei näherem Hinsehen erkannte Auguste in ihnen die beiden »Haremssklavinnen« vom Vorabend. Sie hatten sich dem Anlass entsprechend nach Kräften herausgeputzt, die abgewetzten Stiefelspitzen und fadenscheinigen Wolljacken verrieten jedoch ihre mehr als bescheidenen Lebensumstände. Die beiden waren kreidebleich, hatten die Hände ineinander verschränkt und kicherten nervös. Offenbar hatten sie all ihren Mut zusammengenommen und zum ersten Mal in ihrem Leben einen Fahrstuhl benutzt.

Weinfurth warf sich mit der Grandezza eines Zirkusdirektors in die Brust und stellte die beiden vor: »Die Fräuleins Hanna und Jenny Runtschen. Im Zivilberuf Reinemachfrauen drüben im Winterjarten!« Er tätschelte der jüngeren der beiden vertraulich die Wange und legte Hanna, der älteren, den Arm um die Taille. »Bisschen blass um die Nase, ihr zwei! Aber mit ›Leichners Negerbraun‹ kriegt unsere Lina euch schon auf ägyptische Tempelhure jetrimmt!«

Hanna Runtschen versteinerte unter Weinfurths Berührung; ihrer Miene war nur allzu deutlich anzusehen, dass ihr die plumpe Vertraulichkeit des Schaustellers mächtig gegen den Strich ging.

»Hanna? Jenny?« Lina Kröschke steckte den Kopf zur Tür herein und stampfte ungeduldig mit dem Fuß auf. »Was ist? Ich warte!«

Hanna Runtschen wand sich aus Weinfurths Umklammerung und huschte, ihre jüngere Schwester an der Hand hinter sich herziehend, in den Nebenraum.

»Also dann, nichts wie ran, meine Damen!«, schickte Weinfurth den beiden hinterher, »nur keine Müdischkeit vorschützen!«

»Tz! Muss der denen an die Taille grabschen? Vielleicht sollten wir ihm sagen, dass die die Haremssklavinnen nur *spielen*?«, wisperte Auguste ihrer Tante zu.

»Ein Hagestolz ist schwerlich zu bekehren …«

»Wilhelm Busch?«

»Nö. Goethe.«

Als kurz nach den beiden Runtschen-Schwestern drei junge Afrikaner eintrafen, klatschte Weinfurth begeistert in die Hände. »Also *doch* einer mehr! Da hätt' ich den Burschen vom Central-Hotel ja gar nich jebraucht! Aber, na jut, Negersklaven kann man nie jenuch haben, oder?«

Niemand lachte. Weinfurth hielt es offenbar nicht für nötig, die Neuankömmlinge vorzustellen: Die Männer grüßten die Damen mit einer höflichen Verbeugung und verschwanden ohne ein Wort hinter dem Paravent, der zum Umkleiden der männlichen Darsteller aufgestellt worden war.

»Ach?« Auguste stemmte kampflustig die Hände in die Hüften. »Haben die Herren keine Namen?«

»Owambo, Kawumba oder wat weiß isch?« Weinfurth grinste. »Sind Schauneger, von der Kolonialausstellung ausjeliehen. Zwei davon kennen Se ja von jestern Abend. Den dritten kenn ich nich. Der is wohl für sein' Kumpel einjesprungen. Hat nit mitgekriegt, dat ich schon 'nen Ersatzneger hab für den, wo isch sons immer hatte. Der hat ja jestern Abend unerwartet dat Zeitlische jesegnet.« Er zuckte mit den Schultern. »Dünnpfiff oder Lungenentzündung oder wat auch immer. Hat wahrscheinlisch die Berliner Luft nit vertragen.«

Auguste und Henrietta wechselten einen raschen Blick, doch bevor eine der beiden Weinfurths Geschwätz etwas entgegensetzen konnte, betrat eine weitere junge Frau den Raum, begleitet von einem schwarzen Pagen im Livree des Central-Hotels.

»Meine Teuerste! Willkommen.« Weinfurth katzbuckelte übertrieben, küsste der jungen Frau die Hand und wandte sich dann mit großer Geste an die anderen Anwesenden. »Und das hier ist meine Hauptdarstellerin! Darf ich vorstellen: Charlotte Paulus, oder besser: Samirah, die Schlangenfrau!«

Auch mit sorgfältig unter dem Hut gebändigter Lockenpracht und in ein schlichtes graues Faltencape gehüllt, war die Schlangentänzerin eine eindrucksvolle Erscheinung: Die ungewöhnlich großen, blauen Augen und der für Rothaarige typische fast durchsichtige Teint verliehen ihr etwas Kühles, Unnahbares. Nachdem sie Auguste und Henrietta begrüßt hatte, zog sie sich hastig in Lina Kröschkes Schminke- und Perücken-Reich zurück. Der schwarze Page stand wartend am Lift.

»Ach herrje!«, stieß Weinfurth hervor, »dat Problem hat sich ja nu eigentlisch geklärt. Also jenau jenommen brauch ich dich nit.« Er wandte sich, auf den Pagen deutend, an Henrietta und Auguste. »Sehnse, dat is der, wo für den, der jestern Nacht gestorben is, einspringen sollte. Aber die ha'm ja nu Ersatz jeschickt.« Er überlegte kurz, und als der Page sich nicht von der Stelle rührte, gab er sich einen Ruck. »Ach, wat soll et? Isch sag immer: Hauptsache farbescht, nä?« Er lachte, als handle es sich um ein besonders gelungenes Bonmot. »Also dann mal – wie sagt man in Berlin? – rin inne jute Stube!« Weinfurth versicherte sich der Wertschätzung seiner Bemühungen um den lokalen Dialekt mit einem triumphierenden Blick in die Runde.

Der Page begrüßte Henrietta mit einer tiefen Verbeugung. »Mein Name ist Ndeschio Temba, guten Morgen, gnädige Frau.« Er sprach fast akzentfrei Deutsch.

»Henrietta Droydon-Jones. *Enchantée*!« Henrietta lächelte und streckte ihm die Hand zur Begrüßung hin.

Wenn das den jungen Afrikaner überraschte, so ließ er es sich jedenfalls nicht anmerken. »Gnädiges Fräulein ...«

Auch Auguste reichte ihm die Hand. »Angenehm. Auguste Fuchs.«

»He! Edgar!«, brüllte Weinfurth in Richtung Paravent, »steck den hier fürs Erste in die Fächersklavenklamotten, ja?« Er dirigierte den Pagen unsanft in die improvisierte Umkleidekabine und wandte sich dann wieder den Damen zu. »Wie jesagt: Der sollte einspringen für der, wo jestern abgekratz...«, er korrigierte sich hastig, »... für den Neger, der wo jestern jestorben is. Der Kerl arbeitet drüben im Central-Hotel als Page, aber hält sisch anscheinend für wat Besseres.«

»Was Besseres als wer?«, fragte Auguste mit unschuldigem Augenaufschlag. Die Rolle der Naiven wollte allerdings nicht so recht zu ihrem souveränen Umgang mit Kameras, Stativen und hoch explosivem Blitzpulver passen. Trotz all seiner zur Schau getragenen Selbstsicherheit bemerkte Weinfurth den sarkastischen Unterton. »War nur so 'ne Redensart«, brummte er gereizt und rief nach Lina Kröschke, um sich auf Sultan, Pascha, Kalif oder Maharadscha schminken zu lassen; seine Kundschaft nahm es in diesen Dingen nicht so genau.

Ein gute halbe Stunde später steckten die Runtschen-Schwestern, tiefbraun geschminkt, in bunt bestickten Westen und gestreiften Pluderhosen, während Cornelius und Frans Morenga – Auguste hatte die beiden Darsteller kurzerhand nach ihren Namen gefragt – wie am Abend zuvor zwei »nubische Musikanten« gaben. Der dritte Afrikaner hatte mit Krummsäbel und Fez als wachhabender Eunuche zu fungieren. Er ging völlig in seiner Rolle auf und reagierte auf Augustes Frage nach seinem Namen wie die Bärenmützenträger vor dem Buckingham Palace: Er starrte stumm geradeaus und verzog keine Miene.

Schließlich trat Weinfurth mit »Taddah!« hinter dem Paravent hervor und begutachtete seine Verwandlung ausgiebig im Spiegel. Auch er trug Pluderhosen. Sein nackter, schwarz behaarter Oberkörper lugte aus einem verschlusslosen roten Mantel hervor, und seinen Kugelbauch zierte eine breite, leuchtend gelbe Schärpe. Auf dem Kopf trug er einen überdimensionalen, grün schillernden Turban mit goldener Zierspange. Während er sich – höchst zufrieden mit seinem Spiegelbild – zum Diwan hinüberbegab und sich dort behaglich ausstreckte, machte Auguste Notizen zu jedem einzelnen Detail seines Kostüms. Zwar waren der Fantasie der Lithografen keine Grenzen gesetzt, wenn sie die Aufnahmen später in Farbdrucke verwandelten, aber so hatten sie zumindest einen Anhaltspunkt für Weinfurths grellbunte Vision eines ägyptischen Frauengelasses. Während die beiden Bühnenarbeiter einen täuschend echt wirkenden Springbrunnen installierten, klingelte Henrietta zwei Etagen tiefer bei Hulda Preissing und bat sie, für die Pause ein paar kalten Platten, Tee und Limonade vorzubereiten.

Und Auguste fotografierte. Die Dekorationen und Kostüme wechselten, im Mittelpunkt stand jedoch stets Charlotte Paulus: mal als des Sultans Lieblingsfrau in wechselnden Gewändern aus Samt und goldglänzendem Brokat, mal Wasserpfeife rauchend auf den Diwan hingegossen in einem hauchzarten japanischen Kimono aus bemalter Seide, dessen Vorhandensein in einem ägyptischen Harem Henrietta mit einem indignierten Kopfschütteln quittierte. »Das glaubt einem doch endgültig kein Mensch!«

»Doch!«, Auguste grinste. »Ich glaube, je fremdländischer etwas daherkommt, desto begeisterter ist das Publikum. Aus dem Leben Gegriffenes haben sie schließlich genug zu Hause.«

Dem Kimono folgte ein Ensemble aus Pluderhosen und Perlen-Bustier, und Charlotte Paulus ließ sich zu Füßen des Sultans nieder, zu dessen Unterhaltung auf einer exotisch anmutenden, bauchigen Flöte spielend.

»Jambo nzuri ni kwamba huwezi kusikia muziki huu mbaya kwenye picha«, wisperte Ndeschio Temba, als sie dem Instrument versuchsweise ein paar Töne entlockte. Charlotte lächelte – zum ersten Mal an diesem Tag.

»Was hast du gesagt?«, fuhr Weinfurth Temba an.

Temba tat, als habe er die Frage nicht gehört.

»Er hat gesagt, es wär' gut, dass man die Töne auf den Bildern nicht hört«, antwortete Charlotte Paulus an seiner Stelle. Sie lächelte noch immer.

»Aha«, grunzte Weinfurth. »Aber hier wird gefälligst Deutsch gesprochen, verstanden?«

Erstaunlich, dass sich einer, der dermaßen auf großer Impresario macht, von ein paar Worten, die er nicht versteht, dermaßen aus der Fassung bringen lässt, dachte Auguste, aber vielleicht rechnet er sich Chancen bei seiner Schlangenfrau aus und ist nur eifersüchtig auf den hübschen, jungen Afrikaner. Doch noch erstaunlicher erschien ihr die Tatsache, dass Charlotte Paulus die Übersetzung aus jener unbekannten Sprache so prompt von den Lippen gekommen war. Aber vielleicht hatte sie sich auch einfach nur irgendetwas ausgedacht. Andererseits …

Augustes Überlegungen wurden von Witwe Preissing unterbrochen, die mit einem voll beladenen Servierwagen ins Atelier platzte. »Schinken, Bouletten und Käsestullen!«, trompetete sie mitten in die Aufnahme hinein. Alle Köpfe flogen in Richtung Fahrstuhl. »Dazu Heringssalat, Gürkchen und Rote Bete! Und Soleier mit Mostrich gibt's auch! Unser Dorchen hat sich mal wieder selbst übertroffen, also lassen Sie sich's schmecken!«

Auguste fluchte leise. Das letzte Bild würde definitiv nicht zu gebrauchen sein. Andererseits war allen Beteiligten eine Pause zu gönnen, und ehe sie sich's versah, waren sämtliche Sitzgelegenheiten des Ateliers mit herzhaft zulangenden Akteuren und Bühnenhelfern besetzt. Tante Hattie ließ es sich nicht nehmen, höchstpersönlich den Tee auszuschenken.

Auguste grinste. »Wenn das dein Butler wüsste …«

»Cedric?« Henrietta zog eine Grimasse und imitierte den nasalen Tonfall des Genannten, *»But, Milady! I must insist on leaving this to me.«*

Auguste konnte gut nachvollziehen, dass ihre Tante es genoss, jedes Jahr ein paar Wochen ohne Kammerzofe und Butler in Berlin zu verbringen. Sie hatte einen ausgeprägten Hang zur Bohème, dem sie in England – unter den Argusaugen ihrer angeheirateten Familie – nur selten frönen konnte. Im Atelier ihres Schwagers Julius hingegen war sie ganz in ihrem Element, nahm zwischen Weinfurths Angestellten Platz und langte bei Hulda Preissings Stullen kräftig zu. Die Afrikaner waren es ganz offensichtlich nicht gewöhnt, ihre Mahlzeiten gemeinsam mit ihren Arbeitgebern einzunehmen. Ndeschio Temba rührte denn auch keine der dargebotenen Köstlichkeiten an; er war nicht einmal dazu zu bewegen, eine Tasse Tee oder ein Glas Limonade zu trinken.

Eine zweite Kanne Tee wurde gebrüht, und Hulda Preissing musste mehrmals den Limonadenkrug auffüllen lassen, während sich die kalten Platten leerten.

»Och Liebelein«, tirilierte Weinfurth und machte, als sie mit einem weiteren Tablett voll Leckereien nach oben kam, eine beinahe höfische Verbeugung. »Isch bin zwar pickepacke satt, aber dat ein oder andere lecker Frikadellschen passt immer noch erein!«

Nachdem Auguste alle Beteiligten wieder in ihre Positionen gescheucht hatte, machten sich die vollen Mägen deutlich bemerkbar: Alles ging ein wenig langsamer vonstatten, und Juppi Weinfurth fiel – kaum hatte er sich auf dem Diwan niedergelassen – in Tiefschlaf. Auf diese Weise entging ihm der Aufruhr, den das Auftauchen eines weiteren Mitarbeiters verursachte. Zunächst erschien ein empörter Luis, der kategorisch erklärte, der Transport wilder Tiere gehöre eindeutig nicht zu den Aufgaben eines Liftboys. Kurz darauf kam ein Mann mit einem durchlöcherten Pappkarton unter dem Arm die Treppe heraufgehastet. »Mensch, Jungchen, stell dir nich so an!«, keuchte er. »Die tut keiner Seele wat zuleide!«

Der Karton in seinen Händen bewegte sich ohne sein Zutun, was zur Folge hatte, dass keiner es wagte, das Ding in Empfang zu nehmen. Als niemand sich rührte, warf Charlotte Paulus einen kurzen Seitenblick auf den schlafenden Weinfurth, seufzte ergeben und nahm die Lieferung an seiner Stelle in Empfang. »Danke, Emil. Ich denke, du kannst sie in ein, zwei Stunden wieder abholen.«

Auguste hatte den Flechtkorb, aus dem am Abend zuvor Samirahs Schlange emporgekrochen war, unter den

Requisiten entdeckt und mit einiger Erleichterung festgestellt, dass er leer war. Jetzt schwante ihr Schreckliches. »Bitte, dürften wir vielleicht erfahren, was unseren Liftboy so aus der Fassung gebracht hat?«

»Nichts Schlimmes. Nur meine Bühnenpartnerin.« Charlotte Paulus nahm den Deckel der Pappschachtel behutsam ab, »Und keine Angst«, sie lächelte in die Runde, »die Gute frisst nur Mäuse und Kaninchen.«

Die Königspython schob den Kopf aus ihrem Gefängnis empor und inspizierte nervös züngelnd ihre neue Umgebung.

Lina Kröschke baute sich mit entschlossen vorgerecktem Kinn vor Auguste auf. »Entweder fünf Mark mehr oder ick bin weg«, fauchte sie, »mitsamt die Klamotten und die Schminke!«

»Na jaaa …«, Auguste zögerte, »eigentlich zahlt ja der Auftraggeber die Mitarbeiter …«

»'n Fünfer mehr, und zwar zack, zack!«

»Fräulein Kröschke, Sie haben vollkommen recht«, mischte sich Henrietta ein, »aber das Beherbergen wilder Tiere steht nicht in unserem Vertrag. Also wenn der Herr Sultan sein Mittagsschläfchen beendet hat, darf er gern für uns *alle* noch mal ein paar Mark drauflegen, oder?«

Wie aufs Stichwort gab Weinfurth eine Reihe schlaftrunkener Schmatzlaute von sich, öffnete die Augen und rappelte sich auf. »Geht's weiter?«

»Ja, sofort«, versetzte Auguste. »Allerdings nur mit Gefahrenzulage für alle«, fügte sie nach einem Rippenstoß ihrer Tante hinzu.

Weinfurth ging widerwillig auf die Forderungen ein. Nachdem seine Mitwirkung als Sultan nicht weiter vonnöten war, ließ er sich von Lina Kröschke abschminken und verlangte anschließend – wieder in Zivilkleidung – nach einem bequemen Sessel, um bei den weiteren Aufnahmen Regie zu führen. Als Erstes galt es, eine dramatische Szenenfolge mit dem Titel »Das Geschenk der Rivalin« zu arrangieren.

Während die Runtschen-Schwestern – mit einer Laute und einem Tamburin in den Händen – auf zwei Samtkissen Platz nahmen, wurde Charlotte Paulus umgezogen. Als sie zurückkam, trug sie ein Flamencotuch aus besticktem Musselin um die Hüften und war bis zur Taille lediglich von ihren langen, rötlich braunen Haaren bedeckt. Ndeschio Temba trat – mit rotem Fez und gelbem Burnus farbenprächtig ausstaffiert – mit dem Schlangenkorb auf die drei Frauen zu. Er kniete nieder und wartete mit gesenktem Kopf, bis Weinfurth das Bild zu seiner Zufriedenheit arrangiert hatte. Auguste füllte das Blitzpulver ein und gab Temba das verabredete Zeichen. Der öffnete den Deckel, und die Python erhob sich langsam aus dem Korb. Die beiden Runtschen-Schwestern starrten wie hypnotisiert auf die Schlange – was ausnahmsweise zum Inhalt des Tableaus passte –, und Auguste betätigte Blitz und Auslöser. Als das Magnesium aufflammte, schrie Charlotte Paulus auf, und alle fuhren erschrocken zusammen.

»Liebe Leute, so wird das nichts!« Auguste rang in gespielter Verzweiflung die Hände. »Ihr müsst schon stillhalten, wenn ich …«

Bevor sie weitersprechen konnte, brach die Hölle los.

Hanna und Jenny Runtschen sprangen auf, ließen ihre Instrumente fallen und rannten schreiend ins Nebenzimmer, Weinfurth lief hinterher und brüllte irgendetwas Unverständliches, und die Bühnenarbeiter, die sich infolge Charlotte Paulus' leichter Bekleidung als Zaungäste eingefunden hatten, machten Anstalten, das Haremstableau zu stürmen. Doch dann hielten sie erschrocken inne: Charlotte Paulus war mitten in der Bewegung erstarrt. Aus ihrem zarten, ohnehin blassen Gesicht war jede Farbe gewichen, und sie starrte mit weit aufgerissenen Augen ins Leere. Sie griff an ihren Hals und bewegte ihre Lippen, als versuchte sie, etwas zu sagen. Dann sank sie wie eine Marionette, der man die Fäden abgeschnitten hat, zu Boden.

»Nini kimetokea?« Ndeschio Temba sprang hinzu und richtete Charlottes Oberkörper auf, um ihr das Atmen zu erleichtern. »Mpendwa wangu, nini kilikutokea? Tafadhali, lazima upumue! Pumua! Pumua!«

Charlottes Augenlider flackerten, während sie verzweifelt nach Luft rang.

»Ich ruf einen Arzt!« Während Henrietta in Julius Fuchs' Privatkontor hastete, riss Auguste eine der Samtportieren aus der Aufhängung und hüllte die halb nackte Charlotte Paulus darin ein. »Schnell! Sie braucht was zu trinken!«

Lina Kröschke rannte ins Nebenzimmer. Als sie mit einem Glas Wasser zurückkam, versuchte Ndeschio Temba, Charlotte ein paar Tropfen einzuflößen, doch sie stieß seine Hand beiseite und griff mit hektischen Bewegungen ins Leere. »Sie sind gekommen, mich zu holen«, brachte sie schließlich mühsam hervor. »Roho ya giza ya kifo! Yeye anakuja na ananichukua! Nenda mbali! Ich will nicht sterben!«

Temba stieß einen unterdrückten Klagelaut aus. » Hapana, hakuna roho mbaya! Na vizuka haziwezi kukuumiza! Nipo nawe! Je! Unasikia? Lazima upumue! Tafadhali kaa nami!«

Doch die schöne Schlangenfrau war bereits in einer anderen Welt; einer Welt, in der offenbar Entsetzliches vor sich ging. Sie stieß erstickte Schreie aus und schlug wild um sich, während Ndeschio Temba vergeblich versuchte, sie zu beruhigen.

Schließlich gab sie den Widerstand gegen ihre unsichtbaren Angreifer auf, und Temba wiegte sie in seinen Armen wie ein kleines Kind.

Nebenan warf Henrietta den Hörer auf die Gabel und stürmte zurück ins Atelier. »Doktor Goldstein ist unterwegs!«

»Du Dreckskerl!«, fauchte Lina Kröschke und zerrte Charlotte mithilfe eines der beiden Bühnenarbeiter aus Ndeschio Tembas Armen. »Lass gefälligst deine Pfoten von der Frau!«

Die ältere der beiden Runtschen-Schwestern faltete die Hände und wisperte ein Vaterunser.

Noch bevor der Arzt eintraf, war Charlotte Paulus tot.

KAPITEL 3

Die Sanitäter hatten die Leiche auf eine fahrbare Trage gelegt. Statt der roten Samtportiere hüllte jetzt ein weißes Leintuch Charlotte Paulus' nackten Körper ein. Während der Arzt seine Instrumente zusammenpackte, murmelte er: »Mein herzliches Beileid«, unschlüssig, wen unter den Anwesenden er ansprechen sollte.

Lina Kröschke und ihr Kollege hatten Weinfurths Darstellerinnen und Darsteller inzwischen abgeschminkt und umgezogen. Einer nach dem anderen kam hinter dem Paravent oder aus dem Nebenraum zurück ins Atelier, doch keiner wagte es zu gehen, solange die Tote noch im Raum war. Ndeschio Temba kauerte, das Gesicht hinter den gekreuzten Armen verborgen, reglos am Boden, während die beiden Runtschen-Schwestern sich in den hintersten Winkel des Ateliers zurückgezogen hatten und mit vor Angst weit aufgerissenen Augen die Suche der Bühnenarbeiter nach der verschwundenen Schlange verfolgten. »Ich hab sie erwischt!«, verkündete einer von ihnen wenig später. Das Tier hing mit zerschmettertem Schädel schlaff über dem Feuerhaken in seiner Hand. Angewidert schleuderte er es Weinfurth vor die Füße. Der nahm den Verlust seiner Schlange ohne erkennbare Gemütsregung hin. »Selbst wenn sie zugebissen hätte«, murmelte er, »selbst *wenn* ...«

Nachdem Auguste und Henrietta alle Anwesenden mit heißem Tee und einem kräftigen Schluck Weinbrand versorgt hatten, wurde es still im Atelier. Nur der übliche, gedämpft von der Friedrichstraße hinaufdringende Lärm war zu hören.

Schließlich räusperte sich der ältere der beiden Sanitäter vernehmlich und brach damit das Schweigen. »Na, denn ... Adjee, die Herrschaften.« Er machte einen Diener, setzte seine Mütze wieder auf und wies seinen Kollegen an, die Bahre mit ihm zusammen zum Aufzug zu fahren.

»Langsam, langsam, meine Herren!« Dr. Goldstein hielt die beiden zurück. »Die Tote kommt bitte in die Hannoversche 6.«

Die Sanitäter warfen sich einen verunsicherten Blick zu. »In 't Leichenkommissariat? Wieso 'n det?«

»Ich bin ja man nur 'n einfacher Medikaster«, Dr. Goldstein hob mit einem selbstironischen kleinen Lächeln die Hände, »und 'n Schlangenbiss kann's ja wohl nicht gewesen sein, Herr ...?«

»Weinfurth, Josef. Schausteller und Impresario«, antwortete Weinfurth mechanisch. Von seiner wichtigtuerischen Attitüde war so gut wie nichts mehr übrig geblieben. »Nee, wie jesagt, Herr Doktor: Selbst wenn se zujebissen hätte: Tut zwar weh, aber sonst wär' da nichts passiert. Pythons sind keine Giftschlangen. Deshalb nimmt man se ja für Vorführungen und so weiter. Und außerdem würd isch doch niemals meine eijene Zugnummer ...«

»Danke«, unterbrach ihn Goldstein. »Wenn es also kein Schlangenbiss war, was war es dann? Eine junge, offenbar gesunde Frau und ein tödlicher Herzanfall? Schwerlich vorstellbar. Außerdem: Bei einem Herzanfall gibt es meines Wissens keine Halluzinationen. Und die junge Frau hatte doch ...«, angesichts der ratlosen Gesichter ringsumher stöhnte er leise auf und korrigierte sich hastig, »Sie hat doch irgendwas oder -wen gesehen, oder? Und wie die Fräuleins Runtschen mir erzählt haben, hatte sie offenbar Angst vor jemandem oder etwas. Obwohl da nichts war.« Dr. Goldsteins forschender Blick wanderte von einem zum anderen. Auguste und Henrietta nickten stumm, während die beiden Bühnenarbeiter mit den Achseln zuckten. »Kann sein.« – »Wat weeß denn unsereiner?«

Hanna Runtschen hatte den Arm beschützend um die Schultern ihrer kleinen Schwester gelegt. »Also, dass Charlotte irgendwie nich ganz da war ...«, sie wischte demonstrativ mit der Hand vor ihrem Gesicht herum, »... das war eindeutig. Als hätt' se 'n Gespenst gesehen oder so was. Hat sogar mit dem gesprochen.«

»Halluzinationen.« Goldstein nickte. »Vermute ich zumindest. Und das könnte auf 'ne Vergiftung hindeuten. Und wenn's die Schlange nicht war ...«, er ließ den Rest des Satzes bewusst in der Luft hängen und musterte erneut jeden einzelnen der Anwesenden. »Hat die junge Frau hier irgendetwas zu sich genommen, womit man ihr eine tödliche Substanz verabreicht haben könnte?«

»Um Himmels willen, nein!« Auguste schnappte empört nach Luft: Das Szenario, das der Arzt da heraufbeschwor, war einfach ungeheuerlich! »Frau Preissing hat das Essen und sämtliche Getränke unten in der Pensionsküche von Dorchen – ich meine: von ihrer Kaltmamsell – zubereiten lassen und gleich anschließend im Fahrstuhl hier nach oben gebracht!« Luis nickte bestätigend. »Und wir haben alle zusammen das Gleiche gegessen und getrunken. Außerdem: Wer von uns hier sollte denn etwas gegen Fräulein Paulus …«

»Na, die hat auf alle Fälle Angst gehabt! Und sie hat was in Negersprache gesagt!« Lina Kröschke deutete mit ausgestrecktem Zeigefinger auf Ndeschio Temba. »Zu dem da!«

Der junge Afrikaner kauerte immer noch bewegungslos am Boden und verbarg sein Gesicht in den Händen.

»Interessant …« Dr. Goldsteins musterte Lina Kröschke mit hochgezogenen Augenbrauen. »Und woher wollen Sie das wissen?«

»Was? Wieso? Hab's doch selber gesehen und gehört!«

»Ich meine das mit der Negersprache.«

»Na jaaa«, Lina Kröschke schien unter Dr. Goldsteins forschendem Blick regelrecht zu schrumpfen. »Ich mein' ja nur: Hörte sich irgendwie … komisch an. Jedenfalls hat der da …«, sie deutete erneut auf Ndeschio Temba, »… in genauso 'nem Kauderwelsch auf sie eingeredet.«

Temba reagierte nicht, so als habe er Lina Kröschkes Worte nicht gehört.

»Sehen Sie, ich kann mir auf das Ganze genauso wenig wie *Sie* irgendeinen Reim machen«, erklärte Dr. Goldstein, »und deshalb soll sich der Kollege Straßmann die Tote mal genauer ansehen.«

»Also dann: Hannoversche 6«, murmelte der ältere Sanitäter in die erneut einsetzende Stille hinein und gab dem Liftboy einen Wink.

»Könn' wir jetzt geh'n?« Die beiden Runtschen-Schwestern traten ungeduldig von einem Bein aufs andere. Doch während die Bahre mit der Toten in den Aufzug geschoben wurde, schritt Dr. Goldstein in die Mitte des Raumes und breitete beide Arme aus; eine Geste, die alle Anwesenden einschloss. »Meine Damen und Herren, es tut mir leid, aber ich muss Sie bitten zu bleiben. Bei zweifelhaften Todesumständen bin ich genötigt, die Polizei zu verständigen, und die möchte von Ihnen bestimmt Näheres über den Vorfall hier wissen. Wo gibt's denn hier im Haus einen Telefonapparat?«

»Von Barnstedt.« Der Kriminalkommissar stellte sich mit geradezu militärischem Aplomb vor. Der Schmiss auf seiner linken Wange wies ihn als ehemaligen Burschenschaftler aus, und sein gesamtes Gebaren ließ darauf schließen, dass er die fünfundzwanzig Jahre Frieden, die das Deutsche Reich in diesem Jahr zu feiern hatte, bedeutend lieber hoch zu Ross auf irgendeinem Schlachtfeld zugebracht hätte. Aber vielleicht tat er auch nur so.

»Wilhelmi, Jakob.« Sein Assistent war gut einen Kopf größer als sein Vorgesetzter. Auguste schätzte ihn auf Ende zwanzig; wahrscheinlich war er gleich nach Beendigung des Militärdienstes zur Polizei gegangen. Jedenfalls musste er sich in seinen jungen Jahren bereits allerhand Verdienste erworben haben, denn so ohne Weiteres ließ man für den gehobenen Dienstweg keine Bürgerlichen zu: Der Adel blieb auch hier gern unter sich. Allerdings wurde gemunkelt, dass es nicht gerade die hellsten Köpfe der Aristokratie waren, die eine höhere Polizeilaufbahn antraten und dass dies auch nicht immer so ganz freiwillig geschah. Als wollte er das entsprechende Gerücht höchstpersönlich bestätigen, verwickelte von Barnstedt Henrietta – »Lady Droydon-Jones, geborene von Coesenitz« – umgehend in ein angeregtes Gespräch und überließ es seinem Assistenten, die Personalien der profaneren Zeuginnen und Zeugen aufzunehmen. Wilhelmi ging mit einer kleinen, in einer schweinsledernen Hülle steckenden Kladde von einem zum anderen und trug mit Kopierstift die Namen und Adressen ein.

Der Darsteller, der für den verstorbenen »Schauneger« eingesprungen war, hieß Aleeke Mambila, und Auguste konnte sich trotz des Ernstes der Situation ein Lächeln nicht verkneifen: Wieder in Zivil, gab er seine stoische Haremswächter-Attitüde auf und sprach, wie sie zu ihrer Überraschung feststellen konnte, sehr gut Deutsch. »Woher hätte ich denn wissen können, dass Herr Weinfurth bereits den Pagen vom Central-Hotel als Ersatz rekrutiert hatte?«

»Und Sie sind trotzdem geblieben?«

»Natürlich. Herr Weinfurth hatte schließlich nichts dagegen einzuwenden. Im Gegenteil.«

In einem von den beiden Polizeibeamten unbeachteten Moment sah Auguste, wie Ndeschio Temba und Hulda Preissing miteinander flüsterten. Obwohl das ausgesprochen unwahrscheinlich war, sah es aus, als ob die beiden sich von irgendwoher kannten. Schließlich ging Temba – wie zuvor seltsam abwesend wirkend – zurück zu seinem Platz. Hulda fing Augustes fragenden Blick auf und legte beschwörend den Finger auf den Mund, und obwohl Auguste dem strengen Regiment ihrer ehemaligen Kinderfrau längst entwachsen war, war Huldas Wunsch ihr nach wie vor Befehl.

Als Julius Fuchs mit der Befragung an die Reihe kam, verwies er den jungen Kriminalassistenten mit einer auffordernden Geste an seine Tochter. »Ich war seit heute früh unten im Laden und kann Ihnen von daher leider nicht weiterhelfen.«

Wilhelmi kam zu Auguste hinüber. »Ach! *Sie* haben also die fotografischen Aufnahmen gemacht, nicht Ihr Vater?«

»Ja, hab ich!«, versetzte Auguste schnippischer als beabsichtigt. Es war nicht das erste Mal, dass ein Vertreter des anderen Geschlechts davon ausging, dass Frauen für den Umgang mit technischen Geräten ungeeignet waren – es sei denn, es handelte sich um Godefroys dampfbetriebene Haartrockenhaube.

»Oh, Pardon!« Wilhelmi deutete ein entschuldigendes Kopfnicken an und lächelte. »Ich hab keine Sekunde an Ihren Fähigkeiten gezweifelt.«

Sieh mal einer an, dachte Auguste, der Kerl scheint Gedanken lesen zu können; für einen angehenden Kommissar ganz sicher ein willkommenes Talent.

»Es geht zunächst mal lediglich darum festzustellen, wer sich im entscheidenden Moment wo hier im Raum befand«, fuhr Wilhemi fort. »Ihr Herr Vater war, wie ich soeben erfahren habe, gar nicht hier, sondern unten im Parterre. Das heißt, *Sie* standen dann wohl hinter einem von den … Apparaten da.« Er deutete vage auf eine der wuchtigen, auf schwere, hölzerne Stative montierten Kameras, die Auguste, um Platz zu schaffen, an die Seitenwand des Ateliers geschoben hatte.

»Der ›Apparat da‹ ist eine Stereokamera!« Das klang kein bisschen freundlicher als zuvor, und Auguste rief sich erschrocken zur Ordnung. Der Herr Kriminalassistent war schließlich ausgesprochen höflich, und sie hatte keinerlei Anlass, derart patzig zu reagieren. »Sehen Sie, Herr Weinfurth arrangiert zunächst ganz nach seinen Wünschen ein Tableau, also: ein lebendes Bild«, begann sie, etwas milder gestimmt, zu erklären. »Dann mach ich davon mit unserer Görlitzer hier«, sie deutete auf eine blitzblanke, offenbar nagelneue Atelier-Kamera, »eine Aufnahme, die dann später in der Druckerei mittels Photochromverfahren farbig gedruckt und als Ansichtskarte verkauft wird. Danach geht es weiter mit der Stereokamera – die erkennen Sie an den zwei Objektiven –, und zum Schluss mach ich mit der Anschütz eine Reihe chronologischer Momentaufnahmen.«

»Ach?«

»Ja, für Herrn Weinfurths Mutoskope. Dank des Anschütz-Patents lässt sich nämlich der Schlitzverschluss für Belichtungszeiten bis zu einer tausendstel Sekunde verstellen. Großartig, oder?«

»Zweifellos.«

»Das heißt, damit kann man tatsächlich Bild für Bild ganze Bewegungsabläufe aufnehmen! Und die Einzelbilder werden dann später auf einen Zylinder montiert, der, wie gesagt, in ein Mutoskop eingesetzt wird. Und nach entsprechendem Geldeinwurf wird dann der Zylinder mit einer Handkurbel zum Rotieren gebracht.« Aus Wilhelmis Gesichtsausdruck war nicht zu schließen, ob er ihren Ausführungen folgen konnte, und Auguste schwang sich – einmal in Fahrt gebracht – zu näheren Erläuterungen auf. »Sehen Sie, das ist so: Durch eine lichtabschirmende Öffnung betrachtet – einfacher gesagt: durch ein Guckloch gesehen –, erzeugt das Mutoskop mittels der in schneller Abfolge aufgeblätterten Bilder die Illusion von Bewegung. Im Prinzip so ähnlich wie die laufenden Bilder, die die Brüder Skladanowsky mit ihrem Bioskop erzeugen. Nur benutzen die eine andere Technik.«

»Ich verstehe.« Um Jakob Wilhelmis Lippen spielte ein unergründliches Lächeln. »Und wo haben Sie sich also beim Eintritt des – ja offenbar länger andauernden – Todeskampfs aufgehalten?«

»Ähm …« Auguste wurde rot. Ihr belehrender kleiner Vortrag erwies sich nicht nur als vollkommen überflüssig; er wirkte wahrscheinlich sogar reichlich borniert. Reiß dich zusammen, wies sie sich innerlich zurecht, der Herr Kriminalassistent macht hier schließlich nichts weiter als seine Arbeit! »Also, ich hab hier gestanden«, sie deutete auf die Görlitzer, »und weil es sich um eine der Aufnahmen gehandelt hat, die später als Postkarte Verwendung finden sollen, hab ich das Blitzlicht hier benutzt. Kunstlicht eignet sich dafür deutlich besser als … ähm … Na ja, das tut ja nichts zur Sache.« Sie konnte sich gerade noch zurückhalten, Wilhelmi mit einem weiteren Fachvortrag zu bombardieren. »Fräulein Paulus hat genau in dem Moment aufgeschrien, als ich das Blitzpulver gezündet habe, insofern hat wohl einen Sekundenbruchteil lang niemand etwas gesehen.«

»Bis auf die Görlitzer.«

»Wie bitte?«

»Na, Ihre Kamera. Oder haben Sie nur den Blitz ausgelöst, ohne eine Aufnahme zu machen?«

»Was?! Ich bin doch nicht meschugge!« Auguste schlug sich angesichts ihrer erneuten Patzigkeit erschrocken auf den Mund. Doch bevor sie sich für ihr undamenhaftes Verhalten entschuldigen konnte, zückte Jakob Wilhelmi seinen Kopierstift. »Wann könnte ich mir denn das entsprechende Bild mal ansehen? Das würde mich schon sehr interessieren.« Gar nicht so dumm, der Kerl, schoss es Auguste durch den Kopf. Gleichzeitig ärgerte es sie maßlos, nicht selber auf den Gedanken gekommen zu sein, dass sie auf diesem letzten Bild womöglich irgendetwas festgehalten hatte, das für den Mordfall – wenn es denn ein Mordfall war – von Belang sein könnte.

»Gustchen?« Tante Hattie kam, den offensichtlich schwer von ihr beeindruckten von Barnstedt im Schlepptau, zu ihnen hinüber und unterbrach Augustes Überlegungen. »Der Herr Kommissar möchte wissen, ob jemand Fräulein Paulus gegen Ende der Pause vielleicht Tee oder Limonade nachgeschenkt hat. Hast du da irgendetwas oder irgendwen …?«

»Nö«, Auguste blies die Backen auf und zuckte mit den Achseln, »und außerdem: Das könnte wirklich jede und jeder gewesen sein bei dem Gewusel hier.«

»Ach ja? Und was ist mit den Negern?«, wandte von Barnstedt ein. »Die dürften ja bei allem … *Gewusel* … deutlich von den anderen zu unterscheiden gewesen sein!«

»Ja, und? Was soll mit denen sein?«

»Es heißt, die hätten sich Fräulein Paulus gegenüber … auffällig verhalten.«

»Was meinen Sie denn mit ›auffällig‹?«

»Fräulein Kröschke hat gesehen, dass die Verstorbene einen von denen laut schreiend geschlagen hat, als er sie angefasst hat, und sie soll …«

»Wie bitte?«, unterbrach ihn Henrietta empört, »Herr Temba hat versucht, Fräulein Paulus zu helfen! Und sie hat auch nicht nach *ihm* geschlagen, sondern eindeutig halluziniert und versucht, irgendetwas – oder irgendjemand Unsichtbaren – abzuwehren.«

»Mit Unsichtbarem befassen wir uns hier aber leider nicht, gnädige Frau«, von Barnstedt unterstrich seinen offenbar als Wiedergutmachung gemeinten Einwand mit einem angedeuteten Handkuss. »Wir müssen uns schon an die Tatsachen halten.«

»Schön. Dann tun Sie das«, versetzte Henrietta ungnädig und wandte sich zum Gehen. »Und eine der Tatsachen ist, dass diese Lina Kröschke sich da was zusammenreimt, das so nicht stattgefunden hat!«, setzte sie, für jeden im Raum deutlich hörbar, hinzu.

Von Barnstedt war sichtlich düpiert. »Noch ist ja überhaupt nicht geklärt, ob es sich tatsächlich um einen Tötungsversuch gehandelt hat«, brummte er in seinen Bart und wies seinen Assistenten mit einer Kopfbewegung an zu gehen. »Wenn Sie alles so weit aufgenommen haben …?«

Jakob Wilhelmi nickte und steckte Kladde und Kopierstift ein, oder besser: Er tat so, als wolle er beides in seiner Jackentasche verstauen. Dabei stellte er sich bewusst so ungeschickt an, dass die Kladde zu Boden fiel.

Reflexartig bückte sich Auguste, um das Büchlein aufzuheben, und landete Stirn an Stirn mit dem jungen Herrn Assistenten.

»Schaffen Sie es, bis heut' Abend das Bild zu entwickeln?«, wisperte er verschwörerisch.

In der Charité schob der Medizinstudent Reginald Wündrich die Bahre mit der Toten, die die Sanitäter vor gut einer Stunde ins Institut für Gerichtsmedizin gebracht hatten, in den Sektionsraum. Gemeinsam mit dem Obduktionsgehilfen bettete er den Leichnam auf den Seziertisch und wartete auf seinen Herrn und Meister. Dass der Herr Direktor persönlich die Autopsie vornehmen würde, war, wie es hieß, auf die ungewöhnlichen Todesumstände zurückzuführen. Darüber hinaus hatte die Tatsache, dass es sich bei dem zuständigen Staatsanwalt um einen ehemaligen Burschenschaftskollegen der »Normannia Leipzig« handelte, die Angelegenheit erheblich beschleunigt.

Reginald Wündrich seufzte. Ihm blieben die Türen solch illustrer Studentenverbindungen unweigerlich verschlossen. Sein Honorar in der Gerichtsmedizin war seine einzige Einkommensquelle, denn niemand in seiner Familie verfügte über Adelstitel, Landbesitz oder militärische Orden und Ehrenzeichen. Aber er war ein findiger Kerl und hatte sich die Roller'sche Kurzschrift angeeignet, die es dem obduzierenden Arzt erlaubte, seine Erkenntnisse und Schlussfolgerungen im Plauderton – sozusagen »ins Unreine« – von sich zu geben, während er mit Knochensäge, Skalpell und Rippenschere hantierte. Und so griff Reginald Wündrich eilfertig zu Papier und Bleistift, als Professor Straßmann den Raum betrat.

»Äußere Leichenschau an Charlotte Paulus, Georgenkirchplatz 8, Berlin C 2, geboren am 12. November 1871 in Paderborn«, vermeldete der Obduktionsgehilfe im Kasernenhofton, und Straßmann beugte sich über die Tote. »Gesunde, gut genährte junge Frau«, er hob Arme und Beine an und begutachtete Rücken und Hinterkopf, »keine Narben, keine auffälligen körperlichen Merkmale. Leichte bis mittelschwere Abrasionen und Lazerationen an allen vier Extremitäten.« Als sein Assistent die Tote wieder in Rückenlage gebracht hatte, hielt Straßmann einen Moment inne. »Schade um das schöne Mädchen«, murmelte er. Dann setzte er das Skalpell an.

Während der Direktor des Gerichtsmedizinischen Instituts die innere Leichenschau vornahm, entwickelte Auguste die letzte Platte und hatte kurz darauf die bewusste Fotografie vor sich liegen. Die restlichen Aufnahmen konnten warten: Juppi Weinfurth verfügte zu Augustes Verwunderung tatsächlich über genügend Feingefühl, die Bilder zunächst nicht in Umlauf zu bringen. Aber womöglich spekulierte er auch nur auf einen gewissen Gruseleffekt für den Fall, dass die Mordtheorie sich als zutreffend erweisen würde.

Auguste griff nach der Lupe und schob die Kontorlampe ein wenig dichter heran, um auch nicht das kleinste Detail zu übersehen. Doch bevor sie das Bild näher in Augenschein nehmen konnte, klopfte es vorne an der Ladentür. »Wir haben zu!«, rief sie durch die offen stehende Werkstatttür, »können Sie nicht lesen?« Selbstverständlich hatte Julius Fuchs den Laden für den Rest des Tages geschlossen, und das entsprechende Schild war eigentlich nicht zu übersehen.

»Doch. Lesen kann ich. Nur reinkommen kann ich nicht, wenn Sie mir nicht aufmachen.«

Ärgerlich sprang Auguste auf und lief hinüber in den Verkaufsraum. »So dringend kann's ja nu nicht sein, dass es nicht bis morgen warten … Hoppla!«

Vor der Tür stand der junge Herr Kriminalassistent – deutlich früher, als sie erwartet hatte. »Verzeihen Sie, Fräulein Fuchs, aber man hat mich von Amts wegen für heute Abend zu einer etwas zeitaufwendigeren Angelegenheit abkommandiert, und deshalb dacht' ich, ich guck schon vorher mal vorbei und frage nach, ob Sie vielleicht schon mit dem Entwickeln der Aufnahme fertig sind.«

»Ja, bin ich. In dieser Sekunde! Kommen Sie rein!« Aus unerfindlichen Gründen war es Auguste ganz recht, dass Jakob Wilhelmi sie – von allen ungesehen – hier unten im Laden aufsuchte. Es gab zwar keinen Grund, sein Kommen vor ihrem Vater und Tante Hattie oder vor Hulda Preissing und dem Liftboy Luis zu verheimlichen, aber so ein bisschen Geheimniskrämerei hatte durchaus etwas Prickelndes; insbesondere angesichts der Tatsache, dass es sich zweifelsohne nicht gehörte, sich als unverheiratete junge Frau mit einem offenbar ebenfalls unverheirateten jungen Mann in einer von jedwedem Tageslicht – und jedweden Blicken Dritter – abgeschirmten Werkstatt zu treffen. Dass Wilhelmi keinen Trauring trug, hatte sie bereits am Nachmittag festgestellt. Aber spielte das bei einem rein beruflichen Stelldichein wie diesem etwa irgendeine Rolle? Nicht mal im entferntesten Sinne! Und so schob Auguste ihrem Besucher wie selbstverständlich den Arbeitsschemel ihres Vaters zurecht und nahm neben ihm Platz, so dicht, dass sich ihre Arme beinahe berührten. Jakob Wilhelmis Haar roch angenehm nach Makassar-Öl und sein Jackett nach nasser Wolle. So nah war Auguste bisher nur ihrem Vetter Gustav aus Breslau gekommen. Der umarmte sie für ihren Geschmack ein wenig allzu oft und innig, und er roch im Unterschied zu Wilhelmi nach abgestandenem Zigarrenrauch.

»Eine, wie mir scheint, kerngesunde Person …«

Ups! Redet der etwa von mir? Auguste war so in Gedanken versunken, dass sie regelrecht zusammenschrak, als Wilhelmi zu sprechen begann. Der junge Herr Kriminalassistent betrachtete eingehend die in der Bewegung festgehaltene, halb nackte Gestalt in der Mitte des Bildes. »Dass Fräulein Paulus einem Herzanfall zum Opfer gefallen ist, scheint mir doch mehr als unwahrscheinlich.«

»Das hat Doktor Goldstein auch gesagt. Außerdem hatte sie diese schrecklichen Wahnvorstellungen. Als habe es einen oder mehrere unsichtbare Angreifer gegeben.«

»Ich hatte insgeheim gehofft, dass Sie die unsichtbaren Angreifer eingefangen haben.«

»Ähm … was?«

»Mit Ihrer Kamera!«

»Wie bitte?!« Allein der Gedanke brachte Auguste in Rage. »So ein Mumpitz! Diese sogenannten Geisterfotografen benutzen doch, wie jeder weiß, ganz einfach präparierte Platten. Da werden vorher Tante Käthe oder Onkel Kurt mit vorgehängter Tüllgardine aufbelichtet! Und was man dann so halb durchsichtig auf den fertigen Bildern sieht, sind keine Geister, sondern Schmu und reine Augenwischerei!«

Wilhelmi grinste, und Auguste hätte sich am liebsten geohrfeigt. »Sie nehmen mich auf den Arm.«

»Ist das so offensichtlich?«

»Jetzt nehmen Sie mich schon wieder auf den Arm!«

»Gut, ich hör sofort auf damit!« Schlagartig wurde Wilhelmi ernst und griff zu Julius Fuchs' Lupe.

Auguste war sich nicht sicher, ob ihr der todernste Kriminalassistent besser gefiel, aber schließlich handelte es sich bei ihrem geheimen Treffen nicht um ein romantisches Tête-à-Tête. Sie rief sich innerlich energisch zur Ordnung und rückte noch ein wenig näher an Wilhelmi heran, um das Bild mit ihm gemeinsam durch die Lupe zu betrachten: Im Vordergrund kniete Ndeschio Temba, mit dem Rücken zur Kamera, vor dem geöffneten Schlangenkorb, aus dem sich die Python bereits etwa eine Ellenlänge weit erhoben hatte. Im Hintergrund saßen die beiden als Haremssklavinnen kostümierten Runtschen-Schwestern auf ihren Seidenkissen, und in der Bildmitte stand Charlotte Paulus. Ihre Gestalt war unscharf zu erkennen – wie verwischt –, da Charlotte sich während der Belichtungszeit heftig bewegt hatte. Ihr Blick – von Weinfurth eigentlich so inszeniert, als sei er ängstlich auf die Schlange gerichtet – war eindeutig nach hinten gewandt, auf etwas, das sich offenbar an oder knapp neben der rechten Bildkante befand.

»Wer auch immer da stand: Die oder der ist auf der Aufnahme leider nicht zu sehen.« Enttäuscht ließ Wilhelmi die Lupe sinken.

»Da stand niemand, das weiß ich genau.« Auguste schaute sich die entsprechende Stelle noch einmal Millimeter für Millimeter durch das Vergrößerungsglas an.

»Tja.« Wilhelmi stand auf. »Dann hatten wohl bei Fräulein Paulus schon zu diesem Zeitpunkt Wahnvorstellungen eingesetzt, und sie hat da was gesehen, das für die Augen aller anderen – und für Ihre Kamera – unsichtbar war.«

»Nein! Augenblick noch!« Auguste zog ihren Mitverschwörer unsanft zurück auf seinen Platz. »Gucken Sie mal! Da!« Sie drückte Wilhelmi die Lupe in die Hand, »Da, zwischen den Drapieren!«

»Wo?«

»Den, den, den …«, Auguste fuchtelte enerviert in der Luft herum und suchte nach einem Ersatz für den offenbar für Männerohren unbekannten Begriff, »… den Stoffbahnen, die von oben runterhängen!«

»Ich weiß, was Drapieren sind, nur seh ich da niemanden.«

»Das hab ich ja auch nicht behauptet! Ich meine *das* da!« Sie deutete auf einen Gegenstand, der zwischen den Samtvorhängen hervorlugte. »Ein Stab oder Stock.«

»Kann das nicht einfach irgendein Dekorationsteil sein, das dahinter stand und umgefallen ist? Vielleicht hat das ja Fräulein Paulus erschreckt.«

Auguste zögerte und rief sich die ganze Situation noch einmal minutiös ins Gedächtnis zurück. »Nö. Hinter den Vorhängen war nichts. Nur der normale Hintergrundprospekt. Wozu auch? Man sieht ja immer nur den jeweiligen Bildausschnitt. Da muss man außerhalb der Szenerie nichts verstecken.«

»Hm. Sieht aus wie ein Stab oder Stock, da haben Sie recht. Könnte theoretisch auch ein Gewehrlauf sein, aber Fräulein Paulus ist nun mal weder erschlagen noch erschossen worden.«

»Stimmt.« Auguste seufzte und ließ die Schultern hängen. »Das Foto hilft also niemandem weiter.«

»Das hab ich nicht damit gemeint, Fräulein Fuchs. Im Gegenteil. Sie haben doch gesagt, dass Charlotte Paulus in dem Augenblick, in dem Sie das Blitzpulver entzündet haben, aufgeschrien hat.«

»Richtig.«

»Und das hier«, Wilhelmi tippte nachdrücklich auf das Foto, »das hier beweist, dass irgendetwas ihr einen Schrecken eingejagt haben muss. Sonst hätte sie für die fotografische Aufnahme doch still gehalten. Oder nicht?«

Auguste nickte. »Sie war geradezu mustergültig diszipliniert.«

»Jetzt überlegen Sie mal: Wenn ihr jemand in der Limonade oder dem Tee, den Frau Preissing hochgebracht hatte, Gift eingeflößt hätte: Hätte sie dann nicht eher allmählich darauf reagiert? Mit Übelkeit oder Benommenheit oder was weiß ich?«

»*Ich* weiß das noch weniger als Sie, Herr Kriminalassistent, und ich kann mir genauso wenig wie *Sie* einen Reim auf das Ganze machen.« Das klang schon wieder schnippisch, und Auguste fragte sich, warum um alles in der Welt dieser Kerl sie mit den harmlosesten Bemerkungen derart zu Widerspruch reizen konnte.

»Fest steht, dass weder Hanna Runtschen noch ihre Schwester auf das, was da am Bildrand vor sich ging, in irgendeiner Weise reagiert haben. Und auch Herr Temba sitzt ja offensichtlich ruhig da.«

»Und das bedeutet …?«

»Das heißt, dass scheinbar nur Charlotte Paulus sich erschreckt hat, und das ist seltsam, oder?«

»Ja, wenn Sie meinen …« Auguste wusste nicht so recht, inwieweit dieser Umstand von Belang war, doch noch bevor sie nachfragen konnte, stand Wilhelmi auf. »Dürfte ich das Bild wohl mitnehmen?«

Auguste nickte. Als Wilhelmi in die Jackentasche griff und sein Portemonnaie hervorzog, winkte sie entschieden ab. »Behalten Sie's. Herr Weinfurth wird die Aufnahme sowieso nicht verwenden können.«

Auf dem Weg zurück zur Ladentür wurde Wilhelmi schlagartig wieder förmlich. »Dann bedanke ich mich hiermit bei Ihnen und Ihrem Herrn Vater für Ihre Hilfe.« Er war bereits im Begriff, seinen Hut wieder aufzusetzen, als Auguste ihn zurückhielt. »Sie könnten mir doch im Tausch gegen das Foto erzählen, was das für eine Mission ist, auf die Sie Ihr Vorgesetzter heute Abend noch geschickt hat.« Erschrocken stellte sie fest, dass sie bei ihrer Frage den Kopf kokett zur Seite geneigt hatte. Das war in keiner Weise besser als ihre Patzigkeiten; das war einfach unmöglich! Nur: Daran war im Nachhinein nichts mehr zu ändern

Wilhelmi holte tief Luft, als wollte er etwas Bedeutungsvolles sagen, doch dann überlegte er es sich zu Augustes Bedauern wieder. »Glauben Sie mir, Fräulein Fuchs, das möchten Sie nun wirklich nicht genauer wissen.« Dann setzte er seinen Hut auf, sagte »Adieu« und verschwand im abendlichen Getümmel der Friedrichstraße.

Im Gerichtsmedizinischen Institut trug Reginald Wündrich die Ergebnisse der inneren Leichenschau in das dafür vorgesehene Formblatt ein.

Todesursache:
Herzstillstand bei systolischer Kontraktion.
Befund spricht für die Anwesenheit von Digitalis- oder Strophanthinkörpern. Schürf- und Risswunden an den Extremitäten belegen zudem den von Kollege Dr. Goldstein geschilderten, für die Einwirkung von hochdosiertem Strophanthin charakteristischen Todeskampf mit Erregung, Angstzuständen, Halluzinationen und starker Konvulsion.

Wieder was dazugelernt, stellte Reginald Wündrich zufrieden fest. Wenn keinerlei Schäden am Herzmuskelgewebe festgestellt werden können und das Herz nicht etwa wie normalerweise in der Diastole stehen geblieben ist, kann also, wie Professor Straßmann es ausgedrückt hat: »… von einer äußeren Einwirkung auf das Organ durch Zufügen eines hochdosierten, lokal wirksamen Giftes ausgegangen werden.« In die nächste Zeile gehörte demzufolge:

Tod durch Fremdverschulden.

Reginald Wündrich nahm sich vor, bei der nächsten Vorlesung ein bisschen mit seinem neu erworbenen Wissen herumzuprotzen. Die bornierten Von-und-Zus unter den Kommilitonen hatten es jedenfalls nicht besser verdient. Er gähnte, streckte die Beine unter dem Tisch aus und ließ die Knöchel in seiner Schreibhand knacken. Beinahe hätte er den letzten Eintrag vergessen:

Besonderheiten:
Schwangerschaft, etwa Beginn des zweiten Trimesters

KAPITEL 4

»He, Gustchen! *A penny for your thoughts*!« So wortkarg und in sich gekehrt wie an diesem Abend hatte Henrietta ihre Nichte selten erlebt. Charlotte Paulus war blutjung gewesen, im selben Alter wie Auguste. Da war es nur verständlich, dass der Tod einer Gleichaltrigen Auguste nachhaltig beschäftigte. »Wer könnte so unheimlichen Hass auf sie gehabt haben, dass er sie umbringt?«, murmelte sie, »ich meine: Was kann man als Frau schon Schlimmes anrichten?«

»Schönheit war schon immer ein Motiv für Neid und Eifersucht«, stellte Augustes Vater achselzuckend fest. »Wenn mich nicht alles täuscht, ist bei den alten Griechen wegen einer schönen Frau sogar ein jahrelanger Krieg vom Zaun gebrochen worden.«

»Unsinn, Julius!« Henrietta warf klirrend ihr Messer auf den Abendbrotteller. »Das mit der schönen Helena und Troja und dem ganzen Drum und Dran hat sich der alte Homer doch bloß ausgedacht! Wahrscheinlich ging's den Griechen in ihrem hölzernen Gaul nur um das Übliche.«

»Und das wäre?«

»Macht und Geld. Außerdem gehört Kriegführen bei euch Kerlen doch sowieso zum guten Ton.«

»Aber Charlotte Paulus war eine Frau und hatte, wie es aussieht, keinerlei Ambitionen in Bezug auf Macht und Geld«, warf Auguste ein, bevor sich ihr Vater und Tante Hattie einen längeren Schlagabtausch liefern konnten. »Ich versteh das Ganze einfach nicht.«

»Na, warten wir es erst mal ab«, lenkte Henrietta ein, »vielleicht findet dein flotter Kriminalassistent ja ganz schnell die Lösung.«

Während Auguste Tante Hatties Formulierung geflissentlich überhörte und betont ausgiebig an ihrem Schinkenbrot herumsäbelte, machte sich »ihr« Kriminalassistent auf den Weg nach Treptow: die Behrenstraße entlang mit der Elektrischen bis zum Haupteingang III der Gewerbeausstellung. Als er dort ankam, schloss diese soeben ihre Pforten, und Sigismund Brändel, der als eine Art Hausmeister für die auf dem Gelände befindliche Kolonialausstellung fungierte, empfing Wilhelmi mit einem bärbeißigen »Ick dachte schon, Sie komm' nich mehr«.

Die »Berliner Gewerbeausstellung von 1896« – von den Veranstaltern gern als verhinderte Weltausstellung bezeichnet – war *die* Sensation des Jahres! Auf einem Areal von rund neunzig Hektar tummelten sich mehr als dreieinhalbtausend Aussteller. Über die üblichen Werkschauen hinaus boten sich den Besucherinnen und Besuchern etliche Restaurants und Brauhäuser zum Verweilen an, und es gab jede Menge Attraktionen wie Rundfahrten mit venezianischen Gondeln, Bartschneidenlassen bei einem »Muzajin« – einem veritablen ägyptischen Barbier – oder in die Luft gehen mit »Zekeli's Riesen-Fesselballon«. Sogar eine Sternwarte hatte man gebaut. Allerdings hatte deren Riesenfernrohr auch vier Wochen nach der Eröffnung noch niemand zum Funktionieren gebracht. Zum pädagogisch wertvollen Amüsement gehörten außerdem die Nachbildungen deutscher Kriegsschiffe, die auf der Spree paradierten und brave kleine Matrosenanzugträger von einer Zukunft als Marineoffizier träumen ließen. Besonderer Anziehungspunkt jedoch war die »Erste Deutsche Colonialausstellung« am Treptower Karpfenteich, mit »Original-Negerdörfern« und »Straßen und Gassen in Kairo«.

Bis dorthin waren es vom Eingang III aus nur wenige Schritte, doch Sigismund Brändel führte Jakob Wilhelmi nicht wie erwartet zum entsprechenden Ausstellungsareal, sondern weiter abseits zu einer Reihe grob gezimmerter Baracken.

»Die könn' wer leider nich in ihre Negerhütten übernachten lassen. Sterben ei'm bei dem Regen ja sonst weg wie die Fliegen, versteh'n Se?«

»Natürlich. Ich hab gehört, dass tatsächlich einer der Afrikaner vorgestern Abend gestorben ist. Völlig überraschend, hieß es.«

»Da ham Se richtig gehört. War aber nich vor Kälte, sondern war 'n Unfall. Kann jedem passieren. Aber wenn Se mich fragen, ham die hier sowieso nischt verloren: Alle naslang fällt einer wejen Dünnpfiff aus, weil die Berliner Küche nu mal nich aus Vogelfutterpampe mit Kängurukotelett besteht!«

Jakob Wilhelmi verkniff sich die Bemerkung, dass das gemeine Känguru in Afrika selten bis gar nicht anzutreffen war und von daher vermutlich auch nicht auf den entsprechenden Speisekarten anzutreffen sein dürfte.

»Versteh'n Se mir nich falsch«, schwadronierte Sigismund Brändel weiter, »aber die soll'n doch bleiben, wo der Pfeffer wächst! *Meine* Meinung!«

Gut, der Pfeffer ist korrekt in Afrika verortet, dachte Jakob. »Aber …«

Doch Brändel ließ ihn gar nicht erst zu Worte kommen. »Dumm, faul und unordentlich – wenn Se mich fragen! Verfressen, tückisch und verlogen! Und kaum hat einer von denen 'n bissken Hüsterken – zack! – hat er 't uff der Brust. 'n paar von denen liegen *immer* flach! Und denn wird zu irgendeinem Affengott oder wat weeß ick jebetet und sich über den Karbolgeruch beschwert! So, da wär'n wer.« Brändel machte keinerlei Anstalten, Jakob weiter als bis zu dem Gatter, das den Eingang der Barackensiedlung markierte, zu begleiten. »Viel Jlück, wa?«

»Danke, Herr Brändel. Und schönen Abend noch.« Wenn Jakob angenommen hatte, den Schwätzer endlich los zu sein, dann hatte er sich getäuscht: Brändel rührte sich nicht von der Stelle. »Jawoll ja, Jlück wer'n Se brauchen, weil …«, er senkte bedeutungsvoll die Stimme, »… die Kaffern seh'n doch alle gleich aus. Und da drin sind mehr als hundert von denen. Wie Se da Ihre Verbrecher rausfinden wollen, is mir 'n Rätsel.«

»Die Herren sind keine Verbrecher, sondern Zeugen«, versetzte Jakob, doch Brändel winkte ab: »Sind doch allesamt irgendwie nich richtig im Kopp«, erklärte er und verfiel wieder in seine übliche Sprechlautstärke. »Besonders die Hottentotten. Machen hier uff feine Pinkel, versteh'n Se? Sind sich zu vornehm für nackig und Baströckchen. ›Herero- und Hottentottenkarawane‹ in Hut und Anzug? Wo jibt's 'n so wat?«

»Das weiß ich leider nicht.« Wilhelmi zuckte mit den Schultern. »Vielleicht da, wo die Herrschaften herkommen. Waren Sie denn schon mal dort?«

»Nee.« Sigismund Brändel hatte offenbar wenig Gespür für Ironie. »Aber sich für teuer Jeld aus ihrem Kral hierherbringen lassen und denn nich mal 'n bissken nackte Haut zeigen? Wenn Se mich fragen: Da sind unsere Zuschauer mit Recht sauer!«

»Ach, sind sie das?«

»Na ja, wie man munkelt, wohl eher die Zuschauer*innen*«, Brändel grinste obszön und stieß Jakob plump-vertraulich seinen Ellenbogen in die Rippen. »Manche Weiber sind ja janz verrückt nach die Wilden, weil: Die Kerle soll'n da unten rum so einijes zu bieten haben. Aber kleene braune Kinder machen is nich. Wir schicken die janze Mannschaft einmal die Woche in 'n Puff, und fertig. So!« Er stieß das Gatter auf, das die Barackensiedlung umgab. »Anschließend nur kurz klingeln, denn lass ick Ihnen raus«, und damit drehte er sich um und stapfte auf ein schmuckes kleines Blockhaus zu, das ihm während der sechs Monate, die die Ausstellung laufen sollte, offenbar als Hausmeisterwohnung diente.

Jakob näherte sich mit gemischten Gefühlen einer Gruppe von Afrikanern, die sich im Innenhof der Barackensiedlung um eine Feuerstelle scharten. Bis auf einen – offenbar der Älteste von ihnen – trugen alle europäische Kleidung. »Guten Abend!« Der doppelt geschlungene Wollschal wollte nicht so recht zu seinem Umhang aus bedrucktem Kattun passen. »Berlin ist kalt«, erklärte der Mann und deutete lächelnd auf seinen Hals. »Können wir irgendwas für Sie tun?«

»'n Abend. Danke, ja. Mein Name ist Jakob Wilhelmi, Kriminalassistent.«

»Angenehm. Natchaba, Koffi. Koffi ist der Vorname«, setzte der Schwarze lächelnd hinzu. »Wir gehören zur Togo-Truppe«, die anderen Männer nickten höflich, »morgens landestypisches Handwerk und nachmittags wilde Tänze und Kriegsspiele.«

Wilhelmi schaute betreten zu Boden. Koffi Natchaba sprach so gut wie akzentfrei Deutsch und war eindeutig alles andere als der exotische Wilde, den ganz Berlin seit Anfang Mai mit einer Mischung aus Schauder und Faszination zu begaffen pflegte.

»Verzeihen Sie die Störung, aber ich würde gerne drei ...«, Wilhelmi suchte nach den richtigen Worten, »... drei ... Kollegen von Ihnen sprechen. Zwei Mitglieder der ›Herero-und-Hottentotten-Karawane‹: Frans und Cornelius Morenga und einen Herrn, der offenbar nicht hier wohnt ...« Wilhelmi las den ungewohnten Namen von seinem Büchlein ab: »... Aleeke Mambila.«

»Stimmt. Mambila gehört nicht zu uns. Der ist beim Auswärtigen Amt angestellt. In der Kolonialabteilung. Sitzt drüben im Verwaltungsgebäude. Nur: Da dürften Sie um die Zeit niemanden mehr antreffen. Wie ich Mambila kenne, ist der in der Oper oder im Ballett oder sonst wo unterwegs. Aber die Morenga-Brüder finden Sie gleich ein Haus weiter. Die Herren sind übrigens Nama.«

»Aha?« Jakob kratzte sich am Kinn, und auf Koffi Natchabas Gesicht breitete sich ein gutmütiges Grinsen aus. »Die Nama wegen ihrer Sprache Hottentotten zu nennen, ist etwa so höflich wie einen freundlichen Berliner Eingeborenen wie *Sie* wegen Ihres Riechorgans als Spitznase zu bezeichnen.«

Unwillkürlich griff Jakob an seine Nase.

Koffi lächelte immer noch. »Eindeutig … scharfkantiger als meine, was?«

»Ähm. Ja.«

»Aber Nase ist Nase, oder?«

»'türlich. Klar.« Bevor seine Verwirrung überhandnehmen konnte, verabschiedete sich Jakob und ging auf die angegebene Baracke zu. Dass ein offensichtlich hochgebildeter Schwarzer als »Wilder« auftrat und den Berlinerinnen und Berlinern irgendwelche Stammesriten vorführte, von denen er zuvor womöglich noch nie etwas gehört hatte, war mehr als irritierend. Und die Sache mit der Nase, den Nama und den Hottentotten verstand Jakob erst recht nicht.

Immerhin: Die beiden Morenga-Brüder zu finden war nicht schwer. Sie erkannten den jungen Kriminalassistenten sofort wieder und gaben mithilfe eines Dolmetschers bereitwillig Auskunft: Sie kannten Ndeschio Temba, den Hotel-Pagen, vom Sehen, denn schließlich mussten sie auf dem Weg zu den abendlichen Varietévorstellungen am Eingang des Central-Hotels vorbei.

Aber darüber, wo er sich zurzeit aufhielt, konnten sie beim besten Willen keine Auskunft geben. Nach dem Darsteller, der für den verstorbenen Kollegen eingesprungen war, gefragt, zuckte der Dolmetscher mit den Achseln. »Jeder kennt hier Aleeke Mambila. Der teilt die Leute ein und setzt die Auftrittszeiten an und so weiter. Aber der wohnt natürlich nicht hier bei uns.«

Wieso das »natürlich« war, erschloss sich Jakob nicht so recht, aber offenbar bekleidete Mambila eine Stellung, die mit Privilegien verbunden war. Dass er – genauso wie die beiden Morenga-Brüder – die Kolonialausstellung als Adresse angegeben hatte, war allerdings insofern logisch, als er davon ausgehen konnte, dass Polizeibesuche nur während der normalen Arbeitszeiten zu erwarten waren.

Sigismund Brändel öffnete die Tür zu seinem Blockhaus nur einen Spalt breit, als Jakob klingelte. »Wo der Mambila wohnt, kann ich nich sagen«, brummte er. Und ansonsten solle der Herr Unterkommissar gefälligst morgen wiederkommen, weil er, Sigismund Brändel, jetzt Feierabend habe.

Mit dem mageren Ergebnis seiner Nachforschungen alles andere als zufrieden, kehrte Jakob Wilhelmi zum Alexanderplatz zurück. Für heute war auch für ihn Feierabend, und morgen würde man dann eben weitersehen.

Professor Straßmanns Obduktionsbericht war scheinbar kurz vor Dienstschluss noch auf von Barnstedts Schreibtisch gelandet. Daraus ging zweifelsfrei hervor, dass es sich beim Tod von Charlotte Paulus um einen Mordanschlag gehandelt hatte.

Jakob konnte sich angesichts der Momentaufnahme, die ihm die resolute Fotografin überlassen hatte, keinen Reim darauf machen, dass Ndeschio Temba erwiesenermaßen nicht mehr in sein Zimmer im Central-Hotel zurückgekehrt war. Auf dem bewussten Foto kniete er vor Charlotte Paulus auf dem Boden und hatte den Deckel des Schlangenkorbs in den Händen. Das hieß, er war ganz offensichtlich nicht der Täter. Doch sein Verschwinden war merkwürdig und machte ihn natürlich verdächtig.

»Strophanthin?« Max von Jadow runzelte kopfschüttelnd die Stirn. »Wieso sollte jemand einem Tingeltangel-Mädchen einen solchen Tort antun?«

Von Barnstedt zuckte mit den Schultern und winkte dem Kellner, um eine Flasche *Roederer Carte Blanche* zu ordern. Ein Souper im »Hiller« war das Mindeste, was er seinem alten Internatsfreund zur Begrüßung bieten musste: Schließlich war Max von Jadow erst vor ein paar Monaten aus Ost-Afrika zurückgekehrt, und es lag ganz in Kommissar von Barnstedts Interesse, dass er sich möglichst schnell wieder heimisch fühlte: Beziehungen konnte man nie genug haben, und dass sein alter Kumpel als Baron in der Adelshierarchie erheblich höher angesiedelt war als er selbst, war sicher nicht von Nachteil.

»Wir werden sehen.« Nachdem er auf von Jadows Wohl getrunken hatte, beschloss der Kommissar, ein wenig mit dem Fall, den er seit heute auf dem Schreibtisch hatte, anzugeben. »Stell dir vor: Das Mädel war schwanger! Wer weiß, vielleicht sogar von diesem Neger, der sich im Handumdreh'n verdünnisiert hat! Die beiden müssen sich gekannt haben, sonst hätten die sich nicht in dieser Negersprache miteinander unterhalten können.«

»Verstehe ...« Von Jadow sah, ganz offensichtlich interessiert, von seinem Croquembouche, einer köstlichen Windbeutelpyramide, auf. »Und weiß man denn, um welche Negersprache es sich handelt? Davon gibt's schließlich Hunderte. Wenn nicht sogar noch mehr.«

»Na, hierzulande kann dieses Kauderwelsch doch sowieso keiner unterscheiden. Und ist ja schließlich auch egal.« Von Barnstedt war nicht mehr zu bremsen. »Es ist mir einfach schleierhaft, wieso der Leichenfledderer nicht aufgeschrieben hat, ob das arme Wurm im Bauch von unserer Toten denn nun weiß war oder braun.«

»Den Schleier kann ich dir aus eigener Erfahrung lüften.« Von Jadow grinste überlegen. »Ob so ein Bankert schwarz, weiß oder braun sein wird, kann man mitunter nicht mal kurz nach der Geburt feststellen.«

»Was? Max, komm, verkohl mich nicht! Das ist jetzt nicht dein Ernst!«

»Mein voller Ernst. Weil sich die Haut manchmal erst später dunkel färbt.«

»Und woher weißt du das?«

»Glaubst du vielleicht, wir würden uns in Afrika das eine oder andere gut gebaute Negerweib entgehen lassen?« Von Jadow zwinkerte von Barnstedt zu und lachte leise. »Und wo gehobelt wird, da fallen Späne.«

Von Barnstedt ging nicht weiter darauf ein. Es war ihm peinlich, dass von Jadow offen mit Affären prahlte, obwohl er sich die schöne Sidonie geangelt hatte, den

Schwarm der ganzen Oberprima. Aber von Jadow war schon damals ein verdammt gut aussehender Kerl gewesen, und keiner aus der Klasse wäre je auf die Idee gekommen, ihm bei der Werbung um die schöne Sidonie im Weg zu stehen. Dass diese Elfe ihren Mann trotz ihrer zarten Kondition ins ferne Afrika begleitet hatte, machte sie in von Barnstedts Augen zu einer wahren Heiligen. Und dass der undankbare Kerl sich dort trotzdem mit schwarzen Frauen …

»Wenn du *mich* fragst«, unterbrach von Jadow die Gedanken seines Gegenübers, »dann hat der Täter sich für seine Tat ein reichlich kompliziertes Mordszenario ausgedacht.«

»Wie auch immer.« Von Barnstedt war im Namen seiner Jugendliebe Sidonie verschnupft und nicht gewillt, das Thema »schwarze Konkubinen« weiterzuverfolgen.

Die Rechnung, die er eine halbe Stunde später zu begleichen hatte, war deutlich höher als geplant, und er war fest entschlossen, wenigstens das Geld für eine Droschke einzusparen und zu Fuß nach Haus zu gehen. Doch Max von Jadow ließ es sich nicht nehmen, ihn in seiner Motorkutsche heimzufahren. »Wo darf's denn hingeh'n?«

»Kreuzberg. Fichtestraße 2«, brummte von Barnstedt. Ganz sicher, dachte er, wohnt Max in einem herrschaftlichen Haus mit allem Drum und Dran. Womöglich sogar in der Villenkolonie im Grunewald, wo nur die Allervornehmsten sich ihre Häuser bauen lassen. Seine Parterrewohnung in der Fichtestraße konnte da nicht mal im Ansatz konkurrieren, auch wenn es dort ein kleines Gärtchen gab. Dort prangte an der Wand – hinter dem vierflügeligen, hübsch verzierten Plumpsklohäuschen – ein grandioses Landschaftsbild: Da gab es eine Burg und Berge und einen Mann zu Fuß und einen Mann zu Pferde. Es hieß, es handle sich um eine Szene aus der Oper »Don Giovanni«. Das Bild erstreckte sich über die gesamte Rückseite des Nachbarhauses. Wenn Kommissar von Barnstedt sich – in sicherer Entfernung vom Toilettenhäuschen – auf seiner weiß gestrichenen Holzbank niederließ, dann dachte er sich die Berge einfach weg und träumte, seinen Feierabendschoppen in der Hand, von seinem Heimatdorf in Mecklenburg.

Der Daimler ruckelte beim Anfahren und riss von Barnstedt unsanft in die Gegenwart zurück. Der Lärm, den Max von Jadows pferdelose Kutsche auf dem Kopfsteinpflaster machte, war zwar nicht intensiver als das jedermann vertraute Hufgetrappel, doch als sie in die weniger belebten Nebenstraßen kamen, hagelte es Schimpftiraden aus den Fenstern.

»Verzieh dir bloß mit deine Rumpelkiste!«

»Den Krach brauch keener sich jefallen lassen!«

»Jenau! Die Dinger braucht keen Mensch! Die sind nur jut zum Dicketun!«

»Det sag ick ja! Und nischt dahinter!«

Von Jadow schien den Aufruhr zu genießen – bis irgendwann der Tank leer war. Die schicke, neue Motorkutsche blieb ganz einfach stehen und tat keinen Wank.

Von Barnstedt half seinem Freund, aus einer mitgeführten Kanne Treibstoff nachzufüllen. Anschließend warf er einen Blick auf seine Taschenuhr und stellte fest, dass er mit einer Pferdedroschke längst zu Hause wäre. Sein Mantelärmel war verschmutzt, und seine Hände rochen nach Benzin. Er hoffte inständig, dass diese nichtsnutzigen Motorkutschen ganz schnell aus der Mode kämen. Genauso wie Musketen und gepuderte Perücken.

Als sie am Mietshaus in der Fichtestraße ankamen, klopfte von Jadow seinem Schulfreund kräftig auf die Schulter. »Adieu, mein Lieber. Und komm bitte möglichst bald einmal zu uns.«

Von Barnstedt schickte ein Stoßgebet zum Himmel, dass keiner seiner Nachbarn ihn beim Aussteigen aus Max von Jadows Knatterkasten sah und sich womöglich anderntags bei ihm beschwerte. Kaum hatte er die Wohnungstüre aufgeschlossen, brach es auch schon aus ihm heraus. »Ach, weißt du, der von Jadow ist im Grunde ja kein schlechter Kerl. Und eine Mitgliedschaft in seinem noblen Herrenclub – das bedeutet: Beziehungen, von denen man als kleiner Polizeibeamter sonst nur träumen könnte. Natürlich kann er Sidonie viel eher all das bieten, was ihr zusteht. Nur, weißt du: Ich hab trotzdem niemals damit aufgehört, an sie zu denken.« Er öffnete die Tür zur Speisekammer und fand ein Restchen frische Sahne. »Na, Mullemaus, 'n kleines Leckerchen, bevor wir beide in die Heia geh'n?«

Kapitel 5

»Entschuldige die Störung, Hulda, ich wollte eben schnell noch Papas Biersiphon vorbeibringen, dann kann Dorchen morgen beim Einkaufen …«, weiter kam Auguste nicht: An Hulda Preissings Küchentisch saß der Page aus dem Central-Hotel! Kaum war sie eingetreten, sprang er auf und schaute sie mit angstvoll aufgerissenen Augen an.

»Nichts da!« Umgehend schubste Hulda ihn zurück auf seinen Stuhl, »Du bleibst hier erst mal ganz in Ruhe sitzen, Jungchen, und machst keinen Mucks, verstanden?«

Huldas Auffassung von Mütterlichkeit und Fürsorge hatte nach wie vor etwas Rabiates, stellte Auguste fest und versuchte vergeblich, sich einen Reim auf das Ganze zu machen. Dann fiel ihr ein, dass dieser Temba – der Vorname war ihr entfallen – am Nachmittag hinter dem Rücken der Polizei mit Hulda getuschelt hatte. Es hatte ausgesehen, als ob die beiden sich kannten – obwohl sie sich nicht vorstellen konnte, wie das möglich war.

»Und du setzt dich auch, Häseken!«

Auguste gehorchte mechanisch und vergaß sogar, gegen Huldas noch aus ihrer Kindheit stammendes »Häseken« zu protestieren.

»Wie mich der Junge heute Nachmittag gefragt hat, ob er sich bei mir verstecken kann, hab ich selbstverständlich sofort Ja gesagt. Natürlich is er's nich gewesen. Hab doch gesehen, wie er die Kleine angeguckt hat, wenn die zwei sich heimlich hier getroffen haben, immer Montag auf Dienstag, weil: Da hatte Charlotte spielfrei. Die beiden hatten sozusagen ein Abonnement auf mein schönstes Doppelzimmer«, Hulda hob in gespielter Naivität die Schultern, »und ich hab doch jedes Mal glatt vergessen, mir die Heiratsurkunde zeigen zu lassen. Aber Kuppeleiparagraf hin oder her: Die Herren von der Polizei dürfen auf keinen Fall erfahren, weswegen die beiden nach Berlin gekommen sind. Deshalb ist Ndeschio ja hier bei mir auf Tauchstation. Er kennt in Berlin doch sonst niemand, dem er vertrauen kann. Du darfst ihn auf keinen Fall verraten, Gustchen, hörst du?«

»Aber ... Was? ... Wieso ...?« Auguste hatte das Bedürfnis, auf dem Absatz kehrtzumachen, doch Hulda Preissing duldete wie immer keinen Widerspruch. Stattdessen landete eine Flasche *Stobbes Machandel* auf dem Tisch. »*Wie* weiß ich nicht, aber wir müssen unserem Jungchen helfen, verstanden?« Hulda nahm drei Schnapsgläser aus der Vitrine und ließ sich anschließend mit einem tiefen Seufzer auf den freien Stuhl zwischen Auguste und Ndeschio plumpsen. »Die Sache ist nämlich die: Der Junge hat Angst, und in Trauer isser auch, und hier bei mir werden sie ihn zuallerletzt suchen. Und wenn *doch*, ist

Luis schon geimpft, Alarm zu schlagen, wenn die Herren Kriminalen noch mal auftauchen.«

Die eine Hälfte der »Herren Kriminalen« saß zur gleichen Zeit in ihrer kleinen Wohnung in der Diedenhofer Straße und brütete vor sich hin. Kaum zu Hause angekommen, hatte Jakob Wilhelmi das Bild, das offenbar den Augenblick des Anschlags auf Charlotte Paulus zeigte, an den Briefständer auf seinem Schreibtisch gelehnt und wieder und wieder die dort festgehaltene Szene angeschaut. Er war sich durchaus im Klaren darüber, dass sein Interesse wenigstens zum Teil darauf zurückzuführen war, dass dieses Fräulein Fuchs bei ihm so einen nachhaltigen Eindruck hinterlassen hatte. Der Hauptgrund allerdings lag in der Tatsache, dass sein Vorgesetzter den Fall Paulus als schon halbwegs erledigt angesehen hatte, erst recht, nachdem der Page vom Central-Hotel verschwunden war. Und Professor Straßmanns Gutachten schien von Barnstedts Giftmordtheorie tatsächlich zu bestätigen.

»Trotzdem …«, murmelte Wilhelmi, »… irgendwas stimmt da nicht.« Er führte sich das potenzielle Mordszenario noch einmal in allen Einzelheiten vor Augen: Die Witwe Preissing, ihre Kaltmamsell und auch der Liftboy Luis hätten theoretisch jede Möglichkeit gehabt, beim Kochen oder auf dem Weg ins Atelier Gift ins Essen oder die Getränke zu mischen. Aber dann wären sie Gefahr gelaufen, sämtliche Anwesende umzubringen. Damit schieden alle drei nach menschlichem Ermessen als Mordverdächtige aus. Dasselbe traf genau genommen auch auf Juppi Weinfurth und die ganze Haremstruppe zu: Gelegenheit, jemandem etwas ins Getränk zu schmuggeln, hatten sie alle, aber um gezielt eine Person zu töten, hätten sie das Gift direkt und ausschließlich in deren Glas oder deren Tasse schütten müssen: unwahrscheinlich, dass Charlotte Paulus das nicht bemerkt hätte. Und dann blieb immer noch die Tatsache, dass die Symptome plötzlich und der Tod bereits Minuten später eingetreten waren. Digitalis schied insofern aus. Versuche, damit unliebsame Zeitgenossen aus dem Weg zu räumen, zogen sich laut Jakobs Recherchen über einen längeren Zeitraum hin und gingen mit Übelkeit, Erbrechen und Kopfschmerzen einher. Also stöberte er so lange in Buchheisters *Abriss der allgemeinen Chemie* herum, bis er in Sachen Strophanthin-Vergiftung fündig wurde:

> Kommen diese Basen fertig gebildet in Pflanzen vor oder lassen sie sich aus denselben durch einfache Bearbeitung herstellen, so werden sie Alkaloide genannt. Sie wirken schon in außerordentlich geringen Mengen auf den thierischen und menschlichen Organismus heftig ein.
>
> ...
>
> Sie sind sämmtlich in Wasser nur schwer, in Alkohol, Aether und Chloroform leichter löslich. Ihr Geschmack ist meist stark bitter.

»In Wasser nur schwer löslich und stark bitter. Na gut, damit ist die Tee- und Limonadentheorie endgültig vom Tisch«, murmelte Jakob. Er konnte sich einer gewissen Genugtuung nicht erwehren. Für seinen Vorgesetzten war die Sache sogar schon vor Ndeschio Tembas spurlosem Verschwinden klar gewesen: »Wetten, die Kleine is vergiftet worden? Und Sie ha'm doch gesagt, dass einer von den Negern, die da oben zu tun hatten, weder was gegessen noch getrunken hat.«

»Ja. Der Name ist mir nur gerade nicht geläu…«

»Ach, lassen Se Ihr schlaues Büchlein ruhig stecken, Wilhelmi. Wenn Straßmann die Kleine auseinandergenommen hat und es tatsächlich Gift war, ist die Sache sowieso vom Tisch. Also finden Sie den Kerl und nehmen ihn vorsorglich schon mal beim Schlafittchen. Den Rest erledigt Meister Knüpfauf.«

Dass es zwischen Verdacht und Vollstreckung des Todesurteils womöglich noch eine Menge zu ermitteln und beweisen gab, schien für von Barnstedt keine große Rolle zu spielen, und Wilhelmi wusste nur zu gut, dass man es sich als sein Untergebener dreimal überlegen musste, die Geistesblitze seines Vorgesetzten ohne guten Grund zu hinterfragen. Aber auch wenn Ndeschio Temba nicht mehr im Central-Hotel erschienen und wie vom Erdboden verschwunden war, gab es schließlich Auguste Fuchs' Fotografie. Jakob nahm sich vor, das Bild von Barnstedt gleich am nächsten Morgen vorzulegen.

Bevor er zu Bett ging, wanderten seine Gedanken noch einmal zu der jungen Fotografin, die offenbar dazu neigte, hinter jeder noch so harmlosen Bemerkung Unrat zu wittern, und die es darüber hinaus nicht lassen konnte, mit ihrem Wissen aufzutrumpfen. »Klookschieter« nannte man das in seiner norddeutschen Heimat. Oder »Dweerkopp«. Beides galt als nicht sehr schmeichelhaft für eine Frau. Aber bei Fräulein Fuchs, fand Jakob, hatte diese Widerborstigkeit ganz ohne Zweifel ihren Reiz.

Ndeschio Temba saß in Hulda Preissings Küche und weigerte sich kategorisch, einen zweiten Schnaps zu trinken.

»Vertragen ja heutzutage überhaupt nichts mehr, die jungen Leute«, brummte Hulda ungnädig und stocherte, den Wasserkessel in der Hand, im Herd herum, um den verglimmenden Holzscheiten noch ein paar letzte Flammen zu entlocken. »Und nu erzähl mal, Jungchen«, setzte sie anschließend ein wenig aufgeräumter hinzu.

Ndeschio Temba hatte die Hände gefaltet und starrte auf den Küchentisch. »Charlotte und ich …«, begann er zögernd, »… wir haben uns vor vier Jahren kennengelernt. In Hohenfriedeberg.«

»Hohenfriedberg?« Auguste runzelte die Stirn. »In Schlesien?«

»Nein, Hohenfried-e-berg«, kurz huschte ein Lächeln über Ndeschio Tembas Gesicht, »in den Usambara-Bergen.«

Auguste blies die Backen auf und hob entschuldigend die Hände. »Im Erdkundeunterricht hab ich heimlich unterm Pult Karl May gelesen.«

»Der Ort heißt Mlalo. Deutsch-Ostafrika. Die Missionare haben ihn in ›Hohenfriedeberg‹ umbenannt. Charlottes Vater ist dort Arzt, und sie hat ihm als Krankenschwester assistiert. Nach unserer Flucht hat sie mich dort gesund gepflegt.«

Flucht? Auguste rückte unwillkürlich ein paar Zentimeter von Ndeschio Temba ab. »Wer hat Sie denn verfolgt?«

»Die deutschen Schutztruppen.«

»Wieso denn *das*?« Auguste machte keinen Hehl daraus, dass das in ihren Ohren reichlich unwahrscheinlich klang. »Was hatten Sie denn – wenn Sie mir die Frage erlauben – angestellt?«

»Wir haben uns gewehrt. Mein Bruder Mwenda, ich und viele andere Männer. Wir wollten uns nicht kampflos unser Land wegnehmen lassen.«

So wie er da an Hulda Preissings Küchentisch saß, konnte Auguste sich den jungen Mann beim besten Willen nicht als blutrünstigen Kämpfer vorstellen: Er war ganz offensichtlich klug und liebenswürdig und wirkte überhaupt nicht so, wie diese nackten Wilden in den Zeitungen beschrieben wurden.

»Gouverneur von Scheles Truppe hat ganze Dörfer dem Erdboden gleichgemacht.« Seine Stimme klang monoton, als wollte er vermeiden, dass ihn die Bilder der Vergangenheit einholten. »Wir haben uns mit aller Macht verteidigt, wir wollten nicht, dass sie uns Land und Jagdrecht nehmen und uns zu Zwangsarbeitern machen. Bis wir in einer letzten Schlacht geschlagen wurden.«

»Und dann?«

Ndeschio blickte auf. »Wollen Sie das wirklich wissen?«

»Natürlich.«

»Mein Bruder, seine Frau und ihre Tochter konnten mit mir fliehen. Wir haben uns bis in die Usambara-Berge durchgeschlagen. Nur war ich irgendwann durch meine Verletzungen zu sehr geschwächt, um weiter mitzugehen. Ich hab Mwenda angefleht, mich einfach dort zurückzulassen. Aber er wollte nicht. Ein Missionar hat uns, als wir schon fast verdurstet waren, aufgelesen.« Kurz huschte bei der Erinnerung ein Lächeln über Tembas Gesicht. »Hat mich auf seinen Esel draufgeschnallt wie einen Hirsesack und uns nach Hohenfriedeberg gebracht.«

Hulda füllte Augustes und ihr eigenes Glas mit einem gut bemessenen weiteren Schuss Machandel. »Und Wenda …?« Sie sah Ndeschio fragend an »Menda …?«

»Beides. M-w-enda. Mit M und W.«

»Herrgott noch mal, ihr *habt* aber auch Namen!« Hulda kippte den Machandel runter und begann von Neuem: »Also, Mwenda ist anschließend wieder in Richtung Kilimandscharo gezogen und hat sich in der Umgebung des Mangasees bei weißen Großwildjägern als Jagdgehilfe verdingt. Und Jaina und Mana …?« Sie hob resignierend die Hände.

»Mwanaidi«, half Ndeschio ihr weiter, »auch mit M W.«

»Genau. Also: Mwanidi … Mwanida … Entschuldigung, das lern ich noch. Also, Ndeschios Schwägerin und seine Nichte sind manchmal als Köchin und als Küchenhilfe auf Safaris mitgegangen, um Gastgeber und Gäste zu bewirten.«

Auguste hoffte, dass man ihr das Staunen nicht zu deutlich ansah: Ganz offenbar kannte sich Hulda mit Ndeschios Geschichte bestens aus.

»Dass Frauen mit dabei sind, gibt es zwar nicht allzu oft, und in den meisten Fällen übernimmt einer der Jagdgehilfen das Kochen«, fügte Ndeschio hinzu. »Nur wenn es mal besonders nobel zugehen soll, nimmt man auch Hausbedienstete auf die Safaris mit.«

»Und *Sie*?«

»Ich wusste nicht, wohin. Deshalb war es für mich wie ein Geschenk des Himmels, dass Christian mich gefragt hat, ob ich bleiben möchte.«

»Christian …?«

»Charlottes Vater. Ich hab dann jahrelang in der Mission als Sprachgehilfe gearbeitet: Englisch, Dschagga, Kisuaheli und später auch Deutsch.« Er lächelte erneut. »Deutsch hat mir Charlotte beigebracht. Deutsch und Harmoniumspielen.«

Auguste brauchte einen Moment, um das Gesagte zu sortieren: eine deutsche Schutztruppe, die ganze Dörfer niedermähte? Wie passte das mit Kaiser Wilhelms Reden von den »neuen Landsleuten« zusammen, als die er die Bewohner deutscher Kolonien zu bezeichnen pflegte? Und eine Krankenschwester, die – zurück in Deutschland – im Varieté auftrat? Nichts davon leuchtete ihr ein. Erst als der Flötenkessel zu pfeifen anfing und Hulda Tee aufbrühte, sprach Ndeschio weiter. »Als klar war, dass man in Berlin nichts gegen die Auslöschung unserer Dörfer unternehmen würde, haben Charlotte, Christian und ich uns auf die Suche nach Beweismaterial gemacht.«

Ndeschio zögerte und warf Hulda einen unsicheren Blick zu.

»Erzähl ruhig weiter, Jungchen. Bei unserer Guste sind deine Geheimnisse gut aufgehoben.« Sie gab einen sentimentalen kleinen Seufzer von sich. »Weißt du, mein Häseken war nicht mal ganz drei Wochen alt, als Julius sie mir in den Arm gelegt hat. Da waren mein eigenes kleines Mädchen und mein Mann gerade mal 'n halbes Jahr unter der Erde. Typhus. Ich weiß nicht, wieso ausgerechnet *ich* das überlebt hab.« Sie tätschelte Augustes Hand. »Aber das is ja nu fast einundzwanzig Jahre her, und Guste hat mich noch nicht *ein* Mal angeflunkert.«

Doch, dachte Auguste. Als ich mit meiner Puppe Ida Ostseestrand gespielt hab und sie aus ihrem Schwimmversuch im Wäschezuber als wabbeliger Klumpen Pappmaché mit Glasaugen hervorgegangen ist. »Sie ist nicht aus Versehen reingefallen, Hulda …« Vielleicht war dies der Anlass, endlich in dieser Sache reinen Tisch zu machen.

»Ach, das mit deiner armen Puppe Ida meinst du?« Hulda winkte lachend ab. »Das zählt nicht, Gustchen, das war höhere Gewalt.«

Ein Stockwerk höher ging das Licht im großen Zimmer aus.

Nachdem es Henrietta nicht gelungen war, sich mit dem Legen von Patiencen abzulenken und ihr normalerweise stets von Erfolg gekrönter Versuch, ihren Schwager in ein Streitgespräch zu verwickeln, an Julius Fuchs' frühem Rückzug gescheitert war, hatte auch sie sich, ein Buch unter dem Arm, in ihr Schlafzimmer verzogen. Schon nach wenigen Minuten war sie so in ihre Bettlektüre vertieft, dass ihr das nächtliche Ausbleiben ihrer Nichte ausnahmsweise mal entging.

Henrietta hatte *Effi Briest* bereits verschlungen, als der Roman in Fortsetzungen in der *Deutschen Rundschau* erschienen war, und wusste daher, dass die Geschichte für alle Beteiligten übel ausgehen würde. Sie las das Buch trotzdem noch mal von vorne.

… wenn es Zärtlichkeit und Liebe nicht sein können, weil Liebe, wie Papa sagt, doch nur ein Papperlapapp ist (was ich aber nicht glaube), nun, dann bin ich für Reichtum und ein vornehmes Haus, ein ganz vornehmes, wo Prinz Friedrich Karl zur Jagd kommt, auf Elchwild oder Auerhahn, oder wo der alte Kaiser vorfährt und für jede Dame, auch für die jungen, ein gnädiges Wort hat …

Was für ein naives Dummchen, diese Effi, dachte Henrietta und fragte sich, wie ein Mann – und noch dazu ein hochbetagter Zeitgenosse wie Fontane – es jedes Mal wieder schaffte, sich in die Gedanken und Gefühle junger Frauen zu versetzen. Ihr war es damals nämlich nicht viel anders gegangen als seiner Romanheldin: Nachdem ihre ältere Schwester ihren Dickkopf durchgesetzt und einen – wie ihr Vater zu sagen pflegte – »hergelaufenen Künstler« namens Julius Fuchs geheiratet hatte, kam es den von Coesenitz' mehr als gelegen, dass ein veritabler britischer Lord ihrer Jüngsten den Hof machte. »Die Liebe stellt sich mit der Zeit schon von alleine ein«, hatte ihre Mutter behauptet, »und wenn nicht, dann hast du immerhin ein komfortables Leben und musst dir um nichts in der Welt mehr Sorgen machen.« Und Henrietta hatte das – genau wie Effi – fest geglaubt. Doch bereits die Hochzeitsreise war ein Desaster: Man hatte sich ganz einfach nichts zu sagen, und Leidenschaft war seiner Lordschaft fremd. Dass Droydon-Jones anschließend seine Zeit viel lieber auf der Jagd oder im Club verbrachte statt an der Seite seiner Gattin, empfand Henrietta geradezu als Erleichterung. Nur leider gab es in den Cotswolds keinen Major Crampas.

Den Kerl, den Theodor Fontane zu Effis Liebhaber erkoren hatte, fand Henrietta zwar nicht gerade koscher, aber es hätte ihr trotz aller Vorbehalte gut gefallen, wenn Effi einfach so auf alle Konventionen gepfiffen und mit ihm ein neues Leben angefangen hätte. Im fernen Afrika, zum Beispiel. Das wurde langsam regelrecht en vogue, und der Schlawiner Crampas sah in Tropenhelm und Khakianzug ganz bestimmt fantastisch aus. Aber wer wollte ernsthaft einem Theodor Fontane ins Handwerk pfuschen?

Seufzend steckte Henrietta eine Haarnadel als Lesezeichen zwischen die Seiten und legte das hübsche, goldgeprägte blaue Buch auf ihre Nachtkonsole. Im Halbschlaf spann sie Effis Geschichte ab dem ersten Kuss im Pferdeschlitten auf ihre Weise weiter: Effi und Crampas auf dem Weg in eine ungewisse Zukunft – natürlich in Begleitung ihres Kindermädchens, damit die kleine Tochter ihren Liebesrausch in keiner Weise stören konnte. Ein kurzer Aufenthalt in Genua, in einem zart rosé getünchten Grandhotel, mit Blick aufs Mittelmeer. Vielleicht sogar direkt am Hafen. Und ein paar Tage später dann auf einem Dampfschiff, den Suezkanal durchquerend: Seite an Seite an der Reling stehend, das Fernglas in der Hand. Und ganz in weißem Leinen. Wegen der Hitze. Links und rechts Kamele, Wüstensand und Männer in windgeblähten Gewändern. Und Dattelpalmen – zum Greifen nahe. Und schließlich in Dar-es-Salaam: Sie würden eine Nacht am Indischen Ozean verbringen, eng aneinandergeschmiegt, um sie herum nichts als sonnenwarmer Sand, sanfter Wind in den Palmen und das Rauschen der Wellen. Und am Himmel Milliarden von Sternen. Bevor sie Effi und Crampas auf den Küstendampfer nach Mombasa verfrachten konnte, war Henrietta eingeschlafen. Sie hätte sich im wahrsten Sinne des Wortes nicht träumen lassen, dass die Bilder dieser Reise für sie Realität werden könnten. Nur eben ohne Effi und ihren Major.

In Huldas Küche – eine Treppe tiefer – war es still geworden. Ndeschio nippte an dem mittlerweile kalt gewordenen Tee. Auguste ahnte, dass vor seinem inneren Auge all die Schreckensbilder aufgestiegen waren, die er womöglich lange Zeit nicht zugelassen hatte. Doch auch wenn es Ndeschio offensichtlich Mühe kostete: Sie wollte alles wissen, was ihm widerfahren war. Wie sonst könnte sie helfen? »Ndeschio«, begann sie vorsichtig, »heißt das: Ihr Bruder, seine Frau und seine Tochter sind von Deutschen … ermordet worden?«

Ndeschio nickte. »Jaina wurde totgeschlagen; die Peitsche lag mit ihrem Blut getränkt bei ihrer Leiche. Mein Bruder und Mwanaidi sind erschossen worden. Die Toten hat man ins Gebüsch geworfen und gehofft, dass Löwen, Geier und Hyänen die Spuren ein für alle Mal vernichten.« Er unterbrach sich kurz und sah Auguste forschend an, als wollte er sich vergewissern, dass sie seinen Worten Glauben schenkte. »Es ist bei uns durchaus nichts Ungewöhnliches, die Toten wilden Tieren zu überlassen. Wenn man im Dschungel oder der Savanne unterwegs ist, gibt es nicht immer eine Möglichkeit, sie zu bestatten. Nur: Hier ging es ganz ohne Zweifel darum, ein Verbrechen zu vertuschen.«

Er schwieg erneut, doch Hulda kannte die Geschichte. Sie redete sich regelrecht in Rage. »Es gab in der gesamten Jagdgesellschaft niemand, der was unternommen hat! Keiner hat diese Mordgesellen aufgehalten. Ein Freund von Ndeschios Bruder hat ihm dann, erst viele Wochen später, die Todesnachricht nach Hohenfriedeberg gebracht. Und ein Bild.«

»Natürlich hat von den Jagdhelfern keiner einen Fotoapparat«, warf Ndeschio ein, »aber Mbonea versteht sich gut aufs Zeichnen. Und so, wie er die Toten aufgefunden hat – das denkt sich niemand aus. Und als Beweis hatte er darüber hinaus noch einen Zeitungsausschnitt aufgetrieben, aus einer deutschen Zeitung. Zwar ohne dass der Name drunterstand, aber zumindest hatte er den Mann darauf erkannt, der die Safari ausgerichtet hatte.«

»Nur, als Charlottes Vater das Verbrechen angezeigt hat, hat man noch nicht mal *ihm* – als Weißem! – zugehört«, fuhr Hulda fort. »Man hat ihm bei der Kolonialverwaltung gesagt, das sei doch lediglich eine von den Geschichten, die sich die Neger ausdenken, um Vorteile daraus zu schinden.«

»›Muungwana huyo anatoka katika jiji kubwa nchini Ujerumani‹. Das war das Einzige, was mir Mbonea sagen konnte: ›Der Mann kommt aus einer großen Stadt in Deutschland‹. Mehr Anhaltspunkte gab es nicht, aber wir wollten diesen Menschenschinder nicht ungestraft so weitermachen lassen. Uns war egal, auf welche Weise wir uns in Berlin durchschlagen würden. Und wir hatten großes Glück: Die Stelle als Page hab ich gleich am ersten Tag nach unserer Ankunft in Berlin bekommen, und Weinfurth hat Charlotte bei der Dienstmädchen-Vermittlungsstelle kennengelernt. Man hat sie dort ohne Gesindebuch nicht angenommen, aber beim Rausgehen ist sie Weinfurth aufgefallen, und er hat sie vom Fleck weg engagiert: Als ›Minna‹ wär' sie viel zu schade, hat er gesagt. Ob sie stattdessen wohl mit Tieren umgehen könnte?«

»Unglaublich, was?« Rasch goss sich Hulda – und natürlich auch Auguste – ein weiteres Glas Machandel ein. »Da würd man doch von Hühnern, Hunden oder Katzen ausgehen, und nicht von einer ausgewachs'nen Schlange, oder?«

»Igitt!« Schon beim Gedanken an die unermüdlich zuckende, geschlitzte Zunge bekam Auguste eine Gänsehaut. Sie kippte dankbar den Machandel herunter.

»Ach was! Ein aufgeregter deutscher Gockel ist im Zweifelsfall sogar gefährlicher als eine Python.« Temba schüttelte amüsiert den Kopf, »Die ist so zahm wie eine Miezekatze. Und außerdem: Mit Kobras oder Mambas umzugehen, lernt man bei uns zu Hause schon als kleines Kind. Die Schlangen sind zwar allesamt hochgiftig. Aber normalerweise wollen sie ganz einfach nicht gestört werden.«

Na ja, wer weiß, was eine Schwarze Mamba so unter »stören« versteht, dachte Auguste. Und dass ein kalt und seelenlos dreinblickendes Geschöpf wie diese Königspython ein Gemüt wie eine anschmiegsame Katze haben sollte, wagte sie zu bezweifeln.

»Für uns war Weinfurths Angebot ein wahrer Segen! Wir beide unter einem Dach – zumindest abends bei den Vorstellungen: Charlotte im Wintergarten und ich im gleichen Haus, als Page im Central-Hotel! Und hier in der Pension konnten wir uns dank Frau Preissing heimlich treffen!« Einen Moment lang trug ihn die Erinnerung davon, und er kämpfte mit den Tränen. Auguste schwieg, und Hulda drückte Tembas Hand. Nach einer Weile schaute er erschrocken auf »Um Himmels willen! Nicht, dass Sie sich jetzt irgendwas Böses denken, Fräulein Fuchs.«

»Wie kommen Sie denn darauf?« Scheinbar hatte Ndeschio Augustes Schweigen missverstanden.

»Nun ja, wenn man ein Paar beherbergt, das nicht denselben Namen trägt … Charlotte und ich sind letztes Jahr in der Mission getraut worden, aber eben nur kirchlich. Wir hätten uns und andere gefährdet, wenn wir bei der Kolonialverwaltung ein Aufgebot bestellt hätten.«

»Aber … wieso …?« Auguste ließ die Frage unvollendet, denn schließlich ging sie Ndeschio Tembas und Charlottes Liebesleben überhaupt nichts an. Die beiden waren offensichtlich glücklich miteinander gewesen: Die Art und Weise, in der Ndeschio von Charlotte sprach, zeugte von tiefer Zuneigung – und gleichermaßen tiefer Trauer.

»Wir dachten, in Berlin wird uns niemand vermuten und wir sind hier sicher.« Temba nippte vorsichtig an einem weiteren Glas Tee, das Hulda Preissing ihm mit ein paar gut gemeinten Extrastücken Kandiszucker angereichert hatte. »Der Himmel weiß, wer uns verraten hat.«

Uns. Daraus war nur zu schließen, dass auch *er* sich in Lebensgefahr befand. Auguste dachte an den netten

Herrn Kriminalassistenten und dessen – wie es aussah – nicht mal halb so netten Vorgesetzten. Aber nett oder nicht: Die Polizei war schließlich dazu da, Menschen vor Mord und Totschlag zu bewahren. »Es wäre vielleicht besser, sich den hiesigen Behörden anzuvertrauen«, sagte sie leise und vermied es tunlichst, ein »… statt sich hier bei Hulda zu verstecken« hinzuzufügen. Dass Hulda Ndeschio und Charlotte die Möglichkeit gegeben hatte, sich diskret zu treffen, war das eine; das andere war, dass hier im Haus ein Mord geschehen war und Hulda sich vielleicht verdächtig machte.

»Nee, nee, Häseken.« Hulda Preissing goss Auguste – keinen Widerspruch duldend – einen weiteren Machandel ein. »Ganz so einfach ist das nich. Gerade vor *denen* muss er sich besonders in Acht nehmen.«

»Sehen Sie, wir haben alle möglichen Unterlagen mitgebracht: Fotografien unseres abgebrannten Dorfs, Mboneas Zeichnung, Briefe und Niederschriften von Vertriebenen und Überlebenden und alle möglichen Belege für das Treiben weißer Kolonialherren. Und diese Dinge könnten einige Beteiligte Pension und Ehre und sogar das Leben kosten.«

»Na, umso naheliegender, sich damit an die Polizei zu wenden!«

»Und wenn in den Behörden Männer sitzen, denen diese Dinge *selbst* gefährlich werden könnten?«

Auguste hatte schon von Kindesbeinen an gelernt, dass Polizisten gute Menschen waren, die einem beispielsweise halfen, wenn man sich verlaufen hatte. Sie hatte sogar einmal selbst gesehen, wie ein Schutzmann einen Nachbarsjungen beim Schlafittchen nahm, als der Rhabarber klauen wollte. Seitdem war ihr Vertrauen ungebrochen. Und jener junge Assistent des Kriminalbeamten war erst recht ein feiner Kerl. »Aber ...«, begann sie vorsichtig, »... Herr Temba, könnte es nicht sein, dass Sie sich und Hulda obendrein in Schwierigkeiten bringen, wenn Sie auf einmal nicht mehr aufzufinden sind?«

»Das Risiko nehmen wir zwei in Kauf«, antwortete Hulda an Ndeschio Stelle, »und schließlich waren außer Ndeschio noch jede Menge andere Verdächtige im Atelier. Die werden sich die Herrn Kriminalen alle nach und nach erst mal zur Brust nehmen müssen.«

»Das stimmt.« Auguste dachte an das Foto, auf dem Charlotte Paulus sich nach irgendetwas oder irgendjemandem umgeschaut hatte, und zum ersten Mal wurde sie sich der ganzen Tragweite der Ereignisse bewusst: Ein Mensch, den sie kannte, jemand, dem sie höchstwahrscheinlich freundlich die Hand gegeben und mit dem sie wenige Minuten zuvor noch zusammen gegessen und getrunken hatte, war kurz danach zum Mörder geworden. Oder zur Mörderin? Schließlich musste es sich nicht zwingend um einen Mann gehandelt haben, und Giftmord war – wie man es in der Zeitung gern betonte – Frauensache. Aber die liebenswerten Schwestern Runtschen? Als Mörderinnen? Wohl kaum. Sie waren außerdem bei jener letzten Aufnahme mit auf dem Bild. Oder Lina Kröschke, die vorlaute Theaterfriseuse? Die war vielleicht ein Biest, doch in Augustes Augen schien sie nicht besonders helle. Sie traute ihr ein abgefeimtes Mordkomplott nicht zu. Andererseits hatten alle drei Frauen bei den Auftritten im Wintergarten mit Charlotte Paulus zu tun gehabt. War vielleicht gar nichts Politisches im Spiel, sondern ganz simpel Eifersucht?

»Den Ausschlag dafür, nach Berlin zu gehen, hat für uns dann schließlich das gegeben, was von der Debatte um Carl Peters in der Zeitung stand«, fuhr Temba scheinbar zusammenhanglos fort, »natürlich erst fünf Wochen nach dem Aufruhr im Reichstag.« Er schien Augustes verständnislosen Blick misszuverstehen und setzte hastig eine Erklärung hinzu: »Die Postschiffe brauchen ja drei Wochen, und dann kommt noch der Landweg hinzu.«

»Nu man langsam, Jungchen.« Hulda Preissing griff erneut zur Kandiszuckerdose und füllte Tembas Tasse auf. »Vielleicht erzählst du unserem Häseken das Ganze einfach mal von vorne. Eins nach dem anderen … Moment.«

Nach wenigen Augenblicken kehrte sie, mit einer alten Tageszeitung wedelnd, zurück. »Hier! Die war Gott sei Dank noch nicht verfeuert.« Triumphierend breitete sie die Titelseite auf dem Küchentisch aus. »Voilà: *Berliner Tageblatt*, Morgenausgabe vom 14. März!«

Auguste erinnerte sich, dass Hulda alte Zeitungen neben ihrem Kachelofen zu stapeln pflegte, um sie als Klopapier oder als Anzündhilfe zu benutzen. Anscheinend hatte diese Ausgabe die Zweitverwertung überlebt.

Jetzt tippte Hulda auf die rechte Spalte auf der ersten Seite:

> Die gestrige Sitzung des Reichstages, in der der Kolonialetat zur Berathung stand, gehörte zu den erregtesten dieser Session.

Auguste las den Artikel halblaut weiter. »Gegen Dr. Karl Peters, der in der letzten Zeit durch die Agitation für uferlose Flottenpläne wieder die Aufmerksamkeit weiter Kreise auf sich gelenkt hatte …«

»Schreibt sich eigentlich mit C«, warf Hulda ein, »aber ob Carl Peters mit C oder mit K: Es bleibt derselbe Schweinehund.«

»… wurden schwere Anklagen wegen seiner Tätigkeit in Afrika erhoben«, las Auguste, »und auch der Vertreter der Regierung musste so viel davon als richtig zugeben, dass die vorgesetzte Behörde des früheren Reichskommissars wohl kaum wird umhin können, die aus der Mitte des Reichstags geforderte neue Untersuchung gegen Herrn Doktor Peters einzuleiten.«

»Endlich, haben wir gedacht«, unterbrach sie Temba, »endlich wird er zur Rechenschaft gezogen!«

Auguste überflog den Rest des Artikels. »… nahm der Abgeordnete Bebel das Wort … dass Peters, als er die Station am Kilimandscharo befehligte, eine Eingeborene, mit der er intim verkehrt hatte, hängen ließ, weil sie ein Verhältnis mit seinem Diener anknüpfte. Auch den Diener ließ Peters hängen.«

Aus den nächsten Zeilen ging hervor, dass – der Darstellung eines Abgeordneten namens Dr. Kayser zufolge – Peters die beiden »wegen Spionage und um seine Autorität aufrechtzuerhalten« habe »hängen müssen«.

Charakteristisch aber für die Entwickelung unserer Kolonialpolitik ist es, daß der Führer des Centrums – also der Partei, die sich an der Kolonialisierung sehr eifrig beteiligt hatte, weil es sich um das

Hineintragen christlicher Kultur in den schwarzen Erdtheil handle – offen zugab, daß bei solchen Zuständen, wie sie im Reichstage geschildert worden sind, von einer Ausbreitung christlicher Gesittung in Afrika nicht die Rede sein könne.

Auguste erinnerte sich dunkel an eine Karikatur; ihr Vater hatte sie ihr gezeigt: In seiner Lieblingszeitschrift *Kladderadatsch* hatte man die Hand mit dem emporgereckten Hammer, die das Plakat der Gewerbeausstellung zierte, statt des Hammers mit einem Doppelgalgen versehen, an dem zwei halb verhungerte Schwarze hingen. Und der bebrillte Weiße mit dem Tropenhelm unten im Bild war jener Peters: Links hielt er eine elegant gekleidete weiße Frau untergehakt, rechts eine halb nackte Schwarze – den Henkerstrick schon in der Hand.

»Häseken, noch einen?« Hulda hob auffordernd die Machandelflasche.

»Nein, danke.«

Zu spät! Augustes Glas war auf der Stelle wieder bis zum Rand gefüllt.

Kapitel 6

Igitt! Was is 'n das?« Auguste schüttelte sich und starrte misstrauisch die rote Brühe an, die Tante Hattie ihr am Bett kredenzte.

»Gemüsesaft, Salz, Pfeffer und zwei rohe Eier.«

»Das ist ja widerlich!«

»Hast *du* vier Schnäpse zu viel im Kopf oder *ich*?«

»Es waren nur drei ...«

»... an die du dich erinnerst. Also nichts wie runter mit dem Zeug!«

Auguste hielt sich die Nase zu, nahm all ihren Mut zusammen und schluckte das glibberige Gebräu. »Danke.« Erleichtert setzte sie das Glas ab, »Und davon geh'n die Kopfschmerzen weg?«

»Dauert in etwa noch ein Stündchen, aber bis dahin kannst du mir vielleicht erzählen, was Hulda geritten hat, dir deutlich zu viel Alkohol einzutrichtern.«

»Das war wegen ... weil ...« War es in Ordnung, Tante Hattie in die ganze Geschichte einzuweihen? Einerseits, überlegte Auguste, hatte sie Ndeschio Temba und Hulda Preissing striktes Stillschweigen geschworen. Andererseits war ihre weltgewandte Tante vielleicht der einzige Mensch, der Temba weiterhelfen konnte. »Es geht um diesen jungen Afrikaner«, begann sie zögernd. »Der, den Herr Weinfurth als Ersatz für den Verstorbenen als Fächersklaven engagiert hat und der als Page drüben im Central-Hotel beschäftigt war.«

»Ach ja? Und der arbeitet jetzt nicht mehr da?«

»Nee.«

»Hm.«

Pause. Schweigen.

Henrietta blieb geduldig auf Augustes Bettkante sitzen, aber irgendwann wurde ihr die Sache denn doch zu bunt. »Kommt da noch was?«

»Ich hab gesagt, ich sag nichts.«

»Gut. Dann würd *ich* sagen: Halt' dich dran.« Henrietta stand auf, schnappte sich das leere Glas und schickte sich an, das Zimmer zu verlassen.

»Halt! Nein! Warte!« Hinter Augustes Stirn wütete zwar nach wie vor die Rache des Machandel, aber der Gedanke, dass Tante Hattie Ndeschio womöglich helfen konnte, nahm zusehends Gestalt an. »Was meinst du«, begann sie vorsichtig, »woran merkt man, dass man jemandem vertrauen kann?«

»Reine Gefühlssache«, versetzte Henrietta achselzuckend.

»Aber gibt es nicht vielleicht irgendwas, das hilft, dass man sich sicher sein kann?«

»Nee, gibt es nicht. Man sagt ja nicht von ungefähr, man könne jemandem *blind* vertrauen. Wenn man die

Wahrheit kennt, muss man niemandem glauben und vertrauen; dann weiß man ganz einfach Bescheid.«

»Das hilft mir irgendwie nicht weiter.«

»Und wenn du einfach mit der Sprache rausrückst, anstatt hier weiter rumzudrucksen?«

»Na gut.« Und Auguste erzählte. Von Ndeschio, seiner ermordeten Familie und von Jagodja, der jungen Frau, die Carl Peters zu Willen sein musste und die in jenem Dorf am Kilimandscharo auf ähnlich grausame Weise getötet worden war wie seine Familie.

»Dieser Carl Peters hat mehrere einheimische Frauen als ...« Auguste suchte nach einem passenden Begriff. »Konkubine« – wie es in den Zeitungen hieß – war wohl kaum das richtige Wort. »Er hat sie gezwungen, ihm körperlich zu Willen zu sein. Dann hat er irgendwann erfahren, dass eine von ihnen ein Liebesverhältnis mit seinem Diener hatte.«

»Ja, jetzt erinnere ich mich. Doktor Carl Peters. Ein aufgeblasener Kerl mit Herrenmenschen-Attitüde«, Henrietta schüttelte angewidert den Kopf, »und in der Sache mit dem jungen Liebespaar hat doch der Bebel vor nicht allzu langer Zeit im Reichstag für Tumult gesorgt.«

»Ndeschio sagt, dass wegen Peters' Prominenz lange nichts davon in Deutschland an die Öffentlichkeit geraten ist. Und überhaupt: In unseren Zeitungen stand nichts von solchen Gräueltaten. Auch nicht, dass diese junge Frau zunächst noch vor Carl Peters' Häschern fliehen konnte.«

»Wieso? Ich dachte, diese ... wie hieß die?«

»Jagodja.«

»Ich dachte, die wär' gleichzeitig mit Peters' Diener hingerichtet worden.«

Auguste schüttelte den Kopf. »Nein, nicht sofort. Im Gegenteil: Zunächst sah es so aus, als sei das Ganze für sie glimpflich abgelaufen – wenn man mal davon absieht, dass es für sie ja fürchterlich gewesen sein muss, dass man ihren Geliebten auf so brutale Weise umgebracht hat. Aber mit ihr zusammen konnte sogar noch eine Handvoll anderer Dschagga-Frauen vor Carl Peters fliehen. Nur war die Sicherheit, in der sie sich geglaubt haben, trügerisch: Der Widerling hat alles darangesetzt, sie ausfindig zu machen. Und als er sie gefunden hat – drei Monate nach dem Tod seines Dieners –, hat er gedroht, das gesamte Dorf niederzubrennen, wenn man sie ihm nicht ausliefert.«

»Und vor die Wahl gestellt, ist man dem nachgekommen?«

Auguste nickte. »Dann hat der Kerl das arme Mädchen in Ketten gelegt und wieder und wieder zu seinem Vergnügen auspeitschen lassen; tagelang, immer wieder aufs Neue und immer auf die offenen Wunden. Ndeschio sagt, erst als Jagodjas Rücken nur noch eine blutige Masse war, hat Peters die halb tote junge Frau am Eingangstor des Lagers aufhängen lassen.«

»Ndeschio war dabei?«

»Zur Abschreckung, hat es geheißen. Nachdem das Ganze endlich öffentlich geworden ist, hat Ndeschio wieder Mut geschöpft, dass auch der Mörder seiner Angehörigen gesucht und vor Gericht gestellt wird. Und er hat mit Charlottes Hilfe dessen Spur verfolgt.«

»Das heißt, der Kerl, der Ndeschio Tembas Bruder, seine Schwägerin und seine Nichte umgebracht hat: Der ist *hier*? Hier in Berlin?«

Auguste nickte, und sie stellte fest, dass schnelle Kopfbewegungen jetzt tatsächlich wieder möglich waren: Das Zeug, das Tante Hattie ihr verabreicht hatte, hatte seine Wirkung nicht verfehlt: Der marodierende Machandel verzog sich peu à peu aus ihrem Kopf, zumindest so weit, dass sie in der Lage war, ohne zu schwanken aufzustehen. Mit einem Seufzer der Erleichterung schlüpfte sie in ihre Hauspantinen.

Die Gewerbeausstellung in Treptow war an jenem 5. Juni 1896 trotz des wechselhaften Wetters gut besucht, und Jakob Wilhelmi hätte sich liebend gern ein wenig auf dem Gelände umgeschaut. Doch von Barnstedt hatte ihn bereits am frühen Morgen mit einem detaillierten Ablaufplan auf Tour geschickt: »Angesichts der nunmehr vorliegenden gerichtsärztlichen Feststellung, dass es sich im Fall Charlotte Paulus zweifellos um einen gewaltsam herbeigeführten Tod handelt, hat die umgehende Vervollständigung der Aussagen aller am Ort des Verbrechens Anwesenden absoluten Vorrang«, hatte er in gleichermaßen hochtrabendem wie nervtötendem Beamtendeutsch erklärt. »Und insbesondere im Hinblick auf die Tatsache, dass sich dieser schwarze Page gleich nach der Tat dem Zugriff der Ermittlungsbehörde entzogen hat, bedarf es hinsichtlich seines derzeitigen Aufenthaltsortes dringend weiterer Nachforschungen.«

»Aber die Fotografie, die mir das Fräulein Fuchs freundlicherweise überlassen hat, zeigt deutlich, dass der Page keinesfalls der Täter sein kann.«

»Mein lieber Wilhelmi, merken Sie sich eins: Polizeiarbeit ist Beinarbeit. Für irgendwelche Bildchen haben Sie und ich nun wirklich keine Zeit.«

»Aber wann hat man schon das Glück, eine Fotografie zur Hand zu haben, auf der exakt der Augenblick, in dem der Mordanschlag vonstattenging …«

»Ach? Glauben Sie?« Von Barnstedt liebte es, mit irgendwelchem aufgeschnappten Wissen zu brillieren. »Dann glauben Sie bestimmt auch dran, dass Ihre Oma, wenn sie tot ist, auf Kommando Tische rücken kann!«

»Meine Großmütter sind noch quicklebendig. Und zwar alle beide.«

»Schön, schön. Aber egal, Wilhemi! Sagen Sie bloß, Sie haben nichts von diesen lächerlichen Geisterbildchen mitgekriegt, mit denen Helena Blavatsky und Konsorten uns ihren Jenseits-Kokolores näherbringen wollen?«

»Doch, doch. Nur handelt es sich bei Fräulein Fuchs' Aufnahme nicht um Gespenster, sondern um Menschen wie Sie und ich.«

»Ach was! Sie wissen doch, wie leicht ein Fotograf mit ein paar Tricks die Existenz von irgendwas und irgendwem vortäuschen kann!«

»Aber das Fräulein Fuchs hatte nun wirklich weder Zeit oder Interesse, an dieser Aufnahme Manipulationen vorzunehmen.«

»Woher wollen denn ausgerechnet *Sie* das wissen?«

Jakob überging geflissentlich von Barnstedts nicht von der Hand zu weisende Frage. »Ganz sicher ließen sich – zumindest theoretisch – am ursprünglichen Bild vorgenommene Änderungen auch im Nachhinein noch feststellen.«

»Und wenn schon: Wozu soll das gut sein? Wenn Sie Trivialitäten wie Fotografien bei Gericht verwenden wollen, lacht sich der Staatsanwalt 'n Ast.«

Da hatte Kommissar von Barnstedt allerdings nicht unrecht. Jakob beschloss, das Thema zu vertagen. Sein Vorgesetzter hatte leider auch ansonsten unumstößliche Prinzipien: Die Befragung der Damen im Hause Fuchs hatte er für sich reserviert, während sein Assistent den ganzen Vormittag hindurch treppauf treppab zu traben hatte, um Juppi Weinfurth und das Wintergarten-Personal auszuhorchen: War ihnen wirklich nichts Besonderes aufgefallen? Gab es schon vor dem Schrei, der Charlotte Paulus' Todeskampf vorangegangen war, bei ihr irgendwelche Anzeichen von Schwäche oder Unwohlsein? Hatte das Opfer irgendetwas gesagt oder getan, das auf den Täter schließen lassen könnte?

Lina Kröschke erging sich wie erwartet in wilden Spekulationen in Bezug auf Charlottes und Ndeschio Tembas Dialog in »Negersprache«. Ihr Kollege Edgar – mit dem schönen Nachnamen Katzenbeisser – war, wie er erneut und nachdrücklich versicherte, zu Fräulein Paulus' Todeszeitpunkt »... uff 't Klosett jewesen«, und nachdem weder Juppi Weinfurth noch Hugo Kallweiß und Erich Neitzel – die beiden Bühnenarbeiter – irgendetwas Wesentliches beizusteuern hatten, war Jakob schließlich noch mal zur Kolonialausstellung rausgefahren: Die Schwestern Runtschen sollten sich erst einmal ausschlafen: Die beiden waren nach ihrem Auftritt als Haremssklavinnen noch stundenlang mit Putzeimer und Schrubber im Wintergarten unterwegs und hatten sich die vormittägliche Ruhe redlich verdient.

Diesmal betrat Wilhelmi das Terrain, auf dem sich die Kolonialausstellung befand, durch das imposante, mit afrikanischen Masken behängte hölzerne Tor. Zwischen allerlei exotischen Gewächsen wanderten die Berlinerinnen und Berliner an nachgebildeten Eingeborenendörfern vorbei zu den »Straßen und Gassen von Kairo«, und die ganz besonders Mutigen wagten sich sogar bis in die Hütten hinein, um den angeblichen Alltag der Kameruner, Togolesen und der sogenannten »Hottentotten« hautnah mitzuerleben. Damit es bei einem derart engen Kontakt mit ungezähmten »Wilden« nicht zu wie auch immer gearteten Unannehmlichkeiten kam, hatte man einen Trupp Berliner Schutzpolizisten in weiße Anzüge und Tropenhelme gesteckt, um notfalls stilgerecht zu intervenieren. Durch den Hintereingang eines der Gebäude in den »Kairoer Gassen« gelangte man – geschickt vor den Augen der Ausstellungsbesucher verborgen – zu den Verwaltungsräumen der Kolonialausstellung. Aleeke Mambila, gestern noch als säbeltragender Eunuche in Juppi Weinfurths Diensten, trug nunmehr Anzug und Krawatte und residierte als einziger Schwarzer hinter einem der vier Eichenschreibtische in der ersten Etage. Er hatte einen Stapel Unterlagen vor sich liegen und trug Namen, Daten, Zahlen oder was auch immer in ein Kontorbuch ein. Wie seine Kollegen trug er glänzend schwarze Ärmelschoner, um die Manschetten seines Oberhemdes nicht versehentlich mit Tinten- oder Stempelfarbe zu beschmutzen. Unwillkürlich musste Jakob schmunzeln: Von den blank geputzten Stiefeln bis zum blütenweißen Stehkragen war Aleeke Mambila geradezu der Inbegriff eines preußischen Beamten. Allerdings sah er – das musste Jakob neidlos zugeben – im Unterschied zu seinen bleichen, sauertöpfischen Kollegen blendend aus.

»Entschuldigen Sie, Herr Mambila, darf ich Sie einen Moment stören?«

»Wenn die anderen Herren nichts dagegen haben …«

Mambilas Kollegen schüttelten stumm die Köpfe, ohne von ihrer Arbeit aufzusehen, doch Jakob konnte vor seinem geistigen Auge deutlich sehen, wie sich drei Paar Ohren wie die Hasenlöffel in die Höhe reckten, um nur ja kein Wort von dem, was kommen sollte, zu verpassen.

»Ich möchte Sie, nachdem ich Sie ja gestern Abend nicht angetroffen habe, gern fragen, ob Sie vielleicht eine Beobachtung gemacht haben, die uns bei unseren Ermittlungen zum Tod von Fräulein Paulus weiterhelfen könnte.«

Mambila schüttelte den Kopf. »Sehen Sie, ich kannte da ja niemanden außer den Morenga-Brüdern, und selbst die kenn ich nur oberflächlich. Ich hab mich deshalb auch nicht groß um die Anwesenden gekümmert. Selbst diesen Weinfurth hab ich da zum ersten Mal gesehen. Mit dem hab ich, wenn es um unsere Schaunegger gegangen ist, ausschließlich telefoniert. Und letzten Endes hab ich ja den ganzen Harems-Zirkus nur aus Freundschaft mitgemacht.«

»Das heißt …?«

»Das heißt, dass der, der eigentlich für diese Atelieraufnahmen vorgesehen war, bedauerlicherweise kurz davor den Tod gefunden hat. Am Nachmittag, bevor er abends bei der Wintergarten-Vorstellung wie üblich als einer der Haremssklaven aufgetreten wäre. Traurige Geschichte. Er war – genau wie ich – Bamun.«

»Aha.« Jakob stellte zum wiederholten Male fest, dass er so gut wie gar nichts über jene Menschen wusste, die Kaiser Wilhelm so begeistert »unsere neuen Landsleute« nannte. Anscheinend hatte man beim Auswärtigen Amt für die als »Wilde« ausgestellten Afrikaner bevorzugt die Eliten ihrer Heimatländer rekrutiert. Was deren Sprachkenntnisse anbetraf, war Jakob ihnen mit Latein und seinem bisschen Oberprima-Englisch deutlich unterlegen. Und wer oder was war »bamun?« Ein Versprecher? Sollte es vielleicht »*im*mun« heißen? Er erinnerte sich, dass Weinfurth erwähnt hatte, der zusätzlich bestellte »Schauneger« sei am Tag vor den Aufnahmen womöglich an »zu viel Berliner Luft« gestorben.

»Ihr Freund war also – so wie Sie – bamun. Das heißt, er hatte eine Lungeninfektion … ähm …?«

»Nicht *im*mun.« Mambila hatte offensichtlich Spaß an Jakobs Ahnungslosigkeit. »Wir Bamun leben im Westen von Kamerun. Mein Freund Idrissou und ich haben eine Zeit lang in Foumban bei Hofe gearbeitet, und König Njoya hat Idrissou, als es um die Kolonialausstellung ging, hierhergeschickt, damit er ihm anschließend alles ganz genau berichtet. Der König ist ein großer Freund der Deutschen.«

Tatsächlich: Die Eliten, stellte Jakob fest und notierte sich den Namen des Verstorbenen. »Idrissou …?«

»Ntamag. N, T, A, M, A, G.«

»Danke. Und Ihr Landsmann ist ganz plötzlich gestorben? Woran genau?«

Mambila hob beide Hände, als wolle er sich einem Angreifer ergeben. »Das hat niemand genau zurückverfolgen können. Er hatte wohl Probleme mit dem Essen, das man unseren Leuten vorsetzt. Hat, wie es aussah, auf dem Weg zu den Latrinen das Bewusstsein verloren und ist mit dem Hinterkopf auf das Pflaster geschlagen. Ich hab mich sofort als Ersatzmann in die Tagesliste eingetragen. Uma zuliebe.«

»Ich dachte, der Page aus dem Central-Hotel wäre anstelle des Verstorbenen …«

»Tja, sehen Sie«, Mambila hob erneut wie zur Entschuldigung die Hände, »das ist im Lauf der Nacht nicht bis zu uns hier durchgedrungen.«

»Und Uma ist …«

»Idrissous Witwe. Sie arbeitet nicht hier. Sie ist als Dienstmädchen in Stellung. Und sie hat deshalb nicht die Mittel, ihren Mann hier in Berlin so wie es üblich ist bestatten zu lassen. Das übernimmt die Charité: Sein Körper steht den dortigen Studenten zur Verfügung. Das Geld dafür kann Uma gut gebrauchen. Und sie wird außerdem von mir das Honorar bekommen, das ihr Mann im Fotoatelier verdient hätte.«

Wilhelmi notierte in seiner Kladde *Weinfurth: Lohnauszahlung an Darsteller erfolgt?* Obwohl ihn das natürlich streng genommen gar nichts anging.

»Meine verehrten Damen, ich hoffe sehr, Sie nicht zu inkommodieren …« Von Barnstedt saß in der Fuchs'schen

Bibliothek auf der Chaiselongue und nippte mit gespitztem Mund an seinem Sherryglas. »Gemeinhin trink ich ja so gut wie keinen Alkohol«, log er, »erst recht nicht während der Dienstzeit. Aber wenn mich so charmante Damen, wie *Sie* es sind, bewirten, werd ich mir so ein winzig kleines Schlückchen nicht versagen.«

Henrietta schielte zur Zimmerdecke, und Auguste kaschierte ihr Prusten als plötzlichen Niesanfall. Doch trotz seiner verquasten Ausdrucksweise war der Kommissar vom Alexanderplatz nicht zu unterschätzen: In welche Richtung die Ermittlungen weitergingen, lag immerhin fast ausnahmslos in seiner Macht. Auguste hatte erst mit sich gerungen, doch dann nahm sie sich vor, zunächst von Barnstedt gegenüber nichts von ihrem fotografischen Beweisstück zu erwähnen. Ganz sicher hatte ihm sein Assistent das Bild sofort bei Dienstbeginn gezeigt, und damit war geklärt, dass Ndeschio Temba keinesfalls als Täter in Betracht kam. Jetzt hieß es einfach, noch mal nachzudenken, ob irgendeine bisher übersehene Spur zur Aufklärung des Verbrechens führte.

»Schöne Bilder.« Von Barnstedt deutete auf die drei Landschaftsaquarelle, die über dem Kamin hingen.

»Die malt mein Butler«, behauptete Henrietta mit todernster Miene. Auguste musste an sich halten, nicht laut aufzulachen: Bei den wirklich zauberhaften Impressionen handelte es sich um Werke von Henriettas eigener Hand, vor ein paar Jahren hergestellt auf ihrem Landsitz in den Cotswolds, um dem tristen Einerlei an der Seite des zu dieser Zeit noch lebenden Lord Droydon-Jones zumindest stundenweise zu entkommen.

»Ach, sieh mal einer an.« Der Kommissar war sichtlich irritiert. »Ihr Butler *malt*?«

»Ja, Cedric malt als Auftragsarbeit auch ganz reizende Porträts von Hunden, Katzen, Papageien und was man sonst noch so als Haustier halten kann.«

»Oh. Trefflich, trefflich. Oder auch … genau genommen … öh … wunderbar.« Von Barnstedt wand sich wie ein Aal, und man konnte geradezu mitverfolgen, wie die Gedanken hinter seiner Stirn sich überschlugen. Henrietta kam daraufhin erst recht in Fahrt. »Wenn Sie also ein Hündchen oder ein Kätzlein haben, Herr Kommissar, oder ein Vögelchen, dessen liebendes Andenken Sie für die Ewigkeit erhalten wollen: Lassen Sie's nicht ausstopfen! Das sieht im Lauf der Jahre räudig aus und landet früher oder später auf dem Kehricht!«

Von Barnstedt dachte an sein Kätzchen Mullemaus, und der Gedanke, ohne Mullemaus den Feierabend zu verbringen, trieb ihm beinahe Tränen in die Augen.

»Versteh'n Sie: Unser Gustchen macht ein hübsches Foto, und das schicken Sie dann einfach mit der Post an Mister Cedric Carson, Evenlode House in Chadlington. Warten Sie mal, ich schreib das eben für Sie auf.«

Henrietta ging zu einem der im Raum verteilten kleinen Tische, um die Adresse ihres Butlers zu notieren. Von Barnstedt nahm den Zettel dankend in Empfang, und während sich Henrietta wieder in den Sessel sinken ließ, schoss ihrer Nichte durch den Kopf, dass dieser angestrengt auf schneidig machende Herr Kommissar ganz offensichtlich eine weiche Seite hatte. Doch der Moment der Rührung war sofort vergessen, als sich von Barnstedt militärisch straffte und mit dem Verhör begann. »Ich setz jetzt mal als klar und zweifellos voraus, dass Sie das Opfer nicht persönlich kannten …« Er ließ den Satz in der Luft hängen und guckte bedeutungsvoll. Als die erwünschten Reaktionen ausblieben, zog er ein Taschentuch hervor und begann umständlich, seinen Zwicker zu polieren. Als daraufhin noch immer nichts geschah, nickte er Henrietta auffordernd zu. Doch die dachte nicht im Traum daran, die allzu plump gestellte indirekte Frage mit einem indignierten »Allerdings«, »Sehr richtig« oder einem leicht verschnupften »Das versteht sich wohl von selbst« zu quittieren.

»Wieso?«, fragte sie stattdessen, und von Barnstedt stopfte sein Taschentuch noch umständlicher zurück in seine Jackentasche, als er es hervorgeholt hatte. »Nuuun«, begann er, da Henrietta fraglos nicht die Absicht hatte, ihm in dieser heiklen Angelegenheit zur Seite zu springen. »Wie sich herausgestellt hat, war der Lebenswandel der Verstorbenen – wie soll ich sagen? – äußerst fragwürdig, um nicht zu sagen: tadelnswert.«

»Was soll *das* denn heißen?«, platzte Auguste empört heraus, und Henrietta trat ihr unauffällig, aber heftig auf den Fuß: Ihr war längst klar, worauf der Kommissar hinauswollte, und sie war fest entschlossen, den Kerl so lange hinzuhalten, bis er bereit war, mit den Fuchs'schen Damen wie mit Erwachsenen zu reden.

»Ich möchte Ihre Gefühle nicht verletzen, aber eine Frau, die im Tingeltangel auftritt, tut mit der offenen Zurschaustellung ihrer weiblichen Reize ja zweifellos von vornherein kund, dass sie – nun ja – den für uns alle als verbindlich angesehenen Regeln von Sitte und

Anstand nicht unbedingt im rechten Maße Folge leistet.«

»Und das heißt …?« Auguste hatte Henriettas Fußtritt mittlerweile richtig unter »zappeln lassen« eingeordnet und spielte gekonnt das Naivchen. Von Barnstedt zückte erneut sein Taschentuch und tupfte sich ein unsichtbares Tröpfchen Sherry aus dem Bart. »Ich will ja niemandem was unterstellen«, begann er, sich selber Lügen strafend, »aber das Salär der Damen im Theater- und Varietégewerbe ist bekanntermaßen eher bescheiden, und bei Licht betrachtet, ist es von daher ja vielleicht sogar verzeihlich, wenn sich die eine oder andere einen reichen Gönner sucht.«

»Ach?« Wenn es um mädchenhaft-verschämtes Wimpernklimpern ging, war Henrietta ihrer Nichte durchaus ebenbürtig. »Fräulein Paulus wurde also von einem oder mehreren gut betuchten Herren alimentiert? Als Gegenleistung für gelegentlichen außerehelichen Beischlaf?«

Von Barnstedt bekam einen Hustenanfall. »N…nein, so hab ich das … ähm … nicht gemeint«, stotterte er und rang nach Luft. »Nur ist aus der Tatsache, dass Fräulein Paulus ledig in … gewissen anderen Umständen war, zu schließen, dass sie den für uns alle geltenden Gesetzen eines gottesfürchtigen Lebenswandels nicht die gebührende Bedeutung zugemessen hat.«

Die Nachricht von Charlotte Paulus' Schwangerschaft traf Henriette und Auguste wie ein Schlag in die Magengrube. Wieso hatte Ndeschio nichts davon erwähnt? Hatte Charlotte ihm – aus welchem Grund auch immer – verschwiegen, dass sie ein Kind erwartete? Hatte sie die Schwangerschaft womöglich selbst noch nicht bemerkt? Oder war das Kind vielleicht gar nicht von ihm?

»Ja, ich verstehe, dass Sie das schockiert, meine Damen. Aber das ist nun mal leider ein untrügliches Indiz für Fräulein Paulus' liederlichen Lebenswandel, zumal das Kind zu allem Überfluss womöglich auch noch von 'nem Neger stammt.«

Sofort schrillten bei Auguste sämtliche Alarmglocken. Aber von Barnstedt erging sich erst einmal lang und breit in Erklärungen über ungeborene »Mischlingskinder« und deren noch nicht ausgeprägte Hautfarbe, unter Aussparung der Tatsache, dass es sich bei seinen Ausführungen nicht etwa um Ergebnisse wissenschaftlicher Forschung handelte, sondern um Max von Jadows unbewiesene Behauptung.

Henrietta fing sich als Erste wieder. »Und inwiefern tut die Hautfarbe des Kindes hinsichtlich des Mordfalls irgendwas zur Sache?«, fragte sie schneidend.

»Nur in zweiter Linie, verehrte Lady Droydon-Jones, da haben Sie recht. Aber immerhin insofern, als wir einen Anhaltspunkt dafür zu haben glauben, in welchem Umfeld wir den Täter suchen müssen.«

»Ach?« Auguste hatte kurzerhand entschieden, dass Angriff in von Barnstedts Fall die bessere Verteidigung war. »Sie meinen also, einer der betuchten Herren, die Charlotte Paulus als Geliebte ausgehalten haben, hat sie aus Eifersucht auf einen – vielleicht schwarzen – Konkurrenten umgebracht?«

»Genauso wird's gewesen sein!« Sofort ging Henrietta auf das Thema ein. »Denn warum sollte jener schwarze

Konkurrent der Mutter seines Kindes irgendwas zuleide tun?«

Von Barnstedt rutschte unbehaglich auf der Chaiselongue herum. Er gab nicht gerne zu, wenn eine Schlacht verloren war, doch mit den beiden Damen war unleugbar heute nichts Gescheites anzufangen.

Das zweite Gläschen Sherry nahm er trotzdem dankend an.

Die Runtschen-Schwestern teilten sich ein Dachzimmer in der Georgenstraße. Im Hausflur roch es nach Urin und Bohnerwachs, und von Etage zu Etage fehlten mehr Stäbe im Treppengeländer.

»Oh, guten Tag!« Hanna Runtschen öffnete die Tür und steckte hastig eine letzte Haarsträhne über ihrem Nackenknoten fest. »Jenny! Besuch! Der Herr Kriminalkommissar!«

»Assistent«, korrigierte Wilhelmi, zog mit einer kleinen Verbeugung den Hut vom Kopf und trat ein.

Das Licht, das durch die schmalbrüstige Gaube fiel, war trüb vom Regen und reichte kaum, sich in der engen Stube zurechtzufinden: Rechts und links ein Einzelbett mit einem Stuhl als Nachtkonsole, dazwischen eine Waschkommode, deren Marmoraufsatz eine Ecke eingebüßt hatte. An der Wand ein paar Haken für Jacken, Mäntel und die Einkaufstasche und darunter ein abschließbarer Weidenkorb, in dem sich, wie Wilhelmi vermutete, Hanna und Jenny Runtschens ganze Habe befand. Auf der Fensterbank hüpfte ein unscheinbares braunes Vögelchen in seinem Käfig hin und her und tirilierte aus Leibeskräften.

»Das ist unser Adolf!« Jenny Runtschen deutete stolz auf den kleinen Sänger. Sie war wie ihre Schwester im Begriff, die Morgentoilette zu beenden, band eine Schleife um ihren Seitenzopf und streckte Wilhelmi die Hand zur Begrüßung hin. »Adolf nach Adolf Wallnöfer! Hanna hat ihn in Stettin als Tristan gehört und sich unsterblich in ihn verliebt.«

Prompt wurde ihre Schwester rot. »Ich hab als Platzanweiserin am Stadttheater gearbeitet …«

»›O sink hernieder, Nacht der Liebe‹!« Jenny kicherte. »Bei jeder Vorstellung hat sie sich auf die Hinterbühne geschlichen und Rotzblasen und Dreierschnecken geheult.«

»Na, is' nu mal so, Herr Kommissar: Wenn einer singen kann, dann kann ich nich mehr an mich halten.«

»Oh, tut mir leid.« Wilhelmi legte mit großer Geste die Hand aufs Herz und machte einen Kratzfuß. »Aber Singen ist ein Talent, das Mutter Natur mir schnöderweise vorenthalten hat.«

Jetzt kicherte auch Hanna. »Setzen Sie sich doch!« Sie räumte die Petroleumlampe und ein abgegriffenes Buch beiseite: *Ein Leben*, von Maupassant. Für eine Aufwartefrau eine ungewöhnliche Bettlektüre, stellte Jakob fest. Hanna fing seinen Blick auf. »Im Hotel lassen die Gäste bei der Abreise öfter mal das ein oder andere Buch liegen.«

»Und wir dürfen's dann haben.« Jenny hielt demonstrativ Emmy von Rhodens *Der Trotzkopf* in die Höhe. »Aber ich hätt' in so 'nem etepeteten Pensionat, wo man von morgens bis abends auf feines Dämchen machen muss, nich sein wollen.«

»Und ich erst recht nich!« Hanna schob den frei gewordenen Stuhl in die Mitte des Zimmers. »Also: Kaffeekochen könn' wir hier leider nich; wir kriegen unser Essen und Trinken drüben in der Hotelküche. Aber möchten Sie vielleicht 'n Gläschen Apfelmost?«

Jakob lehnte dankend ab. »Das ist sehr nett, aber ich muss gleich weiter. Ich möchte Sie lediglich bitten, sich den gestrigen Tag noch mal ins Gedächtnis zu rufen und zu überlegen, ob Ihnen nicht *doch* irgendwas aufgefallen ist, das uns bei den Ermittlungen helfen könnte.«

Die Schwestern wechselten einen raschen Blick und zuckten fast synchron mit den Achseln. »Samirah … ich mein', Charlotte … war immer sehr für sich«, erklärte Henny, »sie hat nicht viel geredet.«

»Aber nicht, weil sie eingebildet oder überheblich gewesen wäre, sondern … Wie soll ich das sagen?« Jenny Runtschen zog nachdenklich die Stirn kraus. Schließlich tippte sie auf Emmy von Rhodens Backfisch-Roman. »Wenn ich dichten könnte, würd ich sagen: Charlotte umgab etwas Dunkles, Geheimnisvolles.«

Hört sich an, als ob du durchaus dichten könntest, dachte Jakob und stand auf. »Na, dann schau'n wir mal, wie wir Licht in dieses Dunkel kriegen.« Er war schon an der Tür, als Jenny aufsprang. »Doch!«, rief sie. »Da war was! Charlotte war zwar immer still und in sich gekehrt, das stimmt, aber an manchen Tagen war sie plötzlich wie ausgewechselt!«

»Genau!« Hanna war sichtlich froh, zumindest ein bisschen zu Jakobs Ermittlungen beitragen zu können. »Dann war sie geradezu ausgelassen und hat in ihrer Garderobe so komische Lieder gesungen.«

»Komisch, nicht wie ulkig, sondern wie …« Jenny suchte diesmal vergeblich nach einem passenden Wort, »… na, komisch eben.«

»Wir haben uns gedacht: Die hat bestimmt irgendwo 'nen heimlichen Galan!« Die beiden jungen Frauen kicherten. Dann wurde ihnen klar, dass sie von einer Toten sprachen.

»Verzeihung«, murmelte Jenny, und ihre Schwester nickte schuldbewusst.

Am Fuß des zweiten Sherry nahm von Barnstedt seinen Hut, wünschte den Damen des Hauses formvollendet einen Guten Tag und machte sich davon. Erst als der Lift nach oben schwebte, gab er seinem eingezogenen Bauch die Freiheit wieder.

»Parterre?«

»Nee, Pension.«

Wie abgemacht fuhrwerkte Luis umständlich an seinen Knöpfen, Hebeln und Schaltern herum: Auguste brauchte Zeit, bei Hulda Preissing anzurufen und zu melden, dass der Kommissar im Anmarsch war. Zwar hatte Luis keine Ahnung, worum es bei der Sache ging, aber der Wunsch der Damen war ihm Befehl.

»Geht das nich 'n bisschen schneller?!«, schnauzte von Barnstedt.

»Geht das nich 'n bisschen freundlicher?«, konterte Luis und grinste frech, als der Kommissar daraufhin wie ein Karpfen nach Luft schnappte. Offenbar war er an Widerworte nicht gewöhnt.

Als der Fahrstuhlkorb im ersten Stock ankam, hatte Ndeschio sich mit Füllfederhalter und Papier in der

Mädchenkammer in Sicherheit gebracht. Er setzte sich an Dorchens Tisch und schrieb weiter:

> *... gestehe ich, dass ich gemeinsam mit meinem verstorbenen Bruder Mwenda an den auf Dr. Peters' Taten folgenden Aufständen – so auch am Angriff auf die deutsche Schutztruppe am 10. Juni 1892 in Moschi – beteiligt war. Als unser Anführer, der Mangi Meli, im August 1893 endgültig den Kaiserlichen Schutztruppen unterlag, flohen wir in Richtung Küste.*

Ndeschio unterbrach seine Niederschrift, als unten in Huldas Pensionsküche Stimmen laut wurden. »Woher nehmen Sie das Recht, hier einfach reinzuspazieren und in meinen Räumlichkeiten rumzuschnüf...« Eine barsche Männerstimme fiel Hulda ins Wort. »Beschweren können Sie sich gern bei Polizeipräsident von Windheim. Wo führt die Treppe hier denn hin?«

»Ins Mädchenzimmer. Aber mein Dorchen – also: meine Kaltmamsell – schläft um diese Zeit. Die muss ja schon um fünfe raus, das arme Ding, wegen der Frühstücksgäste. Und Dorchen hat mit Mord und Totschlag wirklich nichts zu tun!«

»Außer dass sie zuallererst Gelegenheit hatte, den Herrschaften irgendwelches Gift ins Essen oder die Getränke zu mischen!«

»... um uns allesamt auf einmal zu vergiften?!« Hulda zeterte – ganz gegen ihre Gewohnheit – in den höchsten Tönen, um Ndeschio zu warnen.

Als von Barnstedt die Tür zur Dienstbotenkammer öffnete, fand er eine nur zu erahnende, tief zwischen

Federkissen und Plumeau versteckte Gestalt, die leise Schnarchtöne von sich gab.

»Nu lassen Se die Gute man schlafen«, wisperte Hulda und konnte gerade noch verhindern, dass der Kommissar das Zimmer betrat. »Im Ernst: Wenn unser Dorchen heimlich irgendwas ins Essen reingekippt hätt', wären ich und unser Gustchen und der dicke Impresario mitsamt der ganzen Truppe mittlerweile mausetot.«

Von Barnstedt brummte etwas, das entfernt nach Zustimmung klang, und schloss die Tür. Als seine Schritte auf der hölzernen Stiege verklungen waren, schrieb Ndeschio weiter.

Dr. Peters bereitete es Freude, Menschen zu quälen. Aber auch andere Mitglieder der Deutsch-Ostafrikanischen Gesellschaft schrecken nicht vor den schlimmsten Gräueltaten zurück. Sie wiegen sich mit Recht in Sicherheit, da man vonseiten der Kolonialverwaltung kaum eine ihrer Taten sühnen lässt. Oft werden ganze Dörfer ausgelöscht, um sich das Land für künftige Plantagen anzueignen.

Heute, am 5. Juni 1896, tritt die Verordnung in Kraft, derzufolge Land, das an Europäer abgegeben wird, zuvor auf Rechte Dritter überprüft und zu Kronland erklärt werden muss. Nur: Unter »Rechte Dritter« verstehen sie ganz offensichtlich nicht das Recht der Menschen, die schon seit vielen Hundert Jahren dort leben. Die Deutschen haben jetzt die Herrschaft über unsere Heimat, aber es hat doch keinen Sinn, uns unser Land, die Plätze, wo wir unsere Hütten, unsere Herden, unsere Felder, unsere Jagdgebiete haben,

wegzunehmen. Wovon, wenn nicht von Viehzucht, Jagd und Ackerbau, sollen wir uns ernähren? Einer der Weißen hat gesagt: »Wo einer von euch nicht mehr ist, sind immer noch genügend andere.«
Sie, meine Herren, sind doch Christenmenschen, so wie ich. Ist Gott denn nur ein Gott der Weißen?

Ndeschio hielt mit Schreiben inne und dachte an die Pläne der Kolonialisten, dass demnächst jeder Einwohner pro Hütte eine Steuer zu entrichten habe. In Form von Geld. Das hieß, in Rupien, nicht in Naturalien. Und Rupien gab es nur, wenn man als Arbeiter bei Weißen – ob beim Straßen- oder Häuserbau oder auf deren Feldern und Plantagen – Arbeit hatte. Der Unterschied zur Sklaverei war angesichts dieser perfiden »Hüttensteuer« nur noch marginal. Bei dem Gedanken daran übermannten ihn die Zweifel, dass es jemals möglich werden könnte, gemeinsam mit den Kolonialherren ein gedeihliches Zusammenleben zu gestalten. Und dass Charlotte sinnlos für diese Idee gestorben war, war unerträglich.

Der Liftboy nickte ausgesprochen höflich, als Kommissar von Barnstedt Hulda Preissings Pension verließ und erneut den Fahrstuhl betrat.

»Nach unten!«, blaffte der Kommissar.

»Sehr wohl.«

Im Parterre wartete eine pfiffige Blondine mit weißer Schürze auf den Lift und deutete bei dessen Ankunft stöhnend auf zwei Einkaufskörbe, aus denen Möhrenstrünke, Gurken und Rhabarberstangen ragten.

»Nimmste mir mit, Luis? Hab mal wieder mächtig wat zu schleppen.«

»Aber immer, Dorchen. Nüscht wie rin!«

Luis schloss hinter ihr die Fahrstuhltür, und Kommissar von Barnstedt hatte schon die Hand auf der Haustürklinke, als ihm klar wurde, dass kein Dorchen dieser Welt gleichzeitig in der Dienstbotenkammer liegen und schnarchen und auf dem Markt Gemüse kaufen gehen konnte.

Kapitel 7

Im Herrenclub in der Bellevuestraße wurde – wie immer um diese Zeit – ein leichter Imbiss serviert. Max von Jadow nahm die Hechtpastete an römischen Salatherzen gemeinsam mit Utz von Wulkenzien und dem Grafen Teubnitz ein. Man hatte entschieden, dass ein leichter Riesling vorzüglich dazu mundete, und die aufgeräumte Stimmung schien von Jadow gerade recht, sein etwas heikles Anliegen beim Vorstand vorzubringen. Natürlich traf sein Vorschlag erst einmal auf Widerstand.

»Du liebe Güte, Max! Bist du denn sicher, dass sich so ein wichtigtuerischer kleiner Parvenü wie der von Barnstedt bei uns wohlfühlen würde?«

Von Jadow schmunzelte. »Mein lieber Arnim: Nett, dass deine erste Sorge dem Befinden meines Kandidaten gilt. Aber die Frage ist doch eher, ob es im Hinblick auf unsere eigene Zukunft nicht durchaus sinnvoll wäre, 'nen Kriminalermittler auf unserer Seite zu haben.«

»Es gibt drei Anwälte und zwei Minister in unseren Reihen. Was soll ein geistig – wie ich höre – eher dürftig equipierter Kerl …«

»Augenblick, mein Bester«, unterbrach von Wulkenzien den Grafen, »was Max da vorschlägt, ist, wie ich das sehe, durchaus eine Überlegung wert: Der Bebel haut im Reichstag mächtig auf den Putz, und keiner weiß, wohin das Blatt sich wendet. Da kann's nicht schaden, gleich aus erster Hand zu wissen, wenn sich in Berlin etwas zusammenbraut.«

Graf Teubnitz griff nach der Damastserviette und betupfte angelegentlich die Lippen, bevor er sich zu einer Antwort durchrang. »Na gut«, er seufzte tief, »ich denk, die Sozialisten kriegen wir auch ohne den von Barnstedt in den Griff. Aber wenn's Max denn gar so sehr am Herzen liegt, dann schau'n wir uns den Kerl in Gottes Namen einmal an.«

Im Polizeipräsidium am Alexanderplatz roch es nach fauligem Obst und ungelüfteten Kleidern. Auguste hielt sich, so gut es ging, fern von den Gestalten, die durch die Gänge trotteten: Wer von den grauen Herren Häscher war und wer – vielleicht – Verbrecher, war nicht auszumachen. Sie trat nervös von einem Bein aufs andere. Hinter einer der zahllosen Türen nahm von Barnstedt Hulda Preissing ins Verhör, und Auguste sandte ein Stoßgebet zum Himmel, dass er sie, ohne etwas zu erreichen, laufen ließ.

Dass Luis und sein Fahrstuhl schneller wieder oben gewesen waren als von Barnstedt, hatte für Ndeschio nur um Haaresbreite ausgereicht, um über die Dienstbotentreppe in den Hof zu kommen. Dort war er ungesehen in der Fuchs'schen Werkstatt angelangt, während von Barnstedt außer sich vor Wut die Mädchenkammer stürmte. Das Bett war nicht gemacht – was für Bedienstete ein Kapitalverbrechen war –, und Dorchen heulte Rotz und Wasser, als Hulda steif und fest behauptete, dafür gäb's nur *einen* Grund: dass nämlich ihre Kaltmamsell so frech gewesen sei, sich hinter ihrem Rücken auf ein Techtelmechtel einzulassen. »Nun gib's schon zu!«, fauchte sie Dorchen an, »du hast dir diesen Bäckerburschen heimlich in dein Bett geholt!«

»Oh nein!!! Das würd ich nie im Leben tun!«

»Und was ist *das*?!« Geistesgegenwärtig griff Hulda nach Ndeschios Niederschrift und ließ sie unter ihrem Schürzenlatz verschwinden. »Verschmockte Liebesbriefe schreiben, anstatt sich auszuschlafen! So weit kommt's noch!«

»Aber mit meinem Bäckerburschen ist doch schon seit letztem Sonntag Schluss«, jammerte Dorchen, »und Liebesbriefe hab ich diesem Dämlack niemals nich geschrieben!«

Von Barnstedt hatte für den Vormittag genug von aufgekratzten Weibern, und er nahm Hulda kurzerhand mit aufs Präsidium. »Der Dienstherr hat den Dienstboten zu sittlichem Betragen anzuhalten«, zitierte er, dort angekommen, aus der Gesindeordnung. »Und für das Vorschubleisten unzüchtiger Handlungen, auch Kuppelei genannt, ist eine saftige Gefängnisstrafe vorgesehen.«

Doch Hulda ließ sich nicht so leicht ins Bockshorn jagen. Das liebe Dorchen sei bei näherer Betrachtung viel zu schlicht gestrickt, um ihre Herrschaft derart dreist zu täuschen. »Wahrscheinlich ist ein armer Teufel nach durchzechter Nacht die Hintertreppe hochgetappt und hat sich Dorchens Bett zum Rauschausschlafen auserkoren.«

»Und dass Ihr Mädchen auf dem Markt war statt im Bett: Das ham Sie nicht gewusst?«

»Ach, wertester Herr Kommissar«, die gute Hulda drückte mächtig auf die Tränendrüsen, »als arme Witwe muss man schließlich sehen, wo man bleibt. Da hat man alle Hände voll zu tun: Die Gäste wollen dies und das, und allen hat man's recht zu machen. Und überall auf einmal kann selbst *ich* nicht sein.«

»Aha.« Mehr fiel von Barnstedt daraufhin nicht ein. Der schwarze Page vom Central-Hotel war, so wie es aussah, über alle Berge, und auch wenn das Gesagte nicht so recht zusammenpasste, war Witwe Preissing eine propere Person, mit der er unter anderen Bedingungen gern ein bisschen rumgeschäkert hätte. Und bei genauerer Betrachtung sprach auch nichts dagegen, das Verhör in diese Richtung umzulenken.

»Oh! Fräulein Fuchs! Was machen Sie denn hier?« Auguste fuhr herum. Von Barnstedts flotter Assistent kam auf sie zu marschiert und strahlte bei ihrem Anblick wie ein Honigkuchenpferd.

»Ich warte auf Frau Preissing. Das ist die Dame, die bei uns im Haus …«

»Ich weiß. Was macht denn die bei uns auf dem Präsidium?«

»Das müssen Sie schon Ihren Vorgesetzten fragen. Der hat sich in den Kopf gesetzt, dass Hulda in der Mädchenkammer einem Mordverdächtigen verbotenen Unterschlupf gewährt.«

»Und? Tut sie das?«

»Ach was! Und auf meiner Fotografie kann man ja schließlich zweifelsfrei erkennen, dass Ndeschio Temba nicht der Mörder von Charlotte Paulus ist!«

»Und woher wissen Sie, dass es sich bei dem Verdächtigen, der sich – wie Sie versichern – *nicht* in der Pension Preissing aufhält, um Herrn Temba handelt?«

»Was? Wieso?« Augustes Gedanken rasten: Sollte sie behaupten, der Kommissar höchstselbst habe ihr irgendwelche Einzelheiten mitgeteilt? Aber so, wie der sich aufführte, war das mehr als unwahrscheinlich. Und wann hätte ein Gespräch mit Hulda stattfinden sollen? Auguste war von Barnstedt mit der nächsten freien Pferdedroschke hinterhergefahren, doch als sie im Präsidium ankam, war er mit Hulda längst in seinem Büro verschwunden. »Ich … ich hab das aus dem ganzen Drum und Dran geschlossen. Aus dem, was die Friseuse aus dem Wintergarten ausgesagt hat. Von wegen Negersprache und so weiter. Und überhaupt …«

Wilhelmi schmunzelte. »Sie sind eine ziemlich schlechte Lügnerin, Fräulein Fuchs. Aber fassen Sie das getrost als Kompliment auf.«

Bevor Auguste irgendwas erwidern konnte, ging die Tür auf und von Barnstedt entließ Hulda Preissing formvollendet dienernd in die Freiheit. Allerdings verflüchtigte sich sein stutzerhafter Charme sofort, als er Wilhelmi vor dem Fenster stehen sah. »Ach, sieh mal einer an! Dass ich *das* noch erleben darf …«

Hulda nahm Auguste in den Arm und wisperte ihr hastig »Alles bestens« ins Ohr, bevor sie in Richtung Treppenhaus verschwand. Prompt nahm von Barnstedt Auguste ins Visier. »Und dann auch noch das Fräulein Fuchs! Und? Haben Sie uns *doch* etwas zu sagen?«

»Ja, hab ich!« Angriff ist die beste Verteidigung, dachte Auguste, und nachdem von Barnstedts Assistent ihre Ausflüchte durchschaut hatte, galt das erst recht. »Ich begreife nämlich ehrlich gesagt nicht, weshalb Sie nach wie vor Herrn Temba suchen. Dabei haben Sie doch den Beweis vor der Nase, dass er's nicht gewesen sein kann.«

»Wie bitte? Welchen Beweis?«

»Die Fotografie! Hat Ihnen die Ihr Assistent denn nicht gezeigt?«

Erschrocken ging Jakob Wilhelmi dazwischen, »Kommissar von Barnstedt hat heute früh entschieden, die Analyse Ihrer Momentaufnahme auf den Nachmittag zu verschieben, weil es zuvor galt …«

»Ich fass es nicht!« Auguste schnappte empört nach Luft. »Da liefere ich Ihnen ein wichtiges Beweisstück, und Sie rennen erst mal sinnlos in der Stadt herum und verhören arme, unschuldige Pensionswirtinnen, statt sich *darum* zu kümmern?!«

»Ich weiß zwar nicht, inwiefern an dem Bildchen irgendetwas von Belang sein könnte, aber wo Sie nun schon mal hier sind, können wir uns die Sache ja gemeinsam anschau'n«, schlug von Barnstedt in einem Anflug väterlicher Milde vor und öffnete die Tür zu seinem Büro.

Auguste rauschte an Jakob Wilhelmi vorbei, ohne ihn eines Blickes zu würdigen. Für sie stand fest, dass sie mit diesem schofeligen Assistenten nie wieder auch nur eine Silbe wechseln würde.

In der Charité wurde Henrietta von einem jungen Mann namens »… Wündrich, Reginald« begrüßt. Sein jugendlich-schütteres Oberlippenbärtchen hatte etwas Rührendes, und Henrietta fragte sich, wieso ein hübscher Kerl wie er sich statt mit Lebenden mit Toten umgab. »Macht Ihnen das denn gar nichts aus, den ganzen Tag mit Leichen und Verwesung zuzubringen?«

Prompt bekam der junge Mann einen Lachanfall. »Wenn Sie mit Leichen und Verwesung meine Professoren meinen, dann haben Sie in vielen Fällen durchaus recht!«

»Wie soll ich *das* denn jetzt verstehen?« Wündrichs Lachen steckte an, und Henrietta war erleichtert, dass niemand sonst sie kichernd durch das Leichenschauhaus gehen sah. Die Freigabe von Charlotte Paulus' Körper war nach erfolgter Obduktion nur noch eine Formalität: Gewaltverbrechen waren an der Tagesordnung, und jeder freie Platz im Kühlhaus war nur *zu* willkommen; das wusste auch von Barnstedt.

»Sehen Sie, gnädige Frau …«, Reginald Wündrich war zu einem dem Anlass angemessenen seriösen Ton zurückgekehrt, »… ich bin hier nur als Hilfsstudent beschäftigt. Verdien' mein Studium damit. Aber nach dem Examen geh ich sofort nach Afrika.«

»Ach ja?« Henriettas auffordernder Blick ließ Wündrichs aufgesetzte Trauermiene augenblicklich wieder schwinden; der Studiosus grinste quietschfidel von einem Ohr zum anderen. »Malaria!«, jubelte er, als handle es sich um seine Angebetete. »Ich meine: Da muss man doch schleunigst 'n Mittel gegen finden! Schließlich wollen wir unsere Kolonien besiedeln, ohne vom Fleckfieber zur Strecke gebracht zu werden, wie vor ein paar Jahren in Finschhafen!«

»Och, ich glaube, in Afrika gibt es noch jede Menge andere Möglichkeiten, zu Tode zu kommen.«

»Ja, schon! Aber es geht ja nicht nur um unsere Siedler. Stellen Sie sich vor, ich finde ein Mittel, mit dem man ganz Afrika von dieser Geißel befreien kann! So was erforscht man doch nicht einfach im Labor! Hier!« Er zog ein abgegriffenes Wörterbuch aus seiner Kitteltasche, »ich lern schon mal die Suahelisprache, damit ich mich vor Ort verständigen kann: Habari, iko wapi maji ya kunywa hapa?«

»Und das heißt ...?«

»Wo gibt es hier Trinkwasser?«

Henrietta verkniff sich ein Grinsen: Aus Reginalds Mund klang Kisuaheli wie eine jener Geheimsprachen, die Schulkinder sich auszudenken pflegen. Doch Reginald blieb todernst bei der Sache. »So was muss schließlich jeder wissen, wenn er sich nicht was wegholen will! Und man muss nun mal für längere Zeit vor Ort sein, wenn man ein Mittel finden will, das besser als Chinin vor Malaria schützt. Wussten Sie, dass sogar unser Gouverneur von Wissmann an Fleckfieber erkrankt ist? Der kommt jetzt erst einmal zur Kur nach Hause. Aber ansonsten gibt's in Deutschland leider viel zu wenig Fälle.« Er unterbrach sich, als er Henriettas irritierten Blick bemerkte, und kam kurz aus dem Konzept. »Ich mein, für ... ähm ... für Forschungszwecke! Und, wer weiß, vielleicht sind Menschen mit schwarzer Haut ja deutlich anfälliger für Malaria als Weiße. Oder umgekehrt. Muss man doch alles erst mal rausfinden. Und hier bei uns ist das unmöglich.«

»Es gibt doch Ärzte auf unseren Missionsstationen«, Henrietta war gleichermaßen verblüfft wie gerührt angesichts Wündrichs Enthusiasmus'. »Warum schauen Sie sich deren Arbeit nicht einfach mal vor Ort an?«

Reginald zuckte resigniert mit den Achseln und rieb mit einer vielsagenden Geste Daumen und Zeigefinger aneinander. Henrietta ärgerte sich: Wer in der Pathologie sein Studium verdiente, konnte sich mit Sicherheit keine Afrikareise leisten. Doch ihre – wie sie fand, ausgesprochen taktlose – Frage tat Reginalds Begeisterung keinerlei Abbruch. »Am Montag kriegen wir zum allerersten Mal 'nen Afrikaner in den Hörsaal. Auf 'n Seziertisch, mein ich.«

»Wie schön!« Auch nicht gerade eine angemessene Reaktion, dachte Henrietta, aber Reginald redete bereits ungebremst weiter. »Jaja! Einer von denen, die bei der Kolonialausstellung mitmachen – ähm: mitgemacht *haben*. Der Kerl kann einem mächtig leidtun. Kommt nach Berlin und denkt sich: Menschenskind, da fliegen einem bestimmt die gebrat'nen Tauben in 'n Mund, und alles is hier doller als daheeme! Und dann rutscht der arme Teufel auf'm Weg zum Lokus derart übel aus, dass er sich glatt die Rübe einschlägt … So, da wären wir.« Er öffnete die Tür zu einem stickigen Büroraum voller Akten. »Hat ehrlich gesagt keiner mit gerechnet, dass jemand seinen Anspruch auf die tote Schlangendame geltend macht.«

Auf dem Schreibtisch lag ein bereits zur Hälfte ausgefülltes Formblatt, das er kurz überflog und an Henrietta weiterreichte. »Wenn Sie keine Verwandte sind, müssen Sie hier eintragen, weshalb Sie Anspruch auf den Leichnam erheben.«

»Reicht es denn nicht, dass ich auf diese Weise Vater Staat die Kosten für ein Armengrab erspare?«

»Wenn Sie *mich* fragen: Das reicht durchaus! Aber schreiben Sie doch einfach hin, Sie wären …«, Reginald strich sein dünnes Bärtchen und suchte angestrengt nach einer möglichen Familienzugehörigkeit, »… die Tote wäre die Verlobte Ihres Schwagers.«

»Ich habe keinen Schwager. Aber geht auch Butler?«

»Sie haben einen Butler?« Reginald Wündrich riss verblüfft die Augen auf, fing sich aber sofort wieder. »Name?«

»Mr. Cedric Carson, wohnhaft Evenlode House, Chadlington, Oxfordshire, Vereinigtes Königreich Großbritannien und Irland.« Hoffentlich wird der Gute nie nach seiner angeblichen Verlobten gefragt, dachte Henrietta; ein trautes Eheweib und Heim und Herd zu haben, war unvereinbar mit dem Ehrenkodex eines Butlers – zumindest sah das Cedric so. Aber wen würde schon posthum die Legalität der Beisetzung einer jungen Frau, die – wie hatte von Barnstedt es genannt? – »im Tingeltangel-Gewerbe tätig« war, interessieren?

Henrietta setzte ihre Unterschrift auf das Papier und bat Reginald Wündrich, das Ungeborene mit seiner Mutter zusammen einsargen zu lassen. »Die Herren vom Bestattungshaus kommen sie gleich Montagmorgen holen.«

Ndeschio und Charlottes Vater würden einen Platz zum Trauern haben; dafür hatte sie hiermit gesorgt.

»Hmmm …« Kommissar von Barnstedt ließ die Lupe sinken und schüttelte den Kopf. »Da lässt sich leider gar nichts draus ersehen, Fräulein Fuchs.« Er schob die Fotografie über die Schreibtischplatte hinweg zu Auguste hinüber, doch die machte keinerlei Anstalten, sie entgegenzunehmen.

»Aber dass Herr Temba nicht der Täter gewesen sein kann, geht doch zweifellos daraus hervor, dass er vorne im Bild sitzt und das Oberteil von diesem Schlangenkorb in beiden Händen hält.«

»Dass das Herr Temba ist, behaupten *Sie*! Ich seh da nur den Rücken eines schwarzen Kerls in orientalischen Gewändern.«

»Aber dafür, dass es sich dabei um Herrn Temba handelt, gibt es doch außer mir elf weitere Zeugen!«

»Zehn«, warf Jakob Wilhelmi ein. Er war verärgert: Seitdem sie das Büro betreten hatten, behandelte ihn Fräulein Fuchs, als sei er Luft für sie.

»Wieso zehn?«, fauchte Auguste.

Aha, dachte Jakob, zumindest wenn's ums Widersprechen geht, ist sie geneigt, mich wahrzunehmen. »Edgar Katzenbeisser war nicht dabei. Der war auf der Toilette.«

»Wer ist Edgar Katzenbeisser?« Das klang kein bisschen freundlicher.

»Der Garderobier vom Wintergarten-Varieté.«

»Ach so. Und wieso glauben Sie ihm das? Haben Sie das nachgeprüft? Und gibt es dafür Zeugen?«

»Nein, aber …«

»Sehen Sie?« Sofort wandte sich Auguste wieder Jakobs Vorgesetztem zu. »Und dann gibt's schließlich noch den Stab oder Stock oder was auch immer das für 'n Gegenstand ist, der in den Raum hineinragt! Der war vorher nicht da. Und nachher auch nicht.«

Von Barnstedt schloss einen Moment lang die Augen und rief sich das Szenario des Fotoateliers zurück in sein Gedächtnis.

»Wenn ich das richtig verstanden hab, gab es unmittelbar, nachdem Sie die Aufnahme gemacht haben, ein ziemliches Tohuwabohu im Atelier, weil offenbar einige Anwesende dachten, Fräulein Paulus sei von Herrn Weinfurths Pythonschlange gebissen worden.«

»Ja, das stimmt.«

»Ist es dann nicht möglich, dass Sie das Vorhandensein dieses Gegenstands – von dem wir nicht mal wissen, ob er mit dem Mord in irgend'nem Zusammenhang steht – in all dem Aufruhr nicht bemerkt haben?«

Auguste nickte. »Ja«, gab sie zähneknirschend zu. »Kann sein.« Vielleicht war dieser Kommissar doch nicht so einfältig, wie sie angenommen hatte.

»Sehen Sie, mein Fräulein …«, von Barnstedt stand aus seinem Drehstuhl auf und signalisierte damit, dass das Gespräch für ihn beendet war, »… am besten überlassen Sie die Folgerungen, die wir aus den Resultaten unserer Ermittlungsarbeit ziehen, uns.«

Um ein versöhnlicheres Ende der Debatte bemüht, griff Jakob zu Augustes Fotografie. »Aber selbstverständlich nehmen wir Ihre Aufnahme zu den Akten, Fräulein Fuchs, und wir wenden uns gegebenenfalls noch mal an Sie mit der Bitte um …«

Doch Auguste hatte bereits ihren Schirm gepackt und grußlos das Büro verlassen.

Jakob Wilhelmi wusste nicht, auf wen er wütender war: auf von Barnstedt, weil dieser sich ganz offensichtlich auf Ndeschio Temba eingeschossen hatte, auf Auguste Fuchs, weil sie ihm nicht einmal Gelegenheit gegeben hatte, sich zu erklären, oder auf sich selbst, weil er von Barnstedt seinen Willen gelassen und die Sache mit der Momentaufnahme sang- und klanglos auf den Nachmittag vertagt hatte. Es war nach einem längeren Gespräch mit Professor Straßmann mittlerweile klar, dass Strophanthin, das tödlich wirken sollte, nur von *außen* – also mittels einer Injektion – verabreicht werden konnte. Und Temba hätte dazu, so wie er es sah, kaum die Gelegenheit gehabt.

Henrietta war gleich von der Charité aus zu den einschlägigen Reiseagenturen in der Friedrichstraße gehetzt, um eine Fahrt nach London zu ergattern. Bei der Hamburg-Amerika-Linie der HAPAG wurde sie schließlich fündig: Die Reederei warb mit einer »directen Verbindung ab Berlin« auf dem Land- und Wasserweg: per Schnelldampfer nach New York, via Cuxhafen und Dover. Der Herr am Schalter war zunächst nicht gerade erbaut von Henriettas Wunsch, nur bis zum Zwischenhalt in England mitzufahren, aber die herzzerreißende – und von A bis Z erfundene – Geschichte um ihren Butler Cedric und dessen besorgniserregenden Gemütszustand infolge der plötzlichen Kündigung zweier Hausangestellter sowie ein großzügiges Trinkgeld trugen schließlich dazu bei, dass eine Erste-Klasse-Kabine auf der »Phoenicia« für sie reserviert wurde. »Und dann brauch ich noch eine Unterkunft für meinen Diener«, erklärte Henrietta, »Der Name ist Temba. Ndeschio mit Vornamen.«

»Ach. Afrikaner, ja?«

Henrietta nickte. Sie hatte kurzerhand beschlossen, ihre Heimreise ein paar Tage vorzuverlegen, um Ndeschio die Flucht aus Deutschland zu ermöglichen. Der junge Mann war ihr ans Herz gewachsen, und eine Chance auf ein wenig Abenteuer hatte sie noch nie verschmäht.

»Selbstverständlich gibt es für Ihren Boy eine Kabine in zumutbarer Entfernung, gnädige Frau.«

Henrietta zuckte bei der Bezeichnung »Boy« innerlich zusammen, doch der Herr am Schalter hielt sich lediglich an die herrschenden Konventionen: In den Kreisen, in denen ihr verblichener Gatte verkehrt hatte, galt es als schick, sich einen schwarzen »Boy« zu leisten, und selbst wenn es sich dabei um einen längst im Dienst ergrauten alten Herrn handelte: Es blieb bei »Boy«. So sehr es Henrietta auch widerstrebte, Ndeschio eine solche Rolle zuzumuten: Dem schwarzen Diener einer britischen Adeligen würde niemand sonderliche Aufmerksamkeit schenken, und in London war Ndeschio – jedenfalls fürs Erste – sicher.

Jakob Wilhelmi brütete noch immer ratlos über der Ermittlungsakte, als sich von Barnstedt, früher als gewohnt, von ihm verabschiedete. »

Die kleine Fotografin ist ja ganz schön kiebig, was?«

»Mhm.«

»Schade drum. So 'n hübsches Ding und dann so naseweis. Adieu, Wilhelmi. Und machen Sie nicht mehr so lang.«

Es wurmte Jakob ganz gewaltig, in den Augen jener »kleinen Fotografin« als Duckmäuser und Feigling dazustehen. Und noch viel ärgerlicher war, dass sich von Barnstedt offensichtlich nicht von seiner Hypothese trennen konnte, dass nur Ndeschio Temba für die Tat infrage kam. Die Perpendikeluhr neben der Tür bescheinigte noch jede Menge ungenutzte Dienstzeit. Die reichte aus für eine Fahrt zum Wintergarten-Varieté, um Lina Kröschke nochmals zu befragen. Die Aufnahme, die in der Akte lag, steckte er ein. Auch wenn sein Vorgesetzter anderer Meinung war: Vielleicht fiel einem der Beteiligten im Atelier zu der Momentaufnahme etwas ein. Dass im Barbierstuhl viel und gern geredet wurde, war allgemein bekannt, und Jakob nahm nicht ganz zu Unrecht an, dass da, wo stundenlang geschminkt, Perücken aufgesetzt und falsche Bärte angeklebt und wieder abgenommen wurden, die Zeit genauso gern genutzt wurde, um anderer Leute Angelegenheiten durchzuhecheln.

Zunächst war Lina Kröschke alles andere als begeistert, als jemand klopfte und sie bei der Arbeit störte. »Die Kerle gehen mit die Dinger um, als wär'n et Putzlumpen!«, lamentierte sie, ohne den Blick von der lädierten Lockenperücke zu wenden, in deren kahle Stellen sie mit einem dünnen Haken neue Strähnchen knüpfte.

»Verzeihen Sie die Störung, Fräulein Kröschke ...« Jakob zog den Hut und machte einen Diener.

»Ach, der Herr Assistent gibt sich noch mal die Ehre.« Lina Kröschke sah nur kurz von ihrer Arbeit auf. »Dann nehmen Se man Platz und lassen mich das Ding in Ruhe fertig machen. Die Damenimitator-Truppe tritt heut' Abend wieder auf und will so hübsch und proper ausseh'n wie bei der Premiere.«

Folgsam ließ Jakob sich auf einem der sechs Barbierstühle nieder und sah sich um. Rundum und bis zur Decke liefen schmale Wandregale, bestückt mit Holzköpfen, auf denen mittels langer Nadeln Bärte, Zöpfe und turmhohe Rokokofrisuren befestigt waren. Vor einer Phalanx schwarz gerahmter Spiegel lief ein Endlostisch von Wand zu Wand, auf dem diverse Pinsel, Kämme, Bürsten, Quasten und eine Unmenge Döschen und Flacons in säuberlicher Ordnung aufgereiht waren. An einem der sechs Plätze wartete ein üppiges Bukett aus roten Rosen, an einem anderen hatte man ein Dutzend Ansichtskarten schöner Frauen in den Spiegelrahmen gesteckt, ein dritter Platz verfügte über einen Ständer, auf dem ein raubtierähnliches Gebiss gelagert war.

»Ist extra maßgefertigt«, bemerkte Lina Kröschke, »für die neue Nummer. Der Weinfurth braucht ja nu Ersatz für seine Schlangendame, und dieses ganze Haremszeug is wirklich viel zu schade für den Müll. Da hat er sich gedacht, es wär' doch schön, höchstselbst den Schahriyar zu spielen.«

»Den wen?«

»Den Kerl aus Tausendundeiner Nacht. Den, der in jeder Nacht 'n neues Mädel in sein Lotterbett nimmt und dann das arme Ding am andern Morgen 'n Kopf kürzer machen lässt.«

»Reizend.«

»Und alles nur, weil seine Olle ihn betrogen hat. Aber nachdem er jeder Menge Mädels ihre Jungfernschaft genommen hat, ist eines Nachts die Scheherazade an der Reihe. Und die quatscht diesem miesen Kerl die Hucke voll. Und quatscht und quatscht und quatscht, die ganze Nacht. Und der Schahriyar hört zu, und nix is mit Geschlechtsverkehr und Rübe runter.«

»Aha.« Jakob Wilhelmi nahm sich vor, das offenbar hochinteressante Buch in nächster Zeit einmal zu lesen. »Und wo kommt da dies gruselige Kauwerkzeug ins Spiel?«

»Das kriegt der Dschinn. Is so was wie 'n Teufel. Mit nem Turban auf'm Kopf.«

»Wie praktisch. Da sieht man die Hörner nicht.«

»Genau. Na, jedenfalls hat Juppi sich beim Dienstmädchenvermittler nach der Hübschesten von allen umgeguckt, und die passt wunderbarerweise auch noch in Charlotte ihr Kostüm.« Lina Kröschke deutete auf einen Garderobenständer, an dem diverse Kleidungsstücke hingen. »Nur tanzt se eben ohne Schlange.«

»Ich dachte, diese Schera-dingsbums, die *erzählt* ..?«

»Nee, tanzen tut se. Kennse *Schwanensee*?«

»Natürlich.«

»Und gibt es Pirouetten dreh'nde Schwäne?«

»Soviel ich weiß, nicht.«

»Sehnse?«

»Seh ich was?«

»Das nennt man künstlerische Freiheit.« Lina steckte eine rote Rose in die mittlerweile wieder makellose Lockenpracht und ging zur nächsten ramponierten Haartracht über. »Nur … um was über Juppi Weinfurths neue Nummer zu erfahren, sind Se doch bestimmt nich hergekommen.«

»Ganz recht.« Jakob Wilhelmi zog das Bild aus seiner Manteltasche. »Wie Sie sich denken können, geht es noch einmal um diesen Mordfall.«

Gleich gegenüber traf Auguste, als sie heimkam, auf eine erschöpfte Tante Hattie und einen scheinbar äußerst missgelaunten Vater. Er war kurz angebunden, und er schien sogar Henrietta aus dem Weg zu gehen. Doch darum, dachte sich Auguste, kann ich mich erst später kümmern. Jetzt ging es erst einmal darum, Ndeschio die Flucht nach England zu ermöglichen. Im Trödlerladen in der Mauerstraße hatte das Dorchen eine weiß leinene russische Offiziersjacke mit passender Mütze aufgestöbert, und als Auguste heimkam, war sie schon dabei, das gut erhaltene Stück von seinen Tressen zu befreien und mit neuen Knöpfen versehen in eine Dienerlivree zu verwandeln.

»Ach, meine Beste, du hast bei mir nun wirklich jede Menge gut – wegen heute Morgen«, hatte Hulda gleich nach ihrer Rückkehr vom Alexanderplatz erklärt. Aber das Dorchen hatte, statt ihrer Dienstherrin zu grollen, mit reumütig niedergeschlagenen Augen den Schürzenzipfel zwischen den Händen geknetet und gestanden, dass der Bäckerbursche in der Tat von Zeit zu Zeit in ihrer Kammer …

»Schon gut, schon gut!« Mehr hatte Hulda gar nicht wissen wollen. Und das Dorchen hatte artig geknickst, und damit war die Sache vom Tisch.

Während Henrietta begann, ihre Siebensachen zu packen – wobei das mit der Sieben reichlich untertrieben war –, nahm Ndeschio Auguste zur Seite und fragte, ob sie wohl einen Augenblick Zeit für ein Gespräch unter vier Augen habe. Oh Gott, durchfuhr es Auguste, ich hoffe nur, dass sich das wirklich nur auf einen Augenblick beschränkt. Sie war nachhaltig mit dem Groll auf den Herrn Kriminalassistenten beschäftigt und hatte sich vorgenommen, ihn gedanklich in aller Ruhe im Fleischwolf zu zerkleinern und Bouletten draus zu braten.

Von alldem Gott sei Dank nichts ahnend, lauschte Jakob aufmerksam dem Klatsch und Tratsch, den Lina Kröschke ihm nur allzu gerne präsentierte. »Die Damen hier im Varieté ham etliche Verehrer, so was ist normal«, erklärte sie. »Aber da war einer drunter, dem die Mark wohl ganz besonders locker in der Tasche sitzt. An jedem Tag, an dem Charlotte aufgetreten ist, bekam sie irgendeine kleine Aufmerksamkeit. Zuerst nur Blumen – *auch* normal«, sie deutete auf das Bukett, das ein paar Plätze weiter stand. »Die sind zum Beispiel für die Scheherazade. Nur: Bei Charlotte wurde es von Mal zu Mal persönlicher. Und teurer: ein Ring, ein Armband, ein bestickter Seidenschal … Hier, etliches davon ist noch vorhanden.« Lina Kröschke zog eine der Schubladen auf. »Charlotte wollte nichts davon behalten und hat gesagt, ich soll die Sachen nach und nach an andere verschenken.«

»Warum hat sie den Kerl nicht einfach in die Schranken gewiesen?«

»Wie denn? Der hat ja seinen Namen nicht genannt. Hat ihr nur jedes Mal geschrieben, dass er sie zutiefst bewundert und so weiter.«

»Kann es nicht sein, dass er ihr heimlich nachgestellt hat? War sie sich denn nicht der Gefahr bewusst?«

»Hm.« Lina Kröschke dachte offenbar zum ersten Mal an eine solche Möglichkeit. »Was in Charlottes Kopf so vor sich ging, hat keiner von uns mitgekriegt. Vielleicht hat ihr das Ganze insgeheim ja *doch* gefallen. Womöglich wusste sie sogar, wer der heimliche Verehrer war, und wollt ihn einfach noch 'ne Zeit auf kleiner Flamme köcheln lassen.«

»Und dann?« Ein plötzlicher Gedanke schoss Jakob durch den Kopf: »Wann hat das denn mit den Geschenken aufgehört?«

»Na, wie se tot war. Logisch, oder?«

»Das stand doch aber nicht am gleichen Tag noch in der Zeitung oder im Programm.«

Lina erfasste zunächst nicht, was Jakob damit meinte. Doch dann schlug sie sich mit der flachen Hand an ihre Stirn. »Natürlich! Der, der ihr zu jedem Auftritt 'n Geschenk geschickt hat, hat damit aufgehört, obwohl er eigentlich nicht wissen konnte, dass Charlotte tot war!«

»Es sei denn, er war bei dem Mordanschlag zugegen. Oder er war der Mörder!«

»Jesses!« Hastig leerte Lina Kröschke die Schublade und drückte Jakob die Geschenke in die Hand. »Das is ja nu mal richtig gruselig! Wenn man bedenkt, dass all die Sachen hier von 'nem Verbrecher stammen …«

Die Jadows hatten ihr Domizil in der Villenkolonie Grunewald erst vor ein paar Wochen bezogen. Der Vorgarten wies daher noch nicht die ansehnliche Vegetation auf, mit der die beiden Nachbarhäuser aufzuwarten hatten. Doch trotz der lückenhaften Fliederhecke und der gerade frisch gepflanzten Birkenbäumchen hatte von Barnstedt das Gefühl zu schrumpfen, als er auf den Neubau am bisher nicht mit einem Ehrennamen versehenen »Platz A« zuging. Offenbar hatte sich der Architekt nicht recht zwischen Erkern, Spitz- und Zwiebeltürmchen entscheiden können und gleich von jedem etwas in den Bauplan eingebracht. Und als ob der Vielfalt damit nicht Genüge getan wäre, prangte längsseits des Gebäudes je ein Söller, gekrönt von einer opulenten, stuckverzierten Gaube. Das Sammelsurium von Stilen schüchterte von Barnstedt ein. Er dachte an sein Heimatdorf in Mecklenburg und an das Gutshaus seiner Eltern: noch nicht mal halb so groß, und in den Sommermonaten umhüllt von einem Duftbukett aus Kuhmist, Phlox und frischem Stroh. Seine Familie legte wenig Wert auf Repräsentatives und umso mehr auf protestantisch Schlichtes. »Aber so was wie unser'n See ham se hier nich«, brummte von Barnstedt, »und 'ne Kastanienallee vorm Haus erst recht nich.«

Er schwitzte schrecklich – was nicht unbedingt am Wetter lag. Vielmehr jagte ihm der Gedanke, Sidonie von Hollberg – jetzt Sidonie von Jadow – nach all den Jahren wiederzusehen, eine Hitzewelle nach der anderen durch den Körper. Sie musste, wie er nachgerechnet hatte, Anfang vierzig sein; von Barnstedt hoffte: früh gealtert, hutzelig und gebeugt. Nach all der Zeit, die seine Jugendliebe unter der sengenden Sonne Afrikas zugebracht hatte, war ihre einst so zarte, weiße Haut bestimmt zäh wie Leder und genauso braun. Das, dachte sich von Barnstedt, wär' nur gerecht und außerdem ein tröstliches Pendant zu seinem schütteren Haar und zu der längst verschwundenen Taille.

»Mein Lieber! Bienvenue!« Sidonie Adèle Eloise von Jadow stand in der Tür und lächelte so lieblich wie vor fünfundzwanzig Jahren. Und in von Barnstedts Augen war sie keinen Tag gealtert. »Ach, Sidonie …«, mehr brachte er nicht über die Lippen, bis ein auffallend hübsches schwarzes Hausmädchen erschien und ihn ins Haus hineinkomplimentierte.

Nach dem Abendessen zog sich Auguste mit Ndeschio in den Hof zurück. Ihr Vater hatte dort, neben dem Anbau, in dem sich das Archiv und die Werkstatt befanden, ein kleines Gärtchen angelegt, mit einem Tisch und ein paar Stühlen in der Mitte, die er vor Jahren aus dem Nachlass einer Gartenschenke aufgetrieben hatte. Die kühle Limonade und das dreiste Tschilpen einer Horde Spatzen, die sich an der Vogeltränke um die besten Plätze stritten, wirkten Wunder, und Augustes Wut auf Jakob legte sich ein wenig.

»Ich werde mich in London nach Carl Peters' ehemaligen Kollegen umsehen«, begann Ndeschio, »er hat dort jahrelang gearbeitet, bevor er als Reichskommissar nach Deutsch-Ostafrika gegangen ist. Aber ich möchte – falls mir dort in England etwas zustößt – alle Beweismittel und Unterlagen sicher hier in Deutschland deponieren.« Er stellte eine hölzerne Kassette auf den Tisch und sah Auguste fragend an.

»Natürlich kann Papa die Dokumente im Archivraum aufbewahren, bis Sie den Mörder Ihrer Angehörigen gefunden haben. Oder bis Doktor Peters der Prozess gemacht wird. Nur: Warum fragen Sie das meinen Vater denn nicht selbst?«

Ndeschio faltete die Hände auf dem Tisch und tat sich offensichtlich schwer mit dem, was er zu sagen hatte.

»Dass die Kassette sicher in Verwahrung kommt, ist nicht das Einzige, worüber ich mit Ihnen sprechen möchte, Fräulein Fuchs.«

»Aha, da ist etwas im Busch. Ich hab geahnt, dass meinem Vater irgendwas auf das Gemüt geschlagen ist: So vor sich hin zu brüten, ist sonst gar nicht seine Art.«

»Zu mir war er den ganzen Tag über sehr freundlich«, beeilte sich Ndeschio zu versichern, »er hat mir heute in der Dunkelkammer eine interessante Panscherei mit giftigen Substanzen beigebracht.«

»Oha, das machen Sie dann aber bitte nicht auf eigene Faust!«

»Ich werd mich hüten!«

»Papa scheint trotzdem über irgendwas unglücklich zu sein. Hat es denn irgendwelche … unliebsamen Vorfälle gegeben?«

»Nein, absolut nicht!« Ndeschio hob abwehrend die Hände. »Aber wir waren heut' den ganzen Tag von früh bis spät auf engstem Raum zusammen. Das heißt …«, er zögerte, »… das heißt, er hat es auf die Dauer eben nicht verbergen können …«

»Was denn verbergen?« Ein Hang zur Heimlichtuerei gehörte ebenfalls nicht zum Verhaltensrepertoire ihres Vaters, und Auguste hob amüsiert die Augenbrauen »Da bin ich aber mal gespannt. Dass er und Hulda Preissing seit Jahren ab und zu ein höchst geheimes Schäferstündchen miteinander verbringen? Das ist seit Anbeginn der Menschheit jedermann bekannt!«

»Das hab ja sogar *ich* bemerkt«, gab Ndeschio lächelnd zu, doch gleich darauf wurde er wieder ernst. »Ich denke, Sie sollten Bescheid wissen. Ich kenn' die Anzeichen leider nur zu gut, um mich zu irren. In meiner Heimat werden viele Menschen blind. Mitunter schon als kleine Kinder.«

»Blind? Was soll das heißen?«, stieß Auguste geradezu empört hervor, als habe sie die Veränderung bei ihrem Vater nicht schon längst bemerkt. Es hatte ganz allmählich angefangen – mit kleinen Missgeschicken – und kürzlich in dem Wunsch gegipfelt, die Retuschierarbeiten gänzlich ihr zu überlassen. »Verzeihung«, murmelte sie, »ich hab es wohl die ganze Zeit nicht wahrhaben wollen.«

»Ihr Vater ist ein stolzer Mann, und sein Beruf ist für ihn so viel mehr als Broterwerb. Kein Wunder, dass es für ihn unerträglich ist, sein Augenlicht für immer zu verlieren.«

Auguste schluckte schwer und kämpfte mit den Tränen. Ndeschio legte seine Hand beruhigend auf die ihre. »Ich wollte nicht, dass er auf den Gedanken kommt, mich Ihnen gegenüber zu Stillschweigen zu verpflichten. Und deshalb hab ich heute Abend jedes längere Gespräch mit ihm vermieden.«

»Ich verstehe.«

»Ich fürchte allerdings, er wird sich trotzdem denken können, dass ich mit Ihnen drüber spreche. Und ich kann mir vorstellen, dass es für ihn sogar eine Erleichterung ist, in aller Offenheit mit alldem umzugehen, was da unweigerlich auf ihn zukommt. Und auf Sie.«

»Ja. Danke.«

Die beiden saßen eine Zeit lang beieinander – den eigenen Gedanken nachhängend und dem Sperlingsschwarm beim abendlichen Umtrunk stumm Gesellschaft leistend.

Als die Sonne hinter den Dächern unterging, wurde es kühl im Hof. Ndeschio zog sich auf sein Feldbett in der Werkstatt zurück, und Auguste warf einen Blick in die Kassette mit den Unterlagen, die etliche vermeintlich hochanständige Berliner schwer belasteten: Es waren Briefe, Rechnungen, Verträge und Landkarten darunter. Und Bilder, deren Anblick für sie kaum erträglich war: Fotografien ausgemergelter Gestalten, die – mit schweren Eisenketten aneinandergefesselt – für ihre weißen Herren das Land bestellten. Andere zeigten ein Dorf aus runden, strohgedeckten Hütten, davor die Körper toter Frauen und Kinder; erschossen auf der Flucht vor Männern mit Gewehren, die stolz auf ihre Heldentat im Vordergrund posierten: Askari, schwarze Söldner, die den Mordbefehlen ihrer weißen Offiziere ohne jeden Skrupel Folge leisteten. Die Zeichnung, die Ndeschios Freund angefertigt hatte, zeigte neben den anderen beiden Toten eine so unmenschlich zugerichtete junge Frau, dass sich Auguste der Magen umdrehte. Und zwischen all den Dokumenten unvorstellbarer Grausamkeiten lag eine Denkschrift: »Für den Dienst in den deutschen Schutzgebieten«, mit Anweisungen »Zur Behandlung des Negers«, verfasst vom Gouverneur Deutsch-Ostafrikas, Hermann von Wissmann:

Hört der gute Einfluss des Europäers auf, so fällt der Neger schnell wieder in seine alte Trägheit und Sorglosigkeit zurück. Dabei möge man sich aber als Richtschnur den Grundsatz dienen lassen, dass der Wilde erst die Überlegenheit unbedingt anerkennen muss, bevor man ihm Güte zeigt, da er Letzteres sonst leicht als Schwäche auslegen würde.

Es gab eine ganze Reihe Bilder, die deutlich machten, was von Wissmann unter Überlegenheit verstand, und kein einziges, aus dem man auch nur ansatzweise so etwas wie Güte hätte ablesen können.

Ein Bild aus einer Zeitung oder Zeitschrift erregte Augustes besondere Aufmerksamkeit: Es war – wie es in illustrierten Blättern üblich war – nach einer fotografischen Momentaufnahme für den Abdruck nachgezeichnet; so akkurat und minutiös, dass es den Vorlagen in Sachen Detailliertheit absolut in nichts nachstand. Jemand hatte die Zeichnung ausgeschnitten und auf Karton geklebt – wohl, weil sie ursprünglich einmal in einem Bilderrahmen gesteckt hatte. Ein Mann im Tropenanzug war darauf zu sehen, der sich von schwarzen Trägern durch den Dschungel transportieren ließ: in einer Hängematte, mit einem aufgespannten Leinensegel gut beschattet und vor Sonnenbrand geschützt. Ein Bein war lässig angewinkelt. Den Tropenhelm hielt er in der aufs Knie gestützten Hand. Die Bildunterschrift fehlte. Auguste schätzte ihn auf etwa Ende vierzig – vielleicht auch jünger. Er sah ausgesprochen gut aus: hohe Stirn, volles Haar und ein Schnurrbart, dessen sogfältig gezwirbelte Enden beinah eine Sechs bildeten. Das Auffallendste jedoch war sein Mund: Um derart volle und fast herzförmig geschwungene Lippen würde ihn manche Frau beneiden, ging es Auguste durch den Kopf. So schöne Menschen hatten es oft leicht im Leben; leichter als die, bei denen die Natur mit äußeren Reizen weniger freigiebig umgegangen war. Auguste wusste das nur *zu* gut aus Erfahrung: Die einen wollten die fülligeren Körperregionen retuschiert bekommen, die anderen den Haaransatz nach vorn verlegt, und wieder anderen war es wichtig, dass die Oberweite opulenter wirkte als in Wirklichkeit. Auguste strich mit dem Zeigefinger über das ebenmäßige Konterfei. So ein hübscher Kerl! Doch Klugheit oder Herzensgüte waren nicht in jedem Fall mit einem schönen Äußeren verbunden; erst recht traf das auf diesen Herren zu: ein Deutscher. Der Mann, auf dessen Spur Ndeschio und Charlotte nach Berlin gekommen waren. Der Mann, der – wie es aussah – Ndeschios Bruder und dessen Frau erschossen und deren Tochter totgeschlagen hatte. Auguste legte den Zeitungsausschnitt zuoberst in die Kassette und brachte sie hinüber ins Archiv, um sie dort wegzuschließen. Auf dem Weg nach oben bedankte sie sich noch einmal bei Luis. »Ohne dich hätten wir es nie und nimmer hingekriegt, Ndeschio vor von Barnstedt zu verstecken.«

»Na, is doch Ehrensache, det wir unsern netten Negermann nich freiwillich in 't off'ne Messer loofen lassen.«

Es war bereits nach Mitternacht, als sich von Barnstedt von den Jadows verabschiedete und in die wartende Droschke stieg. Max hatte ihn von einem Portwein auf den anderen genötigt, noch zu bleiben. Erstaunlich, fand von Barnstedt. Und noch erstaunlicher war, dass Max von Jadow ihn bei seinem Herrenclub als potenzielles neues Mitglied vorgeschlagen hatte: Wer da verkehrte, musste mehr zu bieten haben als ein Gut im Mecklenburgischen nebst nicht gerade makellosem Stammbaum.

»Graf Teubnitz und Major von Wulkenzien würden sich freuen, dich in unseren Reihen begrüßen zu dürfen. Und sie haben mich gebeten, dir das Durchlaufen der üblichen Beitrittspräliminarien ein wenig schmackhaft zu machen. Ist aber selbstverständlich reine Formsache, mein Bester.«

Von Barnstedt hatte dankend zugestimmt, obwohl ihm etwas mulmig wurde angesichts der Perspektive, sich in so illustren Kreisen zu bewegen. Andererseits eröffneten sich ihm auf diese Weise ungeahnte Möglichkeiten. Und hatte er nicht lediglich zu diesem Zweck so freudig darin eingewilligt, die alte Freundschaft mit von Jadow wiederaufleben zu lassen?

Beim Abschied winkte Sidonie von Barnstedt hinterher. Wie damals in der Schulzeit sprach sie seinen Vornamen französisch aus: »Adieu, Hubert. Merci und à bientôt!«

Es war ein seltsamer Abend gewesen. Im ganzen Haus trug nichts das Flair, das man gemeinhin als »die Handschrift einer Frau« bezeichnete: In beinah jedem Zimmer waren Jagdtrophäen aus der Zeit in Afrika als Wandschmuck aufgehängt: ein ausgestopfter Löwen- und ein Nashornkopf, diverse Antilopenschädel und – flankiert von Elefantenzähnen – ein großer Schild mit zwei gekreuzten Speeren. Vor dem Kamin standen zwei thronartige Sessel, an deren Lehnen man mit groben Lederstricken die Hörner zweier Wasserbüffel angeknotet hatte. Ein ausgehöhlter Elefantenfuß diente als Korb für die Kaminanzünder. Auf einem der gerahmten Bilder präsentierte sich die zarte Sidonie als stolze Schützin: Im Kreise eingeborener Jäger stand sie da, den rechten Fuß auf ein erlegtes Krokodil gestellt. Von Barnstedt war es schleierhaft, wie all das zu der sanften Schönen passte, die ab und zu mit leiser Stimme ein paar Worte sagte und es ansonsten ihrem Gatten überließ, die Themen für das Tischgespräch zu wählen.

Kapitel 8

Es war – nach einem regnerischen Wochenende – nur leicht bewölkt, und auf dem Friedrichswerderschen Friedhof roch es nach feuchter, warmer Erde. Die Totengräber hatten schon in aller Herrgottsfrühe das Grab zurechtgemacht. Neben dem Holzkreuz, das der Steinmetz in den nächsten Wochen durch eine schlichte Marmorplatte ersetzen sollte, lag ein Kranz aus Frauenmantel und Hortensien, in Himmelblau, Charlotte Paulus' Lieblingsfarbe.

Nicht weit vom Eingang in der Bergmannstraße stand ein Landauer. Das Verdeck der Kutsche war geschlossen, und von den halb verhangenen Fenstern aus war jener Teil des Friedhofsareals, auf dem Charlotte Paulus' letzte Ruhestätte lag, gut einzusehen. Auguste hatte sich entschlossen, bei Ndeschio zu bleiben. Er saß ihr gegenüber und verfolgte das Geschehen stumm, die Hände auf dem Schoß gefaltet und mit leergeweinten Augen.

Die Träger hoben den Sarg aus der Leichenkutsche, und Pastor Rebmann reihte sich dahinter ein, gefolgt von Henrietta, Julius Fuchs und Hulda Preissing. Auch Weinfurth und die Runtschen-Schwestern waren gekommen, um Charlotte Paulus auf ihrem letzten Gang zu begleiten. Der Pastor war ein alter Freund der Familie; er hatte Auguste getauft und konfirmiert und war sofort bereit gewesen, die Tote und ihr ungeborenes Kind nach christlichem Ritus zu beerdigen. Es hatte Auguste einige Überwindung gekostet, Ndeschio von Charlottes Schwangerschaft zu erzählen und seinen Schmerz damit – wenn das denn möglich war – noch zu vergrößern. Dass nun sein Kind zusammen mit Charlotte eine letzte Ruhestätte finden würde, war vielleicht später, wenn die Trauer einer liebenden Erinnerung gewichen war, ein kleiner Trost.

Es war bei protestantischen Beerdigungen nicht üblich, große Worte über die Verdienste der Verstorbenen zu machen, doch Rebmann ließ es sich nicht nehmen, Charlotte Paulus' Mut und die bedingungslose Hingabe zu erwähnen, die sie bewogen hatten, schon als junges Mädchen ihre Heimat zu verlassen, um ihrem Vater nach Ost-Afrika zu folgen. »Hören wir die Worte des Apostel Paulus aus dem Römerbrief«, schloss er die Andacht: ›Ich bin gewiss, dass weder Tod noch Leben, weder Engel noch Mächte noch Gewalten, weder Gegenwärtiges noch Zukünftiges, weder Hohes noch Tiefes noch eine andere Kreatur uns scheiden kann von der Liebe Gottes, die in Christus Jesus ist, unserm Herrn‹.«

Die Totengräber griffen zu den Seilen, um den Sarg hinabzulassen, und die kleine Trauergemeinde sprach ein Vaterunser. Ndeschio sprach das Gebet auf Kisuaheli mit. »Baba yetu, yetu uliye mbinguni yetu, yetu amina …« Er war bereits als Kind von deutschen Missionaren der *Church Missionary Society* getauft worden. Dass er sich trotzdem altbewährter Mittel, die bei den Kündern christlicher Dreifaltigkeit als Aberglaube galten, zu bedienen pflegte, empfand er nicht als Widerspruch. »Die Geier fliegen, ohne jemals zu ermüden«, hatte er Auguste erklärt, »und wenn man lange Strecken laufen will, dann bindet man sich eben einen Geier-Flügelknochen an sein Bein. Das hilft! Man kann den lieben Gott ja trotzdem zusätzlich um Hilfe bitten.«

Auguste empfand das als einleuchtende und erfrischend pragmatische Einstellung.

Während der helle Lindenholzsarg hinabgelassen wurde, sprach Pastor Rebmann den Segen: »Erde zur Erde, Asche zur Asche, Staub zum Staube. Aber unser Herr Jesus spricht: Ich bin die Auferstehung und das Leben. Wer an mich glaubt, wird leben, auch wenn er stirbt.«

Auguste nahm sich vor, am Nachmittag noch einmal herzukommen und das Grab zu fotografieren. Charlottes Vater im fernen Afrika sollte wenigstens ein Bild der letzten Ruhestätte seiner Tochter bekommen.

Was die Erblindung ihres eigenen Vaters und die Folgen für das Atelier betraf, beschloss sie, noch ein wenig abzuwarten: Nach Tante Hatties und Ndeschios Abreise war Zeit genug, sich mit der Zukunft zu befassen. Es war seit Langem kein Geheimnis mehr, dass ihr zudringlicher Vetter Gustav nur darauf lauerte, dass es im Hause Fuchs Veränderungen gab. Nachdem Auguste dessen Plan, per Einheirat zum Kompagnon des Fuchs'schen Ateliers zu werden, sehr dezidiert durchkreuzt hatte, spekulierte er wohl oder übel auf eine anderweitige Verehelichung seiner Cousine. Denn da es sich für eine verheiratete Frau nun mal nicht schickte, anderen als hausfraulichen Tätigkeiten nachzugehen, war sein ersehnter Einstieg in das Fuchs'sche Atelier nach Gustavs Ansicht lediglich eine Frage der Zeit. Doch das, so hatte sich Auguste längst geschworen, kam – wie auch immer – nicht für sie infrage.

Jakob Wilhelmi hatte die Beerdigung in pietätvollem Abstand mitverfolgt: ein Hinterbliebener, ganz in Schwarz, an einem Grab in einiger Entfernung kniend? Da schaute man aus Höflichkeit nicht näher hin, und von den Trauergästen hatte keiner ihn bemerkt. Die Kutsche auf der Bergmannstraße war Jakob sofort aufgefallen, und da Auguste nicht am Grab zugegen war, lag es für ihn so gut wie auf der Hand, dass sich Ndeschio Temba dort mit ihr verborgen hielt. Es wäre Jakobs Aufstieg bei der Polizei ganz sicher äußerst zuträglich gewesen, wenn er den jungen Afrikaner auf der Stelle festgenommen hätte. Jedoch im Unterschied zu seinem Vorgesetzten hatte ihn die Aufnahme, die ihm Auguste überlassen hatte, von Tembas Unschuld überzeugt. Gewiss: Charlotte Paulus und der junge Afrikaner schienen sich zu kennen, und dass die zwei – wie Lina Kröschke es beschrieben hatte – in »Negersprache« miteinander redeten, ließ darauf schließen, dass sie sich womöglich sogar näherstanden. Doch war das wirklich ausreichend für einen Tatverdacht? Wer weiß, ob nicht auch Juppi Weinfurth ein Motiv für einen Giftmord hatte? Oder die Kröschke selbst – vielleicht aus Eifersucht? Die Runtschen-Schwestern kamen nicht infrage: Die beiden saßen auf Auguste Fuchs' Fotografie im Hintergrund und schieden damit ebenso als Täterinnen aus wie Temba selbst.

Zurück vom Friedhof, machte Jakob sich erneut daran, die Liste der am Tatort Anwesenden durchzugehen. »Keine Gelegenheit, kein erkennbares Motiv, keine Tatwaffe«, murmelte er und strich einen Namen nach dem anderen aus.

Nach wenigen Minuten fegte er die Akte Paulus wutentbrannt vom Tisch. »Nu wart dat rieten! Den Düwel ook!«

»Hoppla!« So unbeherrscht kannte von Barnstedt seinen Assistenten gar nicht. »Jetzt machen Se mal halblang!« Doch da er dessen norddeutsches Geschimpfe als Mecklenburger durchaus übersetzen konnte, war ihm klar, dass bei der gegenwärtigen Gemütsverfassung nicht gerade viel mit Jakob anzufangen war. »Sie wollten doch bei Weinfurth überprüfen, ob er auch alle seine Mitarbeiter ordentlich bezahlt hat, oder?«

»Das hab ich schon. Und hat er. Nur tut das leider nichts zur Sache.«

»Was hier zur Sache tut, bestimme ich, mein Lieber!« Von Barnstedt grinste. »Und ich bestimme, dass Sie erst mal Dampf ablassen und dann anschließend noch mal nach Treptow fahren.«

»Warum?«

»Zum einen, weil Sie hier mit Ihrer miesen Laune nur die Luft verpesten, zum anderen, weil ja nach wie vor die Möglichkeit besteht, dass sich der Temba dort versteckt.«

»Bloß weil er offenbar die Tote näher kannte, ist Ndeschio Temba doch nicht gleich verdächtiger als alle anderen!«

»Aber von allen anderen hat auch keiner fünf, sechs Meter lange Arme! Der Straßmann hat gesagt, dass man das Strophanthin mit einer Spritze injizieren muss, damit es tödlich wirkt. Und wer sitzt auf dem Bild, das Ihre hübsche Fotografenfreundin uns gegeben hat, noch nicht mal einen halben Meter von der kleinen Paulus weg?«

»Ndeschio Temba! Ja, verdammt noch mal! Nur hält der diesen Schlangenkorb in beiden Händen! Dass all die anderen keine ewig langen Arme haben: gut und schön! Aber der Temba hat auch keinen dritten Arm, um jemand eine Spritze zu verpassen!«

Auch Lina Kröschkes interessante Neuigkeit, dass ein Verehrer offenbar vom Tod Charlotte Paulus' wusste, bevor es eine offizielle Meldung davon gab, brachte von Barnstedt nicht von seiner These ab, dass nur Ndeschio Temba als ihr Mörder infrage kam. »Wenn er's nicht war, warum versteckt er sich denn dann?«

»Dafür kann's tausend Gründe geben!«

»Der eine reicht mir schon. Und wo versteckt ein Neger sich am besten?«

»Woher soll *ich* das wissen?« Jakob kniff sich in den Oberschenkel, um nicht noch mal in die Luft zu gehen.

»Na, mittenmang, wo er nicht auffällt und wo keiner ihn vermutet! Und wo sind in Berlin zurzeit die meisten Neger unterwegs?«

Jakob war viel zu aufgebracht, um darauf auch nur stumm zu reagieren.

»Na, so schwer ist das ja nu nich zu raten! Also, Wilhelmi: ab! Noch mal nach Treptow!«

Jakob hatte bereits Hut und Mantel in der Hand, als es an der Tür klopfte. Bevor von Barnstedt etwas wie »Wer da?«, »Herein!« oder »Jetzt nicht!« rufen konnte, stürmte ein junger Mann ins Büro. »Ich bin die ganze Strecke bis nach hier gerannt«, japste er, »und wenn Sie jetzt nicht mitkomm', dann is' das alles umsonst, und der Schw… Schw…Schweinehund …«, er schnappte erbarmungswürdig nach Luft, »… der Schweinehund, der das gemacht hat, kommt ungestraft davon!«

»Nu setzen Sie sich erst mal hin.« Von Barnstedt legte dem jungen Mann beruhigend die Hand auf die Schulter. »Und dann erzählen Sie uns schön eins nach dem anderen, was Sie auf dem Herzen …«

»Nichts! Ich hab nichts auf dem Herzen! Aber wenn die Leiche weg is' …«, Hustenanfall, Röcheln, erneutes Ringen nach Luft, »dann isse weg, verstehn Se?«

»Nein. Aber vielleicht verraten Sie uns erst mal, wer Sie sind.«

»Egal!«, keuchte Reginald Wündrich. »Charité, Leichenschauhaus, Kühlraum! Sofort!«

Nicht ganz zwei Stunden zuvor hatte einer seiner Kommilitonen Idrissou Ntamags Leiche fachgerecht geöffnet, ein anderer die wichtigsten Organe entnommen und ein dritter jedes Knöchelchen der kunstvoll aufgeschlitzten rechten Hand korrekt benannt. »Und merken Sie sich, meine Herren«, der Herr Professor wies zum Abschluss auf den ausgehöhlten Leichnam, »ein schwarzer Mann sieht innen drin genauso aus wie wir Weißen. Aber da wir die *Seele* bisher noch nicht dingfest machen konnten, wissen wir selbstverständlich nicht, ob das auf *die* genauso zutrifft.«

Einige Studenten kicherten, andere nahmen das zum Anlass für weitere Witze. »He, Wündrich: Wie kriegt man einen Neger vom Baum runter?«

»Weiß ich nicht.«

»Man schneidet einfach den Strick durch!« Grölendes Gelächter.

»Und warum sind beim Neger die Handflächen und Fußsohlen weiß?«

»Weil sie nicht im gleichen Maße pigmentiert sein müssen wie die Körperteile, die der Sonneneinstrahlung …«

»Quatsch! Weil der liebe Gott fand, dass jeder Neger auch was Gutes an sich haben soll.« Erneut Gelächter.

Reginald lachte nicht mit. »Und was ist es bei dir?«

»Hä?«

»Das Gute, mein' ich, das der liebe Gott dir mitgegeben hat? Ist mir bisher noch nichts in dieser Richtung aufgefallen.«

Der selbsternannte Scherzkeks wäre glatt mit Fäusten auf Reginald Wündrich losgegangen, hätte ihn einer der Umstehenden nicht daran gehindert. »Komm, lass ihn doch. Der Wündrich setzt sich bloß mal wieder auf sein hohes Schaukelpferd.«

»Genau«, mischte ein anderer sich ein, »und außerdem: Was soll's? Geh'n wir zusammen einen heben. Der Leichenfledderer vom Dienst muss sowieso erst mal die Sauerei hier wegmachen.«

Nachdem die Kommilitonen den Hörsaal verlassen hatten, räumte Reginald Wündrich die entnommenen Organe zurück in Idrissou Ntamags Bauch- und Brusthöhle und nähte die Öffnung zu. Die Hand war abgetrennt und nicht mehr herzurichten, und sie verschwand im Eimer mit den Körperteilen, die später im Verbrennungsofen landen sollten.

»Den könn' wer heute noch in seine Kiste packen«, verkündete der Obduktionsgehilfe, als Reginald den Toten in den Kühlraum brachte, »der jeht noch heute ab in 'n Wedding.«

Mit »Kiste« war ein Sarg aus Fichtenholz gemeint, ein grob geschreinertes Modell der Sorte, in der man – neben Obdachlosen und Gehenkten – auch die Sektionsleichen der Charité beizusetzen pflegte. Auf dem Friedhof in der Seestraße gab es ein ganzes Gräberfeld mit Toten, die ihre Körper posthum in den Dienst der Wissenschaft gestellt hatten; nicht immer ganz so freiwillig, wie das Gesetz es vorsah. Idrissous Witwe Uma hatte, als man sie nach Treptow brachte, nur zu allem stumm genickt. Sie sprach nur ihre Muttersprache, konnte weder schreiben noch lesen und war dankbar, dass Idrissous Freund – Aleeke Mambila – ihr alle Schritte abnahm, die vonnöten waren, einen mittellos Dahingeschiedenen zu bestatten. Für die Sektion im Hörsaal gab es sogar etwas Geld.

Und hätte der Studiosus Wündrich nicht in Sachen Kopf- und Hirnverletzungen gut im Hörsaal aufgepasst, wäre alles so verlaufen wie geplant. Stattdessen hatte Reginald die beiden Kommissare in die Charité gelotst.

»Ein dünner, ungewöhnlich kleiner Mann, nur einen Meter dreiundsechzig groß und gerade einmal fünfzig Kilo schwer«, dozierte er, nachdem sie in der Leichenhalle eingetroffen waren, »wenn der – wie auf dem Totenschein behauptet wird – auf regennassem Pflaster ausgerutscht und rücklings auf den Kopf gefallen wäre, hätt' der sich höchstens 'ne Gehirnerschütterung geholt. Erst recht, wenn man bedenkt, dass dichtes, krauses Haar wie seins den Aufprall zusätzlich noch dämpfen würde.«

»Aber der Arzt, der Unfalltod infolge eines Sturzes attestiert hat, ist doch kein Idiot …«, wandte von Barnstedt ein.

»Das hab ich ja auch nicht behauptet«, konterte Reginald, obwohl aus seiner Sicht genau das Gegenteil auf den betreffenden Herrn Doktor zutraf: Der hatte den Verstorbenen dem Totenschein zufolge in der Barackenunterkunft auf dessen Feldbett liegend vorgefunden. Den Unfallort in Augenschein zu nehmen oder den Hergang der Verletzungen zu hinterfragen, war ihm ganz offenbar nicht in den Sinn gekommen. Und die Herren Professoren in der Charité waren über jedwede Leiche froh, die die Studenten auseinandernehmen konnten; da fragte man am besten gar nicht erst nach dem Woher und den Begleitumständen.

»Die ins Hirn eingedrungenen Knochenfragmente lassen zwar in Sachen Todesursache keine Fragen offen«, erklärte Reginald, nachdem er mit den beiden Kommissaren im Kühlraum eingetroffen war, »aber ein simpler Sturz kann niemals so gravierende Verletzungen nach sich ziehen, erst recht nicht bei einem so kleinen, dünnen Mann.« Er hob den Toten an der Schulter an und wies auf dessen Hinterkopf. Von Barnstedt wurde auf der Stelle übel: Die Schädeldecke war zerschmettert, und Knochenteile hatten sich wie Messerspitzen ins Gehirn gebohrt. Reginald deutete auf den Umriss der Wunde. »Um den Schädel eines erwachsenen Menschen derart großflächig zu zertrümmern, bedarf es erheblicher Körperkraft und einer Keule oder eines Pflastersteins. Oder etwas Ähnlichem.«

»Also Mord«, stellte Jakob Wilhelmi trocken fest.

»Ja. Eiskalt geplant und hinterrücks. Er hat sich nicht einmal gewehrt.«

»Na, unter diesen Umständen hat der Temba ganz bestimmt darauf verzichtet, sich unter seinesgleichen zu verstecken.«

»Wieso? Was hat denn dieser zweite Mord mit Ndeschio Temba …?«

»Na, ist doch logisch!«, unterbrach von Barnstedt seinen Assistenten. »Wer hat sich denn anstelle dieses zweiten Opfers, das – dem Zeitablauf zufolge – ja das *erste* Opfer war, so dringlich angeboten, bei Juppi Weinfurths Atelieraufnahmen mitzuwirken?«

»Aleeke Mambila, der Disponent der Kolonialausstellung.«

»Und wer ist ihm zuvorgekommen? Na?« Statt eine Antwort abzuwarten, sprach von Barnstedt selbst es aus: »Ndeschio Temba! Und wer war bisher ganz beflissen, diesen Kerl zu decken?«

Danach ging alles rasend schnell. Diesmal erschien von Barnstedt gleich mit einem ganzen Trupp von Polizisten. Die stadtbekannte »Grüne Minna« – eine grün lackierte Kutsche – stand quer vor der Einfahrt, und Luis wurde handgreiflich daran gehindert, den Fahrstuhl zu bewegen. Während ein ganzer Trupp von Polizisten die Vorder- und die Hintertreppe hinaufrannte und sich vor den Türen postierte, stieß Kommissar von Barnstedt Julius Fuchs zur Seite und stürmte höchstpersönlich in die Werkstatt.

Auguste stand im Laden; sie wirkte versteinert. Jakob Wilhelmi war zur Sicherung des Eingangs vor dem Schaufenster postiert. So sehr er auch versuchte, sich mit Gesten zu verständigen: Auguste starrte – zur Untätigkeit verdammt – bewegungslos ins Leere. Nur wenige Minuten später wurde Ndeschio abgeführt.

»Sie stehen im Verdacht, den vom Schausteller und Impresario Josef Herrmann Weinfurth als lebende Staffage engagierten Schauneger Idrissou Ntamag am Vorabend der geplanten Aufnahmen getötet und sich dem Schausteller als Ersatz für den Verstorbenen aufgedrängt zu haben, um auf diese Weise Zutritt zum Atelier Fuchs in der Friedrichstraße zu erlangen. Sie bestanden selbst dann noch auf Verbleib vor Ort, als sich herausstellte, dass der Disponent der Kolonialausstellung, Herr Aleeke Mambila, freundlicherweise als Ersatz für den Verstorbenen erschienen war. Dies alles geschah unter dem Vorsatz, Fräulein Charlotte Margarethe Paulus bei diesem Anlass heimtückisch zu ermorden, mutmaßlich in der Absicht, ein an ihr begangenes Notzuchtverbrechen zu vertuschen. Zum Zeitpunkt der Festnahme planten Sie unter arglistiger Täuschung des Herrn Julius Fuchs und seiner Tochter Auguste, der im Hause Fuchs eine Pension betreibenden Frau Hulda Preissing sowie der als Gast des Herrn Julius Fuchs anwesenden Lady Henrietta Droydon-Jones Ihre Flucht ins Ausland. Aufgrund der weiterhin bestehenden Flucht- und Verdunkelungsgefahr wird mit sofortiger Wirkung Ihre Überstellung in die Untersuchungshaftanstalt Lehrter Straße verfügt.«

Ndeschio Temba folgte den Worten des Richters mit unbewegter Miene und ließ sich widerstandslos abführen.

Kapitel 9

Henrietta und Auguste saßen in Henriettas Zimmer auf der Récamiere und hielten Kriegsrat. Augustes Vater hatte Atelier und Laden bis auf Weiteres geschlossen, um, wie er sagte, Hulda beizustehen. Die war in Tränen aufgelöst, doch es war klar, dass das mit dem geplanten Beistand eher umgekehrt der Fall sein würde.

Die Koffer standen bereits halb gepackt vor Henriettas Kleiderschrank, und Ndeschios Uniform, in der er – gut getarnt als schwarzer Diener – das Land verlassen hätte, hing blütenweiß, geplättet und gestärkt auf einem Kleiderbügel.

»Ich kann den Jungen jetzt doch nicht im Stich lassen.«

Auguste dachte nicht zum ersten Mal, dass Tante Hattie in Ndeschio etwas wie den Sohn zu sehen schien, den ihr der frühe Tod Lord Droydon-Jones' – oder vielleicht auch dessen mangelnde Bemühungen – versagt hatten. Sie war nach Ndeschios Festnahme am Boden zerstört und wollte ihre vorzeitige Heimfahrt bereits absagen. Doch Auguste hielt sie zurück. »Wie man es dreht und wendet: Irgendwer muss Ndeschio verraten haben. Sonst wär' der Kommissar ganz sicher nicht mit seinem ganzen Trupp hier aufgekreuzt. Der hat genau gewusst – oder in jedem Fall geahnt –, dass Ndeschio sich bei uns versteckt.«

»Du meinst, dass uns jemand beobachtet?«

»Vielleicht. Womöglich weiß derjenige – obwohl: vielleicht ist es ja nicht nur einer –, vielleicht wissen die Kerle, die Ndeschio mehrerer Verbrechen überführen könnte, dass wir ihm helfen. Auf dich fällt da erst recht Verdacht, weil du Ndeschio mit nach England nehmen wolltest. Das heißt, du kannst hier weniger für Ndeschio tun als in London. Du kennst doch jede Menge Leute da.«

Von Barnstedt hatte zunächst schwer damit gerungen, Max von Jadow, Utz von Wulkenzien und den Grafen Teubnitz aufgrund der Ereignisse um ein Vertagen des geplanten Diners zu ersuchen. Doch dann beschloss er, dass für heute ohnehin nichts Wichtigeres anstand: Der Täter war in Untersuchungshaft, und damit war von seiner Seite, wie er fand, das Wesentliche schon – soweit es ging – erledigt.

Man hatte ihn ins Grand Restaurant Imperial Unter den Linden gebeten, und obwohl niemand es direkt ausgesprochen hatte, war klar, dass es um seine potenzielle Clubmitgliedschaft ging. Die Herren hatten das französische Lokal bewusst gewählt: Die Menükarte wartete mit Köstlichkeiten wie Quartiers de chevreuil rôti, Ballotine de faisan oder Écrevisses de la Moselle auf. Hier hatte nicht einmal der Croquembouche den üblichen Namen, sondern nannte sich »Pièces montées«. »Entweder wird sich dieser Mecklenburger Bauerntölpel beim Bestellen schon bis auf die Knochen blamieren …«.

»… oder er muss heut' mal hungrig ins Bettchen geh'n!« Der Graf und der Major amüsierten sich bereits im Vorfeld köstlich über von Barnstedts zu erwartendes Versagen. Doch Max von Jadow fürchtete zu Unrecht, dass dessen Mitgliedschaft an unzureichenden Französischkenntnissen scheitern könnte.

»Heut' Abend gibt es sowieso erst mal nichts Weltbewegendes zu tun«, hatte von Barnstedt kurzerhand – weit vor dem offiziellen Dienstschluss – erklärt und sich nach Haus begeben, um sich in Frack und Lackschuhe zu werfen. Und angesichts der Speisekarte ahnte er die ihm gestellte Falle und erklärte souverän, es sei ihm eine Ehre, sich in Sachen Speisefolge und Getränke der Wahl seiner verehrten Gastgeber anzuschließen. Beim Nachtisch lehnte von Jadow sich entspannt zurück: Von Barnstedt hatte seine Eignungsprüfung für den Herrenclub mit Nonchalance – und jeder Menge Bauernschläue – souverän gemeistert. »Und jetzt erzähl doch mal, wie es um die Ermittlungen zu dieser toten Schlangendame steht.«

Das ließ sich Kommissar von Barnstedt nicht zweimal sagen. »Sukzess, meine Herren! Der Täter sitzt seit heute in der Lehrter Straße!«

»Chapeau!« Major von Wulkenzien schlug seinem neuen Clubmitglied voll Anerkennung auf die Schulter.

»Das wollen wir jetzt aber ganz genau und in allen Einzelheiten wissen!«

Als Max von Jadow sein Automobil am Straßenrand vor seiner Villa parkte, war es bereits fast Mitternacht.

»Und?« Wie erwartet war Sidonie noch nicht zu Bett gegangen.

»Er wird am nächsten Wochenende offiziell als neues Mitglied aufgenommen.«

»Wie schön, dass du gelegentlich doch zu was taugst.«

»Sidonie, ich möchte …«

»Spar dir die Worte, Max. Was du gern möchtest und was ich gern tu, das ging noch niemals überein – das weißt du ganz genau.«

»Willst du denn gar nicht wissen, wie es um die Mordermittlung steht?«

»Das steht im ›Abendblatt‹. Es heißt, der Schuldige sei hinter Schloss und Riegel. Voilà.« Sidonie zuckte mit den Achseln. »Und wie es aussieht, wird dein Kommissar, wenn er sein Räuschlein ausgeschlafen hat, das Seinige dazu tun, dass der Täter gefasst wird.«

Am Tag darauf stapelten sich Koffer, Taschen und Hutschachteln vor dem Fuchs'schen Fotoatelier, und der Kutscher verstaute fluchend eine schwere, holzbeschlagene Reisetruhe auf der Gepäckablage. Henrietta trat die Fahrt zurück nach England schweren Herzens ohne Ndeschio an. »Er braucht 'nen guten Anwalt, Julius, hörst du?«

Julius umarmte seine Schwägerin mit ungewohnter Verve. »Ich kenn' zwar keinen Rechtsverdreher, und ich hab bis heute so was auch noch nicht gebraucht«, brummte er, »aber ich kümmer' mich darum.«

»Danke. Ich verlass mich auf euch. Der Junge hat doch sonst niemanden.«

»Na, unsereins ist schließlich auch noch da«, warf Hulda Preissing ein, und Luis nickte bekräftigend. Selbst Dorchen war aus ihrem Koch-Olymp hinabgestiegen, wünschte Henrietta »Gute Fahrt!« und überreichte ihr ein dickes Proviantpaket.

Henrietta dankte amüsiert. »Na, bis zum Lehrter Bahnhof wird's wohl reichen …«

Auguste steckte Henrietta zum Abschied den Roman *Aus guter Familie* zu. Nicht gerade eine heitere Lektüre, zumal Gabriele Reuter darin ihre Heldin – genauso wie Fontane seine Effi Briest – an den Verhältnissen zugrunde gehen lässt. Aber das Buch war seit dem letzten Herbst in aller Munde: Die einen sahen es als gottloses, die Fundamente der Gesellschaft attackierendes Geschmiere an, die anderen als schonungsloses Offenlegen unerträglicher Verhältnisse und wieder andere als zornigen Aufschrei einer unterdrückten Frauengeneration. Dass es nicht nur für Männer ein verbrieftes Recht auf eigene Entscheidungen geben müsste, empfand Auguste geradezu als Selbstverständlichkeit. Und Tante Hattie hatte mit nicht einmal vierzig Jahren mehr verdient als eine Zukunft als ehrbare Witwe. Vielleicht ermunterte das Buch sie ja dazu, sich nach jemandem umzusehen, den sie wirklich liebte und der nicht so ein dröger Miesepeter war wie ihr verstorbener Lord.

»Ich werde erst mal eine Woche lang in London bleiben«, erklärte Henrietta, »auch wenn das meinem um mein Seelenheil besorgten Butler ganz und gar nicht passt. Bestimmt gibt's bei den Mitgliedern der ehemaligen *Imperial British East Africa Company* den einen oder anderen gut aussehenden Gentleman, der mich zum Diner ausführt. Darunter sind bestimmt 'n Haufen Großwildjäger, die mir mit ihren Heldentaten auf die Nerven fallen werden. Aber gerad' von denen werd ich vielleicht Näheres über die Kolonialisten auf der deutschen Seite des Kilimandscharo in Erfahrung bringen.« Henrietta war zu klug und weltgewandt, um nicht zu wissen, wie viel davon abhing, dass sie als Weiße sich für Ndeschios Freilassung einsetzte. Es war für sie und alle Mitglieder des Fuchs'schen Haushalts klar, dass eine Klage gegen deutsche Kolonialbeamte vonseiten eines schwarzen Mordverdächtigen bereits im Ansatz zum Scheitern verurteilt war. Es war bedeutend aussichtsreicher, Carl Peters und dem unbekannten Mörder von Ndeschios Familie den Prozess zu machen, wenn eine Weiße – noch dazu von Adel – sich mit Aussagen von weißen Zeuginnen und Zeugen an die Staatsanwaltschaft wandte. Dass es nicht ungefährlich war, die Spuren, die Ndeschio gesammelt hatte, zu verfolgen, lag auf der Hand: Das Resultat konnte gewisse Herren nicht nur die Karriere kosten. Zudem war durchaus denkbar, dass der Mordanschlag im Atelier als Warnung dienen sollte: Seht her, wozu wir fähig sind, wenn jemand uns in die Parade fährt. Und die Version, dass nicht Charlotte Paulus, sondern Ndeschio selbst das geplante Opfer war, war ebenso nicht von der Hand zu weisen. Natürlich war es eine Illusion, die koloniale Terrorherrschaft ein für alle Mal im Handstreich zu beenden, doch die Beweise, die

Ndeschio gesammelt hatte, waren durchaus dazu angetan, dem Treiben einiger der Herren in Ost-Afrika ein Ende zu bereiten. Und schließlich galt es, jenen Mann, der Ndeschios Bruder, dessen Frau und deren Tochter auf brutalste Weise umgebracht hatte, nicht ungestraft davonkommen zu lassen. Auguste hatte Ndeschios Kassette sicher im Archiv verwahrt, und Kommissar von Barnstedt war es Gott sei Dank nicht in den Sinn gekommen, das Haus nach irgendetwas, das zu dem vermeintlich schnell gelösten Fall gehörte, zu durchsuchen.

»Könn' wer nu endlich los, Madam?«, schnauzte der Kutscher. Er hatte mittlerweile sämtliches Gepäck verladen und verschnürt und trat von einem Bein aufs andere. »Zeit is Jeld, wenn Se vastehen, wat ick meine.«

»Versteh ich absolut. Kann sofort losgeh'n!« Henrietta nahm Auguste noch einmal in den Arm, bevor sie einstieg. »Bis bald, mein Gustchen. Und sei dem netten jungen Polizeibeamten nicht mehr gram. So wie es aussieht, weiß der Arme nicht, wie er bei dir noch einen Blumentopf gewinnen könnte.«

»Kann er auch nicht!«, versetzte Auguste. Natürlich hatte sie den hasenherzigen Herrn Assistenten keines Blickes gewürdigt, als er mit seinem Vorgesetzten aufgekreuzt war, um Ndeschio festzunehmen.

Henrietta nahm in der Droschke Platz und ordnete ihr Reisekleid. »Ach, Gustchen, eh ich das vergesse ...« Der Kutscher hatte schon die Stufe eingeklappt und schloss die Tür. »Im Hof steht ein Geschenk für dich. Es war zu groß, um es hübsch einzupacken!«

Der Kutscher schwang sich auf den Bock, raunzte »Hüah!«, und schon verschwand die schwer bepackte

Droschke hinter einem Omnibus, gefolgt von Hand- und Hundekarren und dem »Bolle«-Wagen. Auguste konnte Henrietta gerade noch ein »Danke!« hinterherrufen.

Gefolgt von Julius, Hulda, Luis und Dorchen, lief sie durch die Einfahrt in den Hof. Dort hatte sich bereits ein ganzer Trupp neugieriger Kinder eingefunden, und in den Häusern rechts und links lehnten die Nachbarinnen aus den Fenstern.

»Juste, is det etwa deine Scheese?«

»Mit det olle Ding kommste doch nullkommanischt auße Puste …«

»… oder du jehst mitten uf 'n Damm koppheista!«

»Könnt ihr mich einfach mal hier durchlassen?« Auguste bahnte sich den Weg durch die aufgeregt schnatternde Kinderschar. Und da stand es: ein blitzblankes, nagelneues Fahrrad! Auf der Lenkstange prangte ein Wappen mit stilisiertem Engel und dem Schriftzug »Victoria«, und auf dem Sattel war mit einer roten Schleife ein Päckchen festgebunden.

»Typisch Henrietta!« Julius Fuchs schüttelte ungnädig den Kopf. »So 'n Ding kost' an die vierhundert Mark. Was Billigeres hätt' es doch auch getan!«

»Ach, Julius, nu lass ihr doch die Freude!« Hulda strich voll Bewunderung über das schwarz lackierte Metall. »Henrietta hat doch sonst niemanden, den sie beschenken könnte.«

Als Ehrenmitglied eines Londoner Damenradfahrclubs namens *Belgravia Bloomers* hatte Tante Hattie selbstverständlich auch daran gedacht, dass man mit Rock und Unterrock mitunter in der Kette oder den Speichen hängen blieb. Im Päckchen auf dem Sattel befand sich dem zufolge eine *jupe-culotte*: Wenn man nicht gerade auf dem Fahrrad saß, war so ein Hosenrock von einem ganz normalen Rock nicht zu unterscheiden.

Minuten später drehte sich Auguste vor der Spiegeltür an ihrem Kleiderschrank. »Passt wie angegossen!« Sie musste sich ein bisschen Mut zureden, denn Rad fahrende Frauen galten bei manchen Ewiggestrigen immer noch als Zumutung, besonders bei Vertretern der ästhetisch hoch sensiblen Männerwelt. Auguste erinnerte sich an eine Karikatur im *Simplizissimus*, in der ein unansehnlicher alter Kerl sich gegenüber einem zweiten – auch nicht ansehnlicheren – mokierte:

> … ist der Anblick eines Rad fahrenden Weibes geeigenschaftet, unseren am klassischen Geiste geläuterten Schönheitssinn in seiner vollen und ganzen Tiefe zu empören.

»Na komm, das kriegste hin!«, ermunterte Auguste ihr etwas bänglich dreinblickendes Spiegelbild. Tante Hattie hatte sich bei ihrem Geschenk ja schließlich was gedacht: Das Fahrrad war für Frauen und Mädchen eine geradezu revolutionäre Erfindung: endlich Bewegungsfreiheit! Und solange Ndeschios Unschuld nicht bewiesen war, würde sich keiner auf die Suche nach Charlottes wahrem Mörder machen. Deshalb war es jetzt an ihr, an Henrietta, Hulda und vielleicht auch ihrem Vater, herauszufinden, wer »die schöne Schlangenfrau«, wie es in den Gazetten hieß, getötet hatte. Ihr Spiegelbild sah das genauso, und es nickte ihr mit Nachdruck zu.

Als Auguste die Treppe hinunterging, wurde ihr allerdings trotz dieser Selbstermunterung ein wenig blümerant: Als die neuen Sicherheitsniederräder das Hochrad ablösten, hatte sich ein Dutzend Damen der Londoner *Hautevolee* als Pionierinnen hervorgetan. Aber Henriettas Ehrgeiz, so etwas wie die *Belgravia Bloomers* auch in Oxfordshire einzuführen, war rasch am Widerstand Lord Droydon-Jones' und dem der Ehemänner ihrer Freundinnen gescheitert. Doch immerhin hatte sie trotz des allgemeinen Gegenwinds dafür gesorgt, dass ihre Nichte in den Ferien Fahrradfahren lernen konnte. »Wirst sehen: Das verlernt man nicht!«

Auguste ging hinaus in den Hof, nahm all ihren Mut zusammen, stieg auf und radelte, begleitet von einem Schwarm johlender Kinder, durch die Hofeinfahrt hinaus und auf die Friedrichstraße, ohne auch nur einmal zu kippeln.

»Da wird ei'm ja vont Hinkieken schon kodderich!«

»Immer dusemang, Juste!«

»Hol dir bloß keene Brüsche an'n Kopp!«

Es war ein herrliches Gefühl, einfach draufloszufahren. Auguste vergaß für einen Augenblick alles Bedrückende der letzten Tage. Sie pfiff ausgesprochen undamenhaft das Lied von der Holzauktion im Grunewald vor sich hin und scherte sich nicht im Geringsten um den aufgebrachten Herrn in seiner Motorkutsche, der eine Rad fahrende Frau ganz offenbar für eine tödliche Bedrohung hielt.

Als es zu regnen anfing, machte sie, dass sie nach Hause kam, und auf dem Weg dahin holten sie die Gedanken an Ndeschio wieder ein. Ihr Vater würde sich um einen Anwalt kümmern und Henrietta sich in Londoner Kolonialistenkreisen umhören. Nur was sie selber für Ndeschio tun konnte, war ihr nicht klar. Was allerdings auf keinen Fall infrage kam, war, einfach abzuwarten und den Dingen ihren Lauf zu lassen.

Jakob Wilhelmi waren die Geschehnisse des Tages wortwörtlich auf den Magen geschlagen: Er hatte Fieber, ihm war schwindelig und ständig übel, und Kommissar von Barnstedt schickte ihn am nächsten Morgen gleich wieder nach Hause. »Nun lassen Se's mal gut sein und kurieren Sie sich aus!«

»Ich bin nicht krank!«

»Wilhelmi, mit Verlaub, Ihre Gesichtsfarbe changiert von gelb bis grün, und ich hab eine ungefähre Vorstellung davon, wo und womit Sie Ihre Nacht verbracht haben. Viel mehr als andere anzustecken können Sie, so wie Sie aussehen, heute nicht bewirken. Und überhaupt: Was jetzt noch ansteht, hat ja schließlich keine Eile. Der Kerl sitzt hinter Schloss und Riegel, das heißt, es kommt auf einen Tag mehr oder weniger nicht an.«

»Aber je schneller wir den wahren Täter hinter Schloss und Riegel bringen, desto besser.«

Von Barnstedt winkte ab. »Sie haben sich in was verrannt.«

»Sie auch! Ndeschio Temba hatte keine Möglichkeit zur Durchführung der Tat und kein erkennbares Motiv.«

»Das sieht der Untersuchungsrichter aber anders.«

»Der hat sich gar nicht erst für eine andere Version der beiden Tathergänge interessiert. Genau wie Sie!«

Von Barnstedt seufzte, schüttelte den Kopf und schlug Jakob Wilhelmi unsanft auf die Schulter. »Sie haben Glück: Ihr Fieberwahn entschuldigt Sie. Und jetzt gefälligst Abmarsch und nach Hause!«

Es hatte keinen Sinn, sich weiter mit von Barnstedt anzulegen. Jakob nahm Hut und Mantel, sagte kurz »Adieu« und ging. Er hatte schon in aller Herrgottsfrühe Juppi Weinfurth aus dem Bett geklingelt, um ihn zu fragen, wann und wie er Ndeschio Temba als Ersatz für den verstorbenen Idrissou Ntamag rekrutiert hatte.

»Ich hab wie üblisch nach dem Auftritt bei der Schlangennummer en kleines Schwätzchen mit dem Pagen vom Central-Hotel gehalten. Bis meine Droschke da war. Dat mach ich immer so. Und an dem Abend hat eben der Temba Dienst gehabt. Und wie isch dem gesagt hab, dat ich unbedingt am nächsten Morgen enen dritten Neger brauche, da hat der Kerl direkt zu mir gesagt: ›Dat mach ich.‹ Ich hab ja nit gewusst, dat der Mambila sich am nächsten Tag für seinen toten Kumpel zur Verfügung stellt. Dat dann der Temba trotzdem dageblieben is, dat spricht doch Bände, oder?«

Mit Müh und Not gelang es Jakob, Weinfurth davon abzuhalten, sich länger über diese angeblichen Bände auszulassen. Nach Auskunft des Hotels hatte Ndeschio seinen Dienst erst kurz vor dem Gespräch mit Weinfurth angetreten. Das hieß, dass er gewohnheitsmäßig damit rechnen konnte, dass Weinfurth mit ihm seine neuesten Neuigkeiten teilte. Und vorher wäre für ihn durchaus Zeit gewesen, nach Treptow rauszufahren und Idrissou Ntamag umzubringen. Doch bei genauem Hinsehen waren dabei viel zu viele Zufälle im

Spiel. Es wäre schließlich naheliegender gewesen, dass Weinfurth sich mit den Morenga-Brüdern als Staffage abgefunden hätte, das hatte ja bereits während der Vorstellung geklappt. Es war absurd, Idrissou Ntamag lediglich auf den Verdacht hin umzubringen, dass Juppi Weinfurth einen dritten Afrikaner für die Aufnahmen im Fotostudio haben wollte. Und selbst wenn es für all das eine logische Erklärung gab, war da ja immer noch Auguste Fuchs' Fotografie …

Jakob Wilhelmi ging der Blick nicht aus dem Kopf, mit dem Auguste ihn – wenn auch nur kurz – bei Ndeschio Tembas Festnahme gestreift hatte. Sie gab, so wie es aussah, ihm die Schuld daran, dass Temba im Gefängnis saß. Dabei hatte er schließlich immer wieder nachdrücklich auf die Momentaufnahme hingewiesen! Sogar noch vor dem Untersuchungsrichter. Wenn sie auch nicht als Unschuldsnachweis gelten konnte, so war sie doch zumindest dazu angetan, gewisse Zweifel an Ndeschio Tembas Täterschaft zu erwecken. Doch das wurde als »Firlefanz« und »ohne jeden Einfluss auf die Urteilsfindung« abgetan: Man könne solche Bilder schließlich nach Belieben fälschen.

Jakob bemerkte, dass die nächste Magenkontraktion sich meldete, obwohl es seines Wissens nichts mehr gab, was er noch hätte von sich geben können. Im Nu wurde er seitens seines Körpers eines Besseren belehrt. Er brühte Pfefferminztee auf und nahm zur Ablenkung das Buch zur Hand, das er auf dem Nachhauseweg erstanden hatte; ein Autor namens Gustav Delman hatte es gerade frisch herausgebracht, unter dem Titel *Der Verbrecher, ein psychologisches Problem*. Natürlich brauchte Jakob seinem Vorgesetzten mit solcherlei Betrachtungsweisen gar nicht erst zu kommen. Von Barnstedt lag jeder Gedanke fern, dass es mehr gab als Mord aus Habgier, Eifersucht oder Leidenschaft. Oder den Wirtshausschläger, der im Suff jemanden zu Tode prügelt. Die anderen – die Vergewaltiger, »Lustmörder« oder die Kinderschänder – betrachtete von Barnstedt lediglich als arme Irre, deren Handlungsweise ohnehin niemand verstand. Jakob Wilhelmi schlug das Buch an einer zufälligen Stelle auf.

> Dass so mancher verbrecherischen That mitunter vielleicht Seelenkämpfe von einer Intensität, von welcher ein in behäbigen Verhältnissen Lebender keine Ahnung hat, und die unsere volle Hochachtung verdienen, voran gingen, davon nimmt die Gesellschaft nur in sekundärer Weise Notiz.

Das traf, wie Jakob fand, den Nagel auf den Kopf. Nur: Reichten solche »Seelenkämpfe« aus, einen begangenen Mord nicht einfach nach Gesetz und Recht zu sühnen? Er las begierig weiter, bis sein Magen sich von Neuem meldete. Danach war ihm so elend, dass er sich mit einer Wärmflasche in sein Bett verkroch. Bevor er einschlief, legte er sich in Gedanken einen Brief zurecht: »Verehrtes Fräulein Fuchs, es tut mir schrecklich leid, dass ich nicht deutlich mehr hinsichtlich Ihres fotografischen Beweises für Herrn Tembas Unschuld unternehmen konnte. Ich wäre Ihnen daher in höchstem Maß für die Möglichkeit verbunden, Ihnen die Vorgänge gelegentlich einmal in allen Einzelheiten mündlich darlegen zu können.« Jakob Wilhelmi stellte fest, dass das so klang, als hätte es von Barnstedt formuliert. Und da sein Magen ihm signalisierte, dass er die nächsten Stunden keine Ruhe geben würde, blieb es allein bei der Idee, ein schriftliches Gesuch um Frieden und Vergebung bei Auguste einzureichen.

Zur gleichen Zeit starrte Auguste auf ihr Tintenfass und ihren Federhalter und überlegte hin und her, ob es vielleicht von Nutzen für Ndeschio wäre, von Barnstedts schofeligem Assistenten einen Waffenstillstand anzubieten. »Geehrter Herr Wilhelmi, im Zuge der Ereignisse bin ich zu dem Schluss gekommen, dass es nicht angebracht und nicht gerecht ist, Sie als verantwortlich für den bedauerlichen Umstand zu betrachten, dass der Gesetzgeber es ablehnt, fotografische Beweise zur Entlastung eines Untersuchungshäftlings zuzulassen.« Das hört sich furchtbar an, dachte Auguste. Geschraubt und unpersönlich. Aber persönlich sollte es ja schließlich auch nicht klingen: Womöglich sah etwas Persönlicheres aus, als wolle sie zu Kreuze kriechen! Niemals! Der Kerl sollte sich bloß nicht irgendwelche Schwachheiten einbilden! Sie riss den angefangenen Brief in winzig kleine Stücke und entschloss sich, den gerechten Groll, den sie gegen den Herrn Wilhelmi hegte, noch ein Weilchen vor sich herzutragen.

Ndeschio verbrachte eine unruhige zweite Nacht in seiner Zelle. Er war Gewalt und Demütigungen gewöhnt und fand sich damit ab. Und überhaupt: Was hatte er schon zu erwarten? Ein schwarzer Mann, der eine weiße Frau getötet hat? Doch im Vergleich zu dem, was er aus seiner Heimat kannte, war es bisher hier für ihn harmlos zugegangen, und letztlich hatte er mehr Angst vor seinen Mitgefangenen als vor den Männern von der Wachmannschaft.

Er dachte nach: Wenn er den Polizeibeamten die Kassette, die Auguste in Verwahrung hatte, übergab, könnte das seine Untersuchungshaft bestimmt beenden. Doch das bedeutete zugleich, die Suche nach dem Mann, der für den Tod seiner Familienangehörigen verantwortlich war, an die Behörden in Berlin zu übergeben. Und er ging davon aus, dass dort niemandem zu trauen war. Die Herren bei Justiz und Polizei agierten zu oft so, wie es in jenem Sprichwort von den Krähen hieß, die ihren Artgenossen nie ein Auge auszuhacken pflegen. Er hatte sich gemeinsam mit Charlotte über die Version, die es in seiner Heimat dafür gab, amüsiert: »Meno ya mbwa hayaumani. Die Zähne eines Hundes beißen einander nicht.«

Er hoffte, dass sich Hulda und Auguste daran hielten, den Polizisten nichts von der Kassette zu erzählen. Und letzten Endes war es gut, in einer Einzelzelle abzuwarten, bis sich ein Rechtsanwalt der Sache annahm. Vielleicht war er in seiner Zelle sogar sicherer als anderswo. Denn dass man ihn zum Schweigen bringen wollte, stand außer Frage.

Am nächsten Tag – es war der 12. Juni – goss es in Strömen, und die Befindlichkeit im Fuchs'schen Haushalt war entsprechend. Hulda verbrachte fast den ganzen Vormittag am Telefon. Sie fragte jeden, der auch nur entfernt infrage kam, nach einem guten Strafrechtsanwalt in Berlin. Während sich Julius Fuchs im Laden um die Kundschaft kümmerte, richtete Auguste alles für den üblichen Andrang am Sonntag her. Im Atelier räumte sie Teppiche und Draperien auf die Seite und wechselte den Hintergrundprospekt von »Wanderweg mit Bach und Birke« auf »Fenster mit Blick auf sommerlichen Garten«. Als sie das von Henrietta so gescholtene Rosenkanapee davorschob, entdeckte sie Blutflecken auf dem Holzfußboden; nicht groß, doch groß genug, um ihr Charlottes Todeskampf noch einmal schmerzlich ins Gedächtnis zurückzurufen. Dorchen schlug vor, sich um die Reinigung des Ateliers zu kümmern. Auguste nahm das Angebot erleichtert an und igelte sich in der Werkstatt ein. Sie nahm den aufgeklebten Zeitungsausschnitt aus Ndeschios Kassette, und schlagartig war ihr klar, dass dies die Spur war, die am aussichtsreichsten war.

Am Abend wurde Kommissar von Barnstedt feierlich in Max von Jadows Herrenzirkel eingeführt. Prinzen, Barone, Professoren und Kommerzienräte prosteten ihm zu, und Jakobs Vorgesetzter fühlte sich, als habe eine gute Fee ihm seinen größten Herzenswunsch erfüllt. Dass es sich bei der Fee um seinen alten Internatsfreund Max gehandelt hatte, würde er diesem bis ans Lebensende nicht vergessen.

Als Kind und später in der Dorfschule war von Barnstedt als einziger Sohn der Gutsbesitzer noch »der junge Herr« gewesen. Dem wurde selbstverständlich jederzeit Respekt gezollt. Die Jungen zogen vor ihm ihre Mütze, und wenn er Weihnachten den Frauen und Mädchen des Dorfes das traditionelle Kilo Schafwolle überreichte, machten sie einen Knicks. Doch schon im Internat musste er um die Anerkennung derer buhlen, die in ihm lediglich den Mecklenburger Bauernlümmel sahen, der, wie sie sagten, »Scheiße an den Stiefeln« hatte und dessen Vorfahren noch selbst im Stall die Kühe gemolken hatten. Er hatte mit verbissenem Ehrgeiz an seiner Karriere gearbeitet und angenommen, den höchsten Rang erreicht zu haben, der jemandem wie ihm zustand. Doch ab dem heutigen Tag lag die Beförderung zum Inspektor oder sogar Direktor in beinahe greifbarer Nähe.

Max von Jadow und Utz von Wulkenzien erkundigten sich angelegentlich nach dem Stand der Ermittlungen.

»Na ja, das, was wir bisher gegen diesen Temba vorzubringen haben, ist eher dürftig.« Von Barnstedt zuckte unbehaglich mit den Achseln. »Und leider werfen sich die Leute, in deren Atelier das Ganze passiert ist, mächtig für ihn in die Bresche. Und wenn erst mal ein Rechtsverdreher seine Hand im Spiel hat: gute Nacht.«

»Das heißt, der Neger könnte sogar wieder aus der Haft entlassen werden?« Als Kommissar von Barnstedt nickte, sah Utz von Wulkenzien so aus, als habe er den Glauben an das Vaterland verloren. »Dagegen muss man doch was unternehmen können!«

Von Barnstedt wand sich. Bei allem Ehrgeiz standen bei ihm Recht und Ordnung hoch im Kurs, und dass man Schuld beweisen muss, war selbstverständlich. »Jetzt kommt es auf die Zeugen an. Und irgendwer muss schließlich was gesehen haben.«

Von Jadow klopfte ihm beruhigend auf die Schulter. »Hubert, wenn ich dir – mit was und wie auch immer – helfen kann, musst du es sagen. Du weißt, ich kenne, was die Kolonien angeht, Gott und die Welt.«

Kapitel 10

Während sich Julius Fuchs in seinen Sonntagsanzug warf, um einen Anwalt aufzusuchen, flocht sich Auguste einen Zopf: Bei ihrem ersten Fahrradausflug hatte sich gezeigt, dass sich, sobald sie länger über Kopfsteinpflaster fuhr, aus ihrem hochgesteckten Haar die Nadeln lösten wie bei einer ausgedörrten Weihnachtstanne.

Nach einem regnerischen Freitag war der freie Samstag ideal für das, was sie sich vorgenommen hatte: Es war bedeckt und nicht zu heiß, und bis nach Treptow waren es nach ihrer Schätzung höchstens acht, neun Kilometer. Die meiste Zeit ging es am Spreeufer entlang. Sie hatte ihre Feldkamera mitsamt Glasnegativen, Objektiv und allem, was sie ansonsten noch benötigte, in dem dazugehörigen Transportkasten verstaut. Anschließend schnürte sie den Kasten und das Klappstativ mit einem Ledergürtel fest zusammen und schnallte sich das Ganze mittels aus dem väterlichen Kleiderschrank stibitzter Hosenträger auf den Rücken. Das sperrige Arrangement im Gleichgewicht zu halten und dabei noch zu lenken, war nicht einfach. Auguste dachte an Anna Kopchovsky, oder besser: Annie Londonderry. Die in Amerika beheimatete Lettin war im letzten Herbst von ihrer Weltumradelung zurückgekehrt, nur: Wo sie ihre Siebensachen während dieser Tour gelassen hatte, wurde nicht verraten. Auf Zeitungsbildern sah Miss Londonderry immer aus wie aus dem Ei gepellt, mit Kniebund- oder Pluderhosen und mit schickem Hütchen auf den wohlfrisierten Locken. Auguste sagte sich, dass da etwas nicht stimmen konnte: Klamotten, Seife, Zahnbürste und Schuhwerk für mehr als ein Jahr?! Die hatte Annie Londonderry ganz bestimmt nicht an den Hosenträgern ihres Vaters auf dem Rücken transportiert! Auguste malte sich in allen Einzelheiten aus, wie schön und praktisch es doch wäre, wenn ihr Fahrrad eine Vorrichtung wie bei den Droschken aufzuweisen hätte, nur eben deutlich kleiner: ein einfaches Gestell, auf dem man seine Siebensachen sicher festgeschnallt mitnehmen konnte. Doch bis es so etwas Vernünftiges zu kaufen gab, blieb ihr als frisch gebackene Fahrradfahrerin nichts anderes übrig, als ihre Ausrüstung wie einen übergroßen Rucksack durch Berlin zu transportieren.

In Treptow angekommen, wollte sie der Mann am Eintrittskartenschalter gar nicht erst mit ihrem Rad auf das Gelände lassen. »Wat jlooben *Sie* denn, wat hier los wär', Frolleinchen, wenn jeder uff 'ner Scheese mang die Leute rumkarjolen täte?«

»Ich kann das Rad ja schieben.«

»Keene Schangse.«

»Och bitte …« Auguste schaute wie ein Osterlämmchen vor der Schlachtbank. »Ich kann die Kamera und das Stativ doch nicht die ganze Zeit zu Fuß und ohne Hilfe durch die Gegend schleppen.« Sie wand sich übertrieben mühsam aus der Rucksackkonstruktion und tat, als seien die nicht ganz zehn Kilo eine Zumutung für eine schwache Frau wie sie.

»Nu lass det Mädel rin, und jut is'!« Die Leute, die am Schalter Schlange standen, wurden bereits ungeduldig.

»Jetz hab dir man nich so, Jenosse!«

»Det stört doch keene Sau, det Ding.«

»Und steht ooch nirjendwo jeschrieben, det det Mädchen det nich dürfen tut!«

Der Mann am Schalter hatte keine Lust, sich mit den Wartenden auf Diskussionen einzulassen, und er beschloss, die strapaziöse junge Dame einfach durchzuwinken. »Aber jeschoben wird!«, rief er ihr hinterher. »Und nich jestrampelt!«

Das hieß, Auguste musste Kameraausrüstung und Stativ nach jedem Schnappschuss eher schlecht als recht auf ihrem Fahrradsattel balancieren, was gleichzeitig bedeutete, nur eine Hand zum Schieben frei zu haben. Sie stattete der Ausstellung des »Photographischen Vereins« und dem Stand der »Agfa« nur eine Stippvisite ab, zumal sie sich bei der Eröffnung dort bereits die neuesten Entwicklungen angesehen hatte. Und selbstverständlich war sie eigentlich nicht dazu hergekommen, die »Gizeh-Pyramide«, »Alt-Berlin« oder das »Alpenpanorama« fotografisch festzuhalten; auch das hatte sie schon im Mai erledigt. Doch es gab eine ganze Reihe weniger spektakulärer und dafür umso interessanterer Motive, sodass Augustes Fortkommen bedeutend langsamer vonstattenging, als sie sich vorgenommen hatte. Der Pavillon der Firma »Zuntz Kaffee« zum Beispiel sah mit seinen maurischen Säulen und goldenen Zwiebeltürmchen aus wie ein kunterbuntes Potpourri aus Kreml und Alhambra: Zumindest dieses Unikum wollte Auguste noch auf eine ihrer Platten bannen. Ihr taten jetzt bereits die Füße weh. Nur ein paar Schritte weiter fand sich eine freie Parkbank, und sie beschloss, sich eine kleine Pause zu gestatten, bevor sie endgültig zum eigentlichen Ziel ihres Besuchs, der Kolonialausstellung, aufbrach. Der aufgeklebte Zeitungsausschnitt aus Ndeschios Kassette steckte – gut geschützt zwischen Gedichten von Fontane – in einem kleinen Buch in ihrer Jackentasche.

Augustes Vater war inzwischen unterwegs nach Halensee. Am Fuß der neuen Kaiser-Wilhelm-Gedächtniskirche stieg er in die Dampfstraßenbahn und warf sich ächzend auf den nächsten freien Platz. Er war nicht gerne unterwegs. Im Haus kannte er jeden Winkel und im Laden, in der Werkstatt und dem Atelier war ihm jedes Detail vertraut. Doch heute blieb ihm das Verlassen seines Reiches nicht erspart: Der Fuchs'sche Fotoladen war, wie jeden Samstag, nicht geöffnet, und Atelieraufträge nahm er samstags ebenfalls nicht an, weil er sich für den Sonntagsansturm gern ein wenig Ruhe gönnte. Kein Mensch bekam von seinem Arbeitgeber frei, um mitten in der Woche fein herausgeputzt in einem Fotostudio zu posieren. Der Sonntag war von daher stets der arbeitsreichste Tag.

Jedoch von »Ruhe gönnen« konnte diesmal keine Rede sein.

Nervös rief Julius Fuchs sich immer wieder Namen und Adresse ins Gedächtnis: Eyck von Ihlow, Bornstedter Straße 1, Vorderhaus, erste Etage. Als Hulda ihm das aufgeschrieben hatte, war es ihm gelungen, so zu tun, als könne er das Ganze gut entziffern. Doch trotz der dicken Brillengläser und trotz Huldas tadelloser Schrift sah er nur undeutliche blaue Linien, so als ob ein Vögelchen mit Tinte an den Füßen über das Papier gelaufen war. »Ach, Hulda, sag mal: *Wo* sitzt dieser Rechtsanwalt noch mal?«, hatte er im Weggehen ganz nebenbei gefragt und sich anschließend Huldas Antwort eingeprägt, als wären es Lateinvokabeln. »Eyck von Ihlow, Bornstedter Straße 1, im Vorderhaus, erste Etage.«

»Wat willste?« Die Frau, die sich, mit einem schweren Deckelkorb bewaffnet, neben ihm auf die Sitzbank plumpsen ließ, sah Julius Fuchs mit einer Mischung aus Missbilligung und Neugier an.

»Ähm. Nichts. Entschuldigung und … Tut mir leid. Ich hab nur laut gedacht.«

»Det muss Sie doch nich leidtun nich.« Die Frau hatte ein breites, gütiges Gesicht, und zur Bekräftigung, dass sie es niemandem verübelte, wenn er Gespräche mit sich selber führte, lachte sie laut und herzhaft auf. Ihr Einkaufskorb enthielt wohl Fisch – zumindest nahm das Julius zugunsten seiner Sitznachbarin an. Einen Moment lang überlegte er, ob es wohl allzu taktlos wäre, sich einen anderen Platz zu suchen. Doch dann verwarf er den Gedanken, schloss die Augen und ergab sich in sein Schicksal.

Als er die Straßenbahn am Bahnhof Halensee verließ, fiel ihm beim besten Willen die Adresse dieses Anwalts nicht mehr ein. In seiner Not zeigte er Huldas Zettel einem Schirm-Reparateur, der in der Gegend seine Runde machte. »Borrrnstedter Strraße ejins? Da jein Se man zem Eckhaus am Krrronprrrinzendamm. Is kejine zweji Minuten von hierrr wech.« Sein Dialekt ließ keine Zweifel an der ostpreußischen Herkunft zu, und Julius Fuchs erinnerte sich plötzlich so als sei es gestern erst gewesen an seine Kindheit und sein Elternhaus in Preußisch-Eylau. Sogar das Ladenschild am Markt sah er vor seinem inneren Auge: Baginski hieß der Inhaber. Er trug ein blau gestreiftes Hemd und eine weiße Schürze, und manchmal schenkte er den Kindern eine Scheibe Wurst.

Als Julius Fuchs in Richtung jener Seitenstraße ging, stellte er fest, dass ihm auch noch der Name dieses Rechtsanwalts entfallen war. Er schob das auf den penetranten Fischgeruch, in den er seit der Haltestelle Uhlandstraße eingenebelt gewesen war. Natürlich, sagte er sich, daran wird's gelegen haben. Um Gründe dafür, dass er sich an alles Mögliche bereits kurz danach nicht mehr erinnern konnte, war er nie verlegen.

Zum Glück gab es nur *einen* Anwalt an der Ecke Bornstedter Straße/Kronprinzendamm: Eyck von Ihlow. An der Fassade hatte man ein steinernes Piedestal mit einem Baldachin darüber angebracht, auf dem die Statue eines Landsknechts stand. Der stützte sich auf seine Hellebarde und sah trutzig in die Ferne. Ein gutes Omen, dachte Julius und drückte auf den Knopf der hochmodernen Haustürklingel.

Ein vierschrötiger Kerl mit Namen Brändel brachte Auguste zu einer versteckt gelegenen Hintertür in »Kairos Gassen«.

»Det Sie der Kartenheini mit det Fahrrad rinjelassen hat, versteh, wer will«, grummelte er, »aber weil ich et bin, könn' Se die Scheese hier so lange stehen lassen. Komm' um die Zeit ja nur die Anjestellten hin, und von die Herr'n beklaut Sie keener. Und uns're Schauneger sind heute alle draußen bei det schöne Wetter.«

Auguste sagte »Dankeschön«, schulterte die Fotoausrüstung und stieg die Treppe hoch. Im ersten Stock traf sie zu ihrer Überraschung jenen Afrikaner, der bei Juppi Weinfurth für den toten »Fächersklaven« eingesprungen war. Bei ihrem Anblick sprang er auf und schaute ihr erstaunt entgegen. Verflixt, dachte Auguste, ich hab vergessen, wie der heißt! Aber der Afrikaner war an solche peinlichen Momente offenbar gewöhnt: Er stellte sich in aller Form noch einmal bei ihr vor. »Aleeke Mambila. Fräulein Fuchs, das ist ja mal ein reizender Besuch! Was kann ich für Sie tun?«

Die anderen drei Herren an den Schreibtischen murmelten »Guten Tag« und schauten sie mit kaum verhohlener Neugier an, während Mambila einen der Besucherstühle zu Auguste rüberschob und seine Ärmelschoner auszog, um zu demonstrieren, dass er zu einem außerdienstlichen Gespräch bereit war.

»Dass ich hier ausgerechnet *Sie* antreffen werde, Herr Mambila, hab ich nicht gedacht. Aber vielleicht ist es ein Wink des Himmels!« Auguste nestelte das Buch aus ihrer Jackentasche. »Ich weiß, es wäre purer Zufall, aber vielleicht können Sie mir ja – oder Ihre Herren Kollegen – behilflich sein. Ich suche nach dem Namen eines Herrn, der in Ostafrika an höherer Stelle …« Sie zögerte: Das mit der »höheren Stelle« war geraten und durch nichts belegt.

»Dann zeigen Sie mal her.« Mambila nickte ihr ermunternd zu.

»Kennen Sie – oder kennt vielleicht einer Ihrer Kollegen – den Mann auf diesem Bild?« Auguste reichte ihm Ndeschios Zeitungsausschnitt.

Mambila ließ sich Zeit mit seiner Antwort. »Das tut mir leid«, sagte er schließlich, »den Herrn hab ich noch nie gesehen. Aber vielleicht kann ich ja trotzdem weiterhelfen, ich habe häufig mit dem Auswärtigen Amt zu tun.«

Auguste ärgerte sich über sich selbst. Sie hatte sich noch nicht mal ansatzweise eine passende Geschichte zu ihren Nachforschungen ausgedacht. Und die Wahrheit konnte sie ja schließlich nicht verraten, erst recht nicht Fremden gegenüber. Eine Erbschaftssache? Eine unglückliche Liebe? Ein vermisster Verwandter? Sie hätte sich am liebsten geohrfeigt: Nichts davon war zu gebrauchen, denn in allen drei Fällen war es absurd, den Namen des Betreffenden nicht zu kennen. Aleeke Mambila war ein kluger Kopf, und ehe sich Auguste eine halbwegs glaubwürdige Begründung für ihre Nachforschungen ausdenken konnte, kam er ihr zuvor. »Hat das vielleicht in irgendeiner Weise mit dem Mord an dieser Schlangendame zu tun?«

Auguste nickte.

»Na, dann können Sie doch ganz beruhigt sein. Ich hab den Zeitungen entnommen, dass der Kerl schon hinter Schloss und Riegel sitzt«, fuhr Mambila fort.

»Und dass es jemanden bei uns oder beim Amt für Auswärtige Angelegenheiten gibt, der aussieht wie der Herr hier, wüsste ich beim besten Willen nicht.«

Seine Kollegen widmeten dem Bild nur einen kurzen Blick, dann zuckte einer nach dem anderen mit den Schultern und reichte es zurück. Aleeke Mambila zögerte, bevor er es Auguste gab. »Wenn ich Sie fragen darf: Wo haben Sie das her? Aus welcher Zeitschrift oder Zeitung?«

»Das weiß ich nicht, und das weiß auch sonst niemand.« Auguste dankte den Anwesenden mit einem Kopfnicken und steckte Ndeschios Zeitungsausschnitt wieder in ihr Buch.

»Was hat denn dieser Unbekannte mit dem Mord in Ihrem Atelier zu tun, wenn ich das fragen darf?«

Auguste zögerte. Sie kannte Aleeke Mambila nicht. Obwohl er ausgesprochen gut aussehend, hilfsbereit und höflich war, wusste sie nicht so recht, ob sie ihm alles, was sie wusste, anvertrauen sollte. Andererseits war er an jenem Tag im Atelier auffallend ruhig und zurückhaltend gewesen. Er hatte keinen übereilten Tatverdacht geäußert – wie Lina Kröschke –, und als der Anschlag auf Charlotte stattfand, befand er sich, soweit Auguste sich erinnerte, hinter dem Paravent, um sein Kostüm zu wechseln. »Es ist nur ein Versuch«, erklärte sie ausweichend. »Womöglich kann der Herr auf diesem Bild bei der Mordermittlung weiterhelfen.«

Dr. Eyck von Ihlow war ein pausbäckiger Kerl mit himmelblauen Schweinsäuglein hinter der Nickelbrille. Julius nahm an, dass er noch nicht mal Mitte dreißig war.

Ein junger Spund, der aussah wie ein stillvergnügtes Wickelkind? So hatte sich Augustes Vater diesen angeblich so renommierten Strafverteidiger nicht vorgestellt. Zudem hatte von Ihlow auf dem Paukboden seiner Verbindung Pech gehabt: Der bei der Damenwelt so überaus beliebte Schmiss saß bei ihm statt auf seiner Wange auf dem linken Nasenflügel. Das wirkte eher niedlich als verwegen. Doch Ndeschios Anwalt hörte Julius geduldig zu und machte sich Notizen. Ihm war nicht anzumerken, was er persönlich von der Angelegenheit hielt. Vielleicht gehört das zum Beruf, dachte sich Julius. Er gab sich Mühe, das, was für Ndeschios Unschuldsnachweis von Bedeutung war, so zu beschreiben, wie Henrietta und Auguste es ihm aufgetragen hatten. Doch als der Rechtsanwalt ihm zu verstehen gab, dass er ja ohnedies persönlich mit Ndeschio Temba sprechen werde, war er erleichtert, wieder gehen zu können.

»Der Untersuchungsrichter wird mit aller Macht versuchen, einen Indizienprozess zu vermeiden«, gab Eyck von Ihlow Julius mit auf den Weg. »Das heißt, jetzt kommt es auf die Zeugen an, und wenn ich recht verstanden habe, hat keiner derer, die zum Tatzeitpunkt im Atelier gewesen sind, gesehen, ob und wie Herr Temba Fräulein Paulus mittels Injektion das Strophanthin verabreicht hat.«

Als er das Haus verließ, bemerkte Julius, dass er noch nichts im Magen hatte. Das berühmte »Wirtshaus am Halensee« – Fontane hatte es zum Schauplatz in *Frau Jenny Treibel* auserkoren – lockte mit einem Mittagessen. Den Lärm des kleinen Rummelplatzes, den der Besitzer neben seiner Gaststätte betrieb, nahm Julius in Kauf. Es gab diverse Schieß- und Würfelbuden, ein Karussell und eine Wasserrutschbahn, und um den Halensee herum zuckelte eine Berg- und Talbahn. Genau genommen, dachte Julius, ist das sogar richtig amüsant: Das Ganze ist en miniature so etwas wie die Volksbelustigung auf der Gewerbeausstellung, auf der Auguste gerade unterwegs ist.

Mambila hatte ihre Fotoausrüstung – ganz Gentleman – die Treppe runter und zur Eingangstür gebracht; Auguste dankte ihm und war schon im Begriff zu gehen, als er ihr vorschlug, noch zu bleiben. »Sie haben doch gesagt, das Atelier, der Laden und so weiter sind am Samstag zu. Da wollen Sie doch nicht etwa sofort nach Hause!«

Auguste zögerte.

»Wenn Ihr Herr Vater – wie Sie sagten – heute ebenfalls nicht da ist, gönnen Sie sich doch ein bisschen Wochenendvergnügen!«

Im Hinblick auf das Fahrrad und die kippelige Schieberei, die ihr der Eintrittskartenmann verordnet hatte, schlug er ihr vor, das Rad, die Kameraausrüstung und das Stativ so lange im Bürotrakt abzustellen, bis sie zumindest einen schönen Mokka im »Ägyptischen Café« getrunken und sich ausgiebig auf der Kolonialausstellung umgesehen hatte. Er deutete auf ein Kamel, mit dem ein Mann im Fez in Richtung »Gizeh-Pyramide« unterwegs war. »Das kann man sich doch nicht entgehen lassen! Und bei dem Wetter heute haben Sie von unserer Aussichtsplattform einen wunderbaren Blick.«

Auguste war, wie sie bekennen musste, fasziniert: Hier war nichts echt, bis auf das kunterbunt geschmückte Lastkamel. Doch wenn man sich auf die Staffage und die Kulissen einließ, konnte man einen Augenblick lang wirklich glauben, man sei auf einem anderen Kontinent. Nichts sprach dagegen, noch zu bleiben: Ihr Vater war mit Sicherheit noch unterwegs, und immerhin war es ihr einziger freier Tag. Das Rad und ihre Ausrüstung waren hier sicher abgestellt, und ohne Fahrrad und Gepäck bestand die Möglichkeit, sich auch einmal den Innenräumen der Kolonialausstellung zu widmen. Die Halle hatte sie sich, weil sie, was die Motive anbelangte, nicht so lohnend war, beim ersten Mal nicht angeschaut.

»Dann nehme ich Ihr Angebot sehr gerne an. Sie können ausgesprochen überzeugend sein.«

Mambila lächelte gewinnend. »Viel Vergnügen.«

Der Mokka im »Ägyptischen Café« war wie versprochen ausgezeichnet, und es gelang Auguste anschließend sogar, eines der Lastkamele zu streicheln, ehe es im Passgang weiter durch die Gassen schwankte.

Eine der Nischen im Ausstellungsgebäude wirkte wie eine Trauerhalle. Dort war die Büste Herzog Johann Albrechts aufgestellt. Der Bruder des Großherzogs Friedrich Franz von Mecklenburg-Schwerin war Präsident der Deutschen Kolonialgesellschaft, und man hatte ihn, dem hohen Amt entsprechend, mit Efeutöpfen, einer Fächerpalme und zwei Elefantenzähnen eingerahmt. Rundum drapierte Samtvorhänge sorgten für eine würdevolle, doch nicht gerade heitere Atmosphäre. Hinter der Marmorsäule mit der herzoglichen Büste waren diverse Jagdtrophäen, Waffen, Trommeln und verschiedene exotisch anmutende Artefakte ausgestellt. Es sah beinah genauso aus wie Juppi Weinfurths angeblicher »Harem« – nur deutlich düsterer und überladener. Auguste musste trotz des tristen Anblicks grinsen: Als »liederliches Durcheinander« würde die gute Hulda das bezeichnen. Und es gab nicht einmal ein Hinweisschild, mithilfe dessen man den Zweck der ausgestellten Utensilien hätte definieren können. Auguste war beinah schon auf dem Weg ins Freie, als sie wie angewurzelt stehen blieb: Der Anblick eines unscheinbaren Gegenstands aus Holz, der zwischen einem Sammelsurium aus Pfeilen, Speeren und Schutztruppen-Repetiergewehren beinah unterging, nahm ihr für einen Augenblick den Atem. »Das ist es …«, wisperte sie schließlich.

»Das ist was?«

Auguste fuhr herum.

Aleeke Mambila lächelte entschuldigend. »Ich wollt Sie nicht erschrecken. Aber ich dachte, falls Sie Fragen zu den Exponaten haben, könnt ich vielleicht behilflich sein.«

»Oh, das ist aber nett von Ihnen.« Auguste zeigte auf das Holzrohr zwischen den Gewehren. Es sah genauso aus wie jener Gegenstand auf ihrer Fotografie, dem weder Kommissar von Barnstedt noch sein Assistent oder der Untersuchungsrichter Bedeutung zugemessen hatten. »Was ist denn das?«

Mambila schaute zweimal hin, als sei er sich nicht sicher, welche der ausgestellten Waffen sie wohl meinen könnte. Dann lächelte er breit. »Ach, *das*! Sie kennen so etwas bestimmt von frechen Jungs aus Ihrer Kindheit.«

Auguste schüttelte verwirrt den Kopf. Was hatten freche Jungs oder was hatte ihre Kindheit mit dem ominösen Ding aus Afrika zu tun?

Mambila lachte. »Das ist ein Blasrohr, Pusterohr nennt man das in Berlin. Man nehme einen geraden, dicken Ast von einem Hollerbusch, kratze das Mark raus und benutze Trockenerbsen oder unreife Holunderbeeren als Munition.«

Jetzt musste auch Auguste lachen. »Natürlich kenn ich das! Man konnte auch mit Kügelchen aus Spucke und Papier auf irgendwelche Ziele um die Wette schießen. Je durchgekauter, desto besser haben sie geklebt!« Für einen Augenblick vergaß sie beinahe, dass dieses Exponat mit Sicherheit kein Kinderspielzeug war.

»Pygmäen nutzen so etwas zur Jagd, mit giftgetränkten kleinen Pfeilen. Aber …«, Mambila zuckte mit den Schultern, »… woher nun ausgerechnet *dieses* Blasrohr stammt – das weiß ich leider nicht. Ist das für Sie denn wichtig?«

»Nein … nein!« Auguste wiegelte möglichst höflich ab. Sie wollte unbedingt so schnell es ging nach Hause. Wenn das, was auf ihrer Fotografie zu sehen war, ein Blasrohr war, dann könnte das die Mordwaffe gewesen sein. Doch niemand hatte bisher einen Pfeil dazu gefunden. Und das bedeutete, dass er noch irgendwo im Atelier sein musste!

»Na, dann beehren Sie uns bald mal wieder.« Aleeke Mambila deutete eine Verbeugung an und sah Auguste hinterher, bis sie im Gewühl, das in »Kairos Gassen« herrschte, entschwunden war.

Kapitel 11

Henrietta war per Nachtkutsche in London angekommen und hatte sich für ihren Aufenthalt das Hotel Cecil ausgesucht. Das im April eröffnete Hotel lag neben dem Savoy, zwischen Embankment und The Strand. Es war modern, mondän und riesengroß und bei seinen mehr als achthundert Betten war es unwahrscheinlich, dort als Gast besonders aufzufallen. Hier lief Henrietta kaum Gefahr, Bekannten und Verwandten zu begegnen: Die Droydon-Jones' logierten selbstverständlich im The Langham in der Regent Street, wenn sie in London weilten: Der Prince of Wales persönlich hatte vor dreißig Jahren das Hotel eröffnet, und Queen Victoria ließ dort gern royale Gäste unterbringen. Für einen Droydon-Jones kam so etwas Neumodisches wie das Hotel Cecil auf keinen Fall infrage.

Henrietta war mit ihrer Wahl zufrieden. Sie hatte nicht die Absicht, nur aus Höflichkeit die üblichen Einladungen zum Fünfuhrtee oder zum Dinner wahrzunehmen.

Gleich morgen würde sie stattdessen ihr Adressbuch konsultieren und schauen, wer für ihre Detektivarbeit in Sachen Kolonien, Großwildjäger und Ost-Afrika infrage kam. Für heute allerdings war sie todmüde. Sie ließ sich Tee und etwas Toast aufs Zimmer bringen und setzte sich ans Fenster: Vom Seitenflügel des Hotels aus sah man auf das Themseufer und auf den Obelisken, den die Londoner Cleopatra's Needle nannten. Über dem Fluss lag morgendlicher Dunst, und in der Ferne konnte man die Kuppel der St. Paul's Cathedral erahnen. Als sie zu Bett ging, stellte Henrietta mit Erstaunen fest, dass England für sie mittlerweile so etwas wie eine zweite Heimat war.

Am Spätnachmittag riss sie ein vehementes Klopfen an der Tür aus ihren Träumen. *»Milady, please, excuse me, but there is a telegram for you. From Germany.«*

Augustes Ansinnen, den Weg zurück zum Eingang der Gewerbeausstellung per Rad zurückzulegen, war schon nach ein paar Metern am Protest der Ausstellungsbesucher und des Aufsichtspersonals gescheitert. Und als sie das Gelände an der Treptower Chaussee verließ, hatte sie das Gefühl, die Ausrüstung auf ihrem Rücken habe ihr Gewicht verdoppelt. Sie kam erst über eine Stunde später in der Friedrichstraße an. Kurz vor der Kreuzung Dorotheenstraße hätte sie beinahe die Balance verloren: Ein Löschfahrzeug der Feuerwehr raste an ihr vorbei. Die Männer auf der Kutsche brüllten sich Befehle zu, und einer schlug die Glocke und verscheuchte alles, was den Pferden in die Quere kam. Auguste stieg vom Rad; an Weiterkommen war nicht mehr zu denken: Menschen und Fahrzeuge blockierten Trottoir und Fahrbahn, und Rauchschwaden behinderten die Sicht.

»Mensch, Frolleinchen, sieh zu, det de aus der Latüchte kommst!«

»Det is det reine Jift, wat da verpufft!«

Auguste ließ das Fahrrad fallen und kämpfte sich durch einen Pulk von aufgeregten Nachbarinnen, Nachbarn, Ladeninhabern und schaulustigen Fremden. Der beißende, grau-schwarze Qualm trieb ihr die Tränen in die Augen, sie hustete, strauchelte, ein Mann in Uniform zerrte sie wieder auf die Beine; er schrie sie an, sie riss sich los und rannte weiter. Der Laden war noch unversehrt! Doch aus der Hofeinfahrt quoll Rauch. Die Feuerwehr schloss ihre Dampfspritze an den Hydranten an. Aus einem Pulk von Menschen auf der anderen Straßenseite löste sich eine Gestalt. »Guste!«

Das war Luis' Stimme!

Einer der Feuerwehrleute lief wütend auf Auguste zu. »He! Frolleinchen! Verrückt geworden, oder was?!«

Bevor der Mann handgreiflich werden konnte, sprintete Luis quer über die Fahrbahn und zog Auguste auf die andere Straßenseite.

Hulda saß blass und zitternd zwischen ihren Pensionsgästen. Einer der Ladeninhaber hatte ihr fürsorglich einen Stuhl aufs Trottoir gestellt. Ein paar Meter entfernt stand Dorchen an der Wasserpumpe. Sie tauchte Handtücher in einen Eimer und wrang sie aus, bevor sie sie verteilte. Nur Julius Fuchs war nirgendwo zu sehen.

»Papa …?!«

Doch Hulda schüttelte nur stumm den Kopf. Auguste schluchzte auf. Ihr wurde schwindelig, und es kam ihr vor, als hörte sie das Blut in ihren Ohren rauschen. Dann drückte jemand ihr ein nasses Stück Tuch vor Mund und Nase, und Luis fing sie auf, bevor sie auf das Pflaster schlug.

Henrietta las das Telegramm ein zweites und ein drittes Mal, bevor sie registrierte, dass der Page immer noch vor ihrer Türe stand, unschlüssig, ob er auf ein Trinkgeld warten oder einfach gehen sollte.

= ARCHIV UND WERKSTATT ABGEBRANNT TELEPHONIEREN BITTE ERST HEUTE ABEND = HULDA

Henrietta kramte einen Shilling aus dem Portemonnaie, der Page dankte, und sie schloss die Tür. Julius und Guste und den anderen wird schon nichts passiert sein, sonst hätte Hulda das doch ganz bestimmt telegrafiert! Oder vielleicht, im Gegenteil, gerade nicht? Natürlich war Henrietta nicht entgangen, dass die Sehkraft ihres Schwagers in den letzten Jahren immer weiter nachgelassen hatte. Und manchmal schien er kleine Aussetzer zu haben; nichts Dramatisches – kleine Vergesslichkeiten und Momente, in denen er von einem Augenblick zum anderen die Stimmung wechselte, ohne dass eine Ursache erkennbar war. Vielleicht war ihm ein Missgeschick passiert; womöglich eine Flasche mit brennbarer Flüssigkeit entglitten oder Ähnliches. Schlimm, dass Dunkelkammer und Archiv … Aber es waren ja Gott sei Dank bei dem Brand keine Menschen verletzt worden … Oder? Das hätte Hulda doch zumindest angedeutet … Andererseits: Wenn Julius und Guste nichts passiert war, warum hatte Hulda – und nicht einer von den beiden – telegrafiert?

Im Clocktower des Palace of Westminster schlug die Glocke: erst vier! Henrietta seufzte. Nachdem der Kaiser drei Jahre zuvor eine einheitliche Uhrzeit im Deutschen Reich verfügt hatte, hieß das: In Berlin war es zwar schon fünf, aber für »Abend« immer noch zu früh. Die gute Hulda hatte bestimmt nicht ohne Grund darum gebeten, nicht vorher anzurufen.

Henrietta wählte ein Nachmittagskleid aus dunkelgrüner Seide und restaurierte ihre Frisur. Natürlich reiste eine Dame ihres Standes niemals ohne die Begleitung einer *Ladies Maid,* die sich um Kleidung, Wäsche und Frisur zu kümmern hatte. Doch Henrietta konnte diese Art »Verhätschelei«, wie sie es nannte, auf den Tod nicht ausstehen. Sie ließ sich Kleidung nähen, die sie ohne Hilfe an- und ausziehen konnte, auch wenn Miss Pratt, die Schneiderin, das hinter ihrem Rücken *inappropriate* nannte: Nur Proletarierinnen sollten ihrer Ansicht nach dazu gezwungen sein, sich selber an- und auszuziehen. Henrietta steckte ein paar widerspenstige Locken unter ihrem Strohhut fest und war dankbar, niemanden um sich zu haben; ihr war nach der Hiobsbotschaft aus Berlin nicht nach Gesellschaft.

Im Salon des Cecil offerierte man um diese Zeit Sandwiches und Tee. Doch Henrietta lehnte dankend ab und bat stattdessen um ein Glas Royal Lochnagar. Der Kellner konnte nur mit Mühe seine Mimik kontrollieren, und er erstickte fast an einem indignierten: »*But Milady!*«

Henrietta nickte ihm aufmunternd zu, und als er sich davonschlich, dachte sie unwillkürlich an das sprichwörtliche Hündchen mit dem eingekniffenen Schwanz. Dabei hatten die Briten längst erfahren, dass sich sogar die *Queen herself* gern dann und wann ein Gläschen Whisky gönnte. Warum, so fragte Henrietta sich mit Recht, sollte den weiblichen Vertretern ihrer Untertanen dies dann weiterhin versagt sein?

Die Zeiger der Standuhr schlichen schier unerträglich langsam voran. Henrietta versuchte, sich mit dem Roman, den ihr Auguste mitgegeben hatte, abzulenken. Sie stutzte an der Stelle, an der Gabriele Reuter gnadenlos die Insassinnen der eleganten Kuranstalten beschrieb, in denen die weiblichen Vertreter der gehobenen Stände ihre »Neurasthenien« auszukurieren pflegten.

> **Und sie teilten sich in zwei ungefähr gleiche Teile: Die von den Anforderungen des Gatten, von den Pflichten der Geselligkeit und den Geburten der Kinder erschöpften Ehefrauen und die bleichen, vom Nichtsthun, von Sehnsucht und Enttäuschung verzehrten Mädchen.**

Henrietta schloss einen Moment lang ihre Augen. Nein, sie war keines von beidem; nicht die resignierte Ehefrau und auch nicht das naive kleine Mädchen. Als Witwe fiel man scheinbar irgendwie aus Zeit und Raum – wenn man nicht gerade Queen Victoria war. Aber im Unterschied zur Queen war sie noch keine siebenundsiebzig, und lediglich für Whisky als gelegentliches Abenteuer fühlte sie sich viel zu jung. Als sie die Augen wieder öffnete, legte die Standuhr nach wie vor nicht das gewünschte Tempo vor, und langsam formte sich ein Plan in Henriettas Kopf.

Jakob Wilhelmi ging es wieder besser. Zumindest körperlich. Von Barnstedt hatte ihn damit beauftragt, sich ganz gezielt nach Zeuginnen und Zeugen umzusehen, die den Verdacht gegen Ndeschio Temba erhärten könnten. Insgeheim jedoch hoffte Jakob, Entlastendes zu finden: Die ganze Konstruktion der beiden Morde hatte ihn noch nicht mal ansatzweise überzeugt. Natürlich war es theoretisch für Ndeschio Temba kein Problem, die Namen der Statisten herauszufinden, die Weinfurth für die Schlangennummer engagiert hatte, und dass er sie auch für die Atelieraufnahmen nehmen würde, lag auf der Hand. Doch dass sich Juppi Weinfurth tatsächlich für *ihn* entscheiden würde, wenn Idrissou Ntamag ausfiel, war rein spekulativ. Und ganz bestimmt war diese vage Aussicht es nicht wert, dafür brutal ein Menschenleben zu beenden. Zunächst fand sich denn auch kein Hinweis darauf, dass Ndeschio Temba die Kolonialausstellung am bewussten 3. Juni überhaupt betreten hatte. Doch was die abseits von der Ausstellung gelegenen Baracken anging, sah das der Hausmeister Sigismund Brändel anders: »Die schwarzen Kerle seh'n doch alle gleich aus. Wat weiß denn unsereiner, ob sich da 'n Fremder zwischenmogelt, weil er 'nen Kumpel um die Ecke bringen will?« Das klang zwar dümmlich, aber leider deckte es sich mit von Barnstedts Sicht der Dinge. Im Unterschied zu ihm war Jakob jedoch fest entschlossen, keine Alternative auszuschließen. Da waren schließlich noch die kostbaren Geschenke, deren Absender es vorzog, anonym zu bleiben. Und weder Juppi Weinfurth noch die Runtschen-Schwestern wussten Näheres über Charlottes heimlichen Bewunderer. Jakob rief sich noch einmal all die Dinge ins Gedächtnis, die jener Unbekannte an Charlotte Paulus schicken ließ: ein Ring, ein Armband, einen bestickten Seidenschal …

Und wenn der Unbekannte Ndeschio Temba war? Schmuck und eine Reihe höchstwahrscheinlich kostspieliger Accessoires? Das klang willkürlich und als anonyme Gabe geradezu grotesk. Aber was wäre, wenn …? Jakob beschloss, von Barnstedt zunächst nicht in seine Überlegung einzuweihen, aber Ndeschio Temba hatte jede Möglichkeit, die Gäste im Central-Hotel zu bestehlen. Dass er anschließend die gestohlenen Preziosen nicht mit namentlichem Absender verschickte, war logisch. Und hatten die Geschenke nicht an jenem Abend plötzlich aufgehört, als niemand außer den im Atelier Anwesenden vom Tod Charlotte Paulus' wusste?

Niedergeschlagen und entmutigt kehrte Jakob ins Präsidium zurück. Von Barnstedt saß am Telefon und gab ihm gestisch zu verstehen, dass es nicht erst vonnöten war, den Mantel auszuziehen. »Wir müssen sofort noch mal los!«, flüsterte er, bevor er sich seinem Gesprächsteilnehmer am Hörer wieder zuwandte. »Atelier Fuchs. Ich weiß, das ist nicht weit vom Bahnhof Friedrichstraße. Gab es Verletzte?«

»Was?!« Jakob traute seinen Ohren nicht. »Was ist …?«

Doch Kommissar von Barnstedt winkte ab. »Nein … nein, mein Assistent ist gerade …« Er machte sich ein paar Notizen. »Richtig. Ja. Na gut. Und gibt es Augenzeugen?«

»Um Himmels willen, sagen Sie doch, was passiert ist!«

»Wilhelmi, machen Sie sich keine Sorgen.« Von Barnstedt warf den Hörer auf die Gabel und stand auf. »Es ist niemandem Ernstliches passiert. Ihre patente kleine Fotografin hat lediglich 'ne ganze Menge Rauch in ihre Lungen inhaliert. Aber sie ist schon aus der Charité zurück. Und alles andere schau'n wir beide uns jetzt mal genauer an.«

Als Big Ben endlich sechs Uhr schlug, bat Henrietta an der Rezeption des Cecil um Vermittlung eines Telefongesprächs nach Deutschland.

»Auguste?«

»Ja?«

»Wie geht's Julius?«

»Eigentlich gut. Das heißt: Es geht ihm selbstverständlich nicht so *richtig* gut: Die beiden Anbauten sind nur noch rabenschwarz verkohlter Schutt und Scherben. Aber mal abgesehen davon, dass sein Lebenswerk in Flammen aufgegangen ist, ist Papa nichts passiert. Er war nicht mal zu Hause, als das Feuer ausgebrochen ist. Weißt du, er war bei diesem Anwalt, um Ndeschio …«

»Das heißt, das Ganze war nicht seine Schuld? Ich meine: Es war kein Versehen bei der Arbeit?«

»Nein. Es war niemand von uns im Anbau unten, als das Feuer ausgebrochen ist.«

»Und du? Was ist mit dir und Hulda und den anderen?«

»Alle wohlauf. Ich hatte nur 'n bisschen zu viel Rauch geschluckt. Jetzt hab ich Kopfweh, und mir ist noch schwummrig, aber es geht inzwischen wieder besser.«

»Oh, das ist gut zu wissen.« Henrietta atmete erleichtert aus. Doch dann wurde ihr klar, dass ihr Auguste etwas vorenthielt.

»Wenn keiner von euch unten war … Wie ist denn das passiert?«

Auguste zögerte.

»Guste? Bitte, ich muss wissen, was da los war, sonst hab ich hier doch keine ruhige Minute!«

»Die Feuerwehr hat nur gesagt, wir müssen erst mal alles so belassen, wie es ist.«

»Das heißt …?«

»Die Brandursache müsste noch geklärt werden.«

Henrietta schnappte hörbar nach Luft. »Und das bedeutet, jemand hat *mit Absicht* …«

»Moment!« Für einen Augenblick herrschte Stille in der Leitung. Ganz offensichtlich hatte jemand das Kontor betreten. Als Auguste wieder an den Apparat kam, klang ihre Stimme rau und hektisch: »Entschuldige! Die Polizei ist hier, und ich will nicht, dass Papa …«

»Natürlich. Guste, bitte lass mich *sofort* wissen, was genau da vorgegangen ist. Sobald du Näheres erfahren hast!«

»Jaja, sobald hier Ruhe ist. Adieu! Das heißt, was du vielleicht noch wissen solltest: Ndeschios Unterlagen sind natürlich ebenfalls verbrannt.«

»Oh Gott! Das heißt, er kann jetzt niemanden mehr … Hallo? … Guste …?«

Jedoch Auguste hatte bereits aufgelegt. Sie rannte auf den Hof, wo sich von Barnstedt und Jakob Wilhelmi mit dem Brandmeister den Schaden ansahen. Augustes Vater stand daneben, schweigend, ganz offenbar noch unter Schock und erst allmählich dazu fähig, die ganze Tragweite des Unglücks zu erfassen.

»Ich mach das schon! Mein Vater war doch gar nicht da, als es passiert ist!«, rief Auguste schon von Weitem. »Papa, komm, leg dich wieder hin.«

Von Barnstedt wusste nicht recht, welche Worte passend dafür waren, dass hier eine Existenz in Flammen aufgegangen war. Jakob Wilhemi tat das einzig Richtige: Er nahm Augustes Vater bei der Hand und führte ihn zurück ins Haus.

Der Brandmeister wies auf die Tür zur Werkstatt. Sie war verkohlt, doch es stand außer Frage, dass das Schloss gewaltsam aufgebrochen worden war. »Der Brandstifter hat sich hier Eingang zu den Anbauten verschafft. Anschließend hat er dann die Zwischentür zum Nebenraum geöffnet. Danach wurde in beiden Räumen eine brandbeschleunigende Flüssigkeit verteilt. Der Schadensumfang und natürlich das, was wir gefunden haben, lässt keine anderen Möglichkeiten zu.« Er deutete auf einen rußgeschwärzten und verbeulten Gegenstand. »Das da war mal 'ne Kanne, auch wenn das kaum noch zu erkennen ist. Eins von den Dingern, wo man in der Drogerie Benzin drin kaufen kann. Wenn jemand so was auf den Hof trägt, fällt das niemandem als verdächtig auf. Man wird annehmen, dass da einer seine Motorkutsche tanken will.«

»Das heißt, es dürfte schwierig sein, Zeugen zu finden, die den Kerl beschreiben können, der das getan hat«, stellte von Barnstedt fest.

Der Brandmeister sah das genauso. »Kunststück. Da kommt doch keiner drauf, dass daran irgendwas nicht koscher ist.« Er zuckte mit den Achseln. »Und wenn man das Benzin verteilt hat, wirft man 'n Zündholz in den Raum und läuft davon. Bevor jemand was Böses ahnt, brennt alles lichterloh. Und der, der das getan hat, ist über alle Berge.«

»Hatte Ihr Vater … irgendwelche Feinde?« Von Barnstedt wandte sich Auguste zu. Seine gesamte Attitüde hatte sich verändert. Er wirkte geradezu besorgt.

Auguste kämpfte innerlich damit, den Kommissar in alles einzuweihen. Sie war sich beinah sicher, dass das Feuer eine Warnung war: Hör auf mit deiner Schnüffelei oder es passiert noch was viel Schlimmeres! Sie hielt es sogar für nicht ausgeschlossen, dass der Brandanschlag gezielt Ndeschios Unterlagen gegolten hatte: Die Einzelheiten seiner Festnahme hatten ja groß in allen Zeitungen gestanden.

Auguste beschloss, vorsichtig zu sein. »Feinde? Mein Vater? Auf keinen Fall! Natürlich gibt es in der Gegend jede Menge Fotoateliers. Und manche Inhaber sind sich auch nicht gerade grün. Aber so weit, einem Kollegen seine Existenz zu nehmen, würde mit Sicherheit nicht mal der Hinterhältigste von ihnen gehen.«

Jakob Wilhelmi kam zu Augustes Erleichterung gerade rechtzeitig aus dem Haus zurück, um weitere Fragen seitens seines Vorgesetzten zu verhindern. »Ihr Vater ist zu Bett gegangen, Fräulein Fuchs. Frau Preissing kümmert sich um ihn.«

»Danke. Ich würde jetzt gern hoch ins Atelier, wenn es hier weiter nichts zu tun gibt.«

»Wenn es nicht allzu viele Umstände bereitet, wär' es vielleicht nicht schlecht, ein paar Aufnahmen von dem Zustand hier, so wie er jetzt ist, zu machen.« Jakob warf einen raschen Seitenblick auf seinen Vorgesetzten. »Für unsere weiteren Ermittlungen in Sachen Brandstiftung könnte es hilfreich sein, und die Versicherung wird sicher auch viel eher zahlen, wenn man Beweise für den Schaden vorzuweisen hat.«

Von Barnstedt ging über Jakobs Seitenhieb in Sachen fotografische Beweise mit einem etwas säuerlichen Lächeln weg. »Na gut. Dann bleiben Sie so lange hier, Wilhelmi, und sehen zu, dass nichts verändert wird.« Er hob Auguste gegenüber entschuldigend die Hände. »Mein liebes Fräulein Fuchs, nicht, dass ich Ihnen etwas unterstellen will! Aber Sie haben ja gesehen, wie wenig hilfreich solche Bilder sind, wenn niemand da ist, der bezeugen kann, dass dabei nicht geschummelt wurde.«

Erstens bin ich mit Sicherheit nicht ganz so lieb, wie Sie das gerne hätten, dachte Auguste, und zweitens werd ich Ihnen mit etwas Glück demnächst ein bisschen mehr zu bieten haben als Ihre völlig aus der Luft gegriffenen Schummeleien.

»Dann darf ich mich empfehlen, Fräulein Fuchs. Wilhelmi: Alles Weitere besprechen wir am Montag.« Von Barnstedt stapfte von dannen, in Gedanken schon bei Bratkartoffeln, Feierabendbier und seiner treuen Katze Mullemaus.

Eine kleine Ewigkeit lang standen Jakob und Auguste ohne sich zu rühren da und schwiegen vor sich hin.

»Tja, dann ...« Auguste wandte sich im gleichen Augenblick zu Jakob um, in dem er mit »Also, wenn es möglich wäre ...« auf sie zu ging.

Was dann genau geschah, ließ sich auf beiden Seiten anschließend nicht mehr rekonstruieren. Als sie nach einem langen, unverhofften, beiderseits in hohem Maß als angenehm befundenen Kuss wieder zu Atem kamen, hing Luis grinsend aus dem Flurfenster und klatschte Beifall.

»Ähm … tja.« Auguste schnappte nach Luft. »Dann werd ich jetzt mal meine Kamera und das Stativ …«

»Ich helf' Ihnen beim Runtertragen!«, warf Jakob hastig ein.

Die beiden gingen schweigend in den Hausflur, wo sie der gute Luis schon erwartete. Auguste schickte ein Stoßgebet zum Himmel: Mach, dass er ausnahmsweise mal die Klappe hält! Doch der Appell an höhere Mächte war in Luis' Fall vergebens. »Falls es zu Diskussionen kommt …«, er grinste frech, »ick hab's jenau jeseh'n: Du hast mit Knutschen anjefangen, Guste!«

»Auf keinen Fall! Das würd ich niemals …«

»Ich auch nicht! Derartige Freiheiten würd ich mir niemals zugestehen!« Jakob Wilhelmi und Auguste überboten sich geradezu mit Ausflüchten, bis Luis dem ein Ende setzte. »Wenn's keiner von euch beiden war, dann war's wohl Schicksal.«

Die beiden starrten stumm auf ihre Stiefelspitzen. Luis entließ sie, als sie oben angekommen waren, mit einem freundschaftlichen Schulterklopfen und mit: »Denkt mal drüber nach …«

Statt »drüber nachzudenken«, machte Auguste etwas übereifrig und betont geschäftig Aufnahmen der ausgebrannten Anbauten und der Details, die keinen Zweifel daran ließen, dass das Feuer mit Absicht gelegt worden war. Ihr Dialog mit Jakob beschränkte sich auf: »Das Stativ hierher«, »näher«, »danke«, »bitte« und »Verzeihung«; Letzteres immer dann, wenn ihre Hände sich versehentlich berührten. Als sie die Ausrüstung anschließend wieder hoch ins Atelier brachten, hielt Luis netterweise seinen Mund und guckte die beiden lediglich mit unverhohlener Neugier an. Man schwieg die ganzen vier Etagen lang. Als Jakob im Begriff war, sich an der Fahrstuhltür von ihr zu verabschieden, fasste Auguste sich ein Herz und pfiff auf Luis' zu erwartende Repliken. »Ähm, Herr Wilhelmi …«, begann sie zögernd, »ich habe da noch etwas vor, für das ich Sie gern bei mir hätte.«

Luis dachte einen Sekundenbruchteil lang, er habe sich verhört, dann brach er in schallendes Gelächter aus. Und Jakob wurde rot.

»Nein … nein! Oh Gott! Um Himmels willen!« Augustes Wangen glühten geradezu. »Ich mein', es geht mir darum, dass Herr von Barnstedt doch gesagt hat, dass ich es ohne Zeugen gar nicht erst versuchen sollte!«

Auch nicht viel besser, fuhr es Auguste durch den Kopf. Aber nachdem der gute Luis sich Lachtränen aus den Augen wischte und Jakob nicht mehr wusste, wo er hinschauen sollte, hatte sie ohnehin nichts mehr zu verlieren. Sie straffte sich und setzte das seriöseste Gesicht auf, das sie auf die Schnelle hinbekam. »Hier oben gibt's eventuell ein wichtiges Beweisstück. Das muss ich aber erst mal suchen. Nur: Wenn ich das *alleine* finde, glaubt mir wieder keiner. Versteht ihr beide jetzt?!«

»Ach so.« – »Natürlich.« – »Selbstverständlich.« – »Klar.« Die beiden Herren nickten eilfertig, und Luis schubste Jakob geradezu aus seinem Fahrstuhlkorb, bevor er machte, dass er runter ins Parterre kam.

»Die Kamera und das Stativ kommen da hinten hin«, kommandierte Auguste übergangslos. »Und das, was sich hier vielleicht als Beweis für Ndeschio Tembas Unschuld finden lässt, müsste da drüben irgendwo zwischen den Tüchern, Teppichen und Drapieren stecken.«

»Aha.« Jakob stellte Kamera und Stativ weisungsgemäß zwischen den anderen Gerätschaften ab, und ihm fiel auf, dass es im Grunde richtig schade war, dass sich Auguste missverständlich ausgedrückt hatte. Dass eine junge Dame einen Herrn zu einem Stelldichein einlud, entsprach zwar nicht den Sitten und Gebräuchen. Aber unangenehm war's zweifelsohne nicht.

»Ach, Herr Wilhelmi. Wären Sie so freundlich, mir erst mal mit den schweren Teppichen zur Hand zu gehen?«

Sie sollte Jakob zu mir sagen, dachte Jakob. Aber er hatte keine Ahnung, wie er das zur Sprache bringen könnte.

»Aber natürlich, Fräulein Fuchs.«

Ich heiß' Auguste, grummelte Auguste innerlich, das weiß der Kerl doch ganz genau. Erst küssen und dann »Fräulein Fuchs«? Was will er mir denn damit durch die Blume sagen?

In London war es zwar erst kurz vor acht, aber die Zeit fürs Dinner lief in wenigen Minuten ab. Und Henrietta hatte Hunger! Sie hastete so damenhaft, wie es in einem Abendkleid mit Schleppe möglich war, zum Restaurant. Der junge Mann, der an der Rezeption des Cecil seinen Dienst versah, atmete erleichtert auf. Fast eine Stunde lang hatte ihn die – zugegeben äußerst attraktive – Dame beinahe in den Wahnsinn getrieben: Nein, sie wisse nicht, ob ihr potenzieller Reisebegleiter sie tatsächlich begleiten wolle, aber der säße nun mal in Deutschland, weshalb sie unter der Prämisse, gemeinsam zu reisen – falls er denn einverstanden sein sollte –, von Hamburg aus mit einem deutschen Schiff der Firma Woermann reisen wolle. Wenn nicht, käme von London aus natürlich eher ein Schiff der *British India Steam Navigation Company* infrage. Aber zur Sicherheit brauche sie eben auch noch eine schnelle Möglichkeit, nach Hamburg zu gelangen.

»Und warum kommt Ihr potenzieller Reisegefährte nicht ganz einfach hier nach London?«

»Weil er das Reisen nicht gewöhnt ist.«

»Und dann wollen Sie gleich mit ihm bis nach Ostafrika?«

»Deshalb ja.«

»Deshalb …?«

»Genau deshalb ist es ja nur mein *potenzieller* und nicht mein *definitiver* Reisegefährte!«

Während Henrietta sich mit Heißhunger über Mulligatawny Soup und geschmorten Aal hermachte, telefonierte sich der Rezeptionist Henriettas Anliegen entsprechend die Finger wund. Dann schickte er das gewünschte Telegramm nach Deutschland.

Zur gleichen Zeit – wenn auch nicht zur gleichen Uhrzeit – suchten Jakob und Auguste alle Vorhänge, Tücher und Teppiche, die seinerzeit als »Haremsdekoration« gedient hatten, zentimeterweise nach dem Beweisstück ab. Mit ein wenig Glück würde ein solcher Fund Ndeschios Entlassung aus der Untersuchungshaft zur Folge haben. Das Ganze war eine mühselige Angelegenheit, was allerdings den Vorteil hatte, dass sich bei beiden die Gemüter ein wenig beruhigten.

»Wie geht es denn jetzt überhaupt mit Ihrem Fotogeschäft weiter?«, fragte Jakob, während er eine der seidenen Bettdecken zusammenlegte. »Der Wiederaufbau braucht doch seine Zeit.«

»Wir können uns wahrscheinlich stundenweise in eine fremde Werkstatt einmieten und den Atelierbetrieb auf diese Weise aufrechterhalten. Nur sind natürlich alle Platten im Archiv zerstört, und Kunden können keine Abzüge mehr nachbestellen.« Aber noch viel schlimmer ist, dass Ndeschios Kassette verbrannt ist, dachte Auguste; vielleicht sollte ich Jakob unter diesen Umständen in alles einweihen.

Jakob kam ihr zuvor. »Wonach, wenn ich fragen darf, suchen wir eigentlich?«

»Nach dem Beweis für Ndeschio Tembas Unschuld. Und …«, das konnte sie sich einfach nicht verkneifen, »… nach dem Beweis, dass ich auf Fotos nicht zu schummeln pflege, es sei denn, dicke Herren mit Glatze wollen volles Haar und eine schlanke Taille.«

»Ey, Temba, schon jehört?« Der Wachmann, der um diese Zeit noch einmal alle Zellen inspizierte, hatte es sich zur Aufgabe gemacht, die Insassen der Haftanstalt mit den neuesten Neuigkeiten zu versorgen. Am allerliebsten dann, wenn es um ihre eigenen Fälle ging, und dann nur so weit, dass sie daraufhin vor Sorge, Angst oder Verzweiflung für den Rest der Nacht kein Auge zutun konnten. »Da hat eener die Bude von die Leute abjefackelt, bei denen du dir einjeschlichen hattest.«

»Was?! Ist jemand etwa dabei …?«

»… tot jeblieben?« Der Wachmann zuckte grinsend mit den Schultern. »Wat weeß icke?«

Der kleine, spitze Pfeil steckte in jener Samt-Drapiere, mit der Auguste die sterbende Charlotte zugedeckt hatte. Vorsichtig zog sie ihn heraus. Der Pfeil war ausgehöhlt, um das tödliche Gift zu transportieren. Am stumpfen Ende hatte man ihn mit einem filzartigen Gemisch aus Wolle und Pflanzenfasern versehen, um innerhalb des Blasrohrs für den nötigen Widerstand zu sorgen. Jakob breitete sein Taschentuch aus, um das Beweisstück darin einzuschlagen. »Damit auf jemanden zu schießen, dazu gehört schon eine gehörige Portion Kaltblütigkeit.«

Auguste nickte. »Andererseits konnte sich derjenige, der das getan hat, sicher sein, dass niemand ihn verdächtigt: Obwohl das Blasrohr auf meiner Fotografie deutlich zu sehen ist, hat niemand nur im Entferntesten daran geglaubt, dass das die Mordwaffe sein könnte.«

Jakob stand auf und steckte den sorgfältig eingewickelten Pfeil in die Innentasche seines Sakkos. »Das Blasrohr gehörte zu den Haremsrequisiten. Das bedeutet, der, der das getan hat, wusste genau, dass Juppi Weinfurth es an diesem Tag mit all den Pfeilen, Schilden und Speeren ins Atelier bringen lassen würde. Der Mörder von Charlotte Paulus musste lediglich den Pfeil mitbringen.«

»Und das Gift.«

»Und er musste sich mit dem Blasrohr auskennen.«

Jakob reichte Auguste die Hand, und sie richtete sich ebenfalls auf. Die beiden standen sich einen Moment lang gegenüber, ohne ein weiteres Wort zu sagen. Dann holte Jakob hörbar Luft. »Könnten Sie wohl so freundlich sein ...«

»Ja?«

Keine Antwort.

»Bitte?«

»Ähm ... Ich möchte vorschlagen, dass Sie mich mit dem Vornamen anreden und mit Du. Ich heiße Jakob.«

»Weiß ich«, erwiderte Auguste, »Vorschlag angenommen. Und ich heiß Auguste.«

Jakob neigte den Kopf zur Seite und verengte die Augen zu schmalen Schlitzen. »Und wenn ich mir erlauben darf: Normalerweise wird so was mit einem Schlückchen Wein und einem Kuss besiegelt ...«

»Du weißt genau, dass es hier oben nichts zu trinken gibt.«

»Dann überspringen wir den Part, Auguste, ja?« Es machte Jakob offensichtlich Spaß, das Fräulein Fuchs jetzt mit Auguste anzureden. Er strich sich grinsend die zerzausten Haare glatt.

»Da bleibt uns wohl nichts anders übrig, Jakob.«

Dem zweiten Kuss – diesmal zum Glück ohne Luis als Augenzeuge – folgten diverse weitere, bis beiden irgendwann die Luft wegblieb.

Kapitel 12

Am nächsten Tag wurden die sonntäglichen Kunden, die im Fuchs'schen Atelier vorsprachen, wegen des Feuers zu Kollegen umgeleitet. Auguste schloss mit einem Fotografen in der Nachbarschaft einen Vertrag, der ihr für ein, zwei Stunden täglich seine Dunkelkammer zur Verfügung stellte, und sie entwickelte die Aufnahmen vom Tag zuvor. Ein Satz der Bilder von den Brandschäden sollte wie gewünscht an Kommissar von Barnstedt gehen, ein zweiter Satz ging mit der Schadensmeldung an die »Preußische Feuerversicherungs AG«.

Als sie anschließend die fotografischen Belege für die Suche nach dem Pfeil und dessen Auffinden zusammenstellte, um diese ebenfalls von Barnstedt zukommen zu lassen, nahm sie ein Bild aus dieser Serie heraus. Darauf schaute Jakob Wilhelmi nämlich *sie* an, und sie fand, dass seinen Vorgesetzten dieser Blick nicht das Geringste anging. Außerdem sah Jakob auf dem Bild umwerfend aus; gerade richtig, um den Abzug wie ein Backfisch in die Nachttischschublade zu legen und ihn sich abends vor dem Schlafengehen noch einmal anzugucken.

Am Spätnachmittag ging sie zu ihrem Vater. Er war nach Huldas Diagnose noch zu schwach zum Aufstehen und lag in ihrer Wohnung auf der Chaiselongue. Nach einigem Drumrumgerede gab er nach beinah zwanzig Jahren die Heimlichtuerei um sein vorgeblich rein platonisches Verhältnis auf.

»Und? Werdet ihr jetzt endlich heiraten?«

»Ach, weißt du, Gustchen, dafür ist es längst zu spät. Ich bin ein kranker Mann. Das werd ich unserer lieben Hulda doch nicht antun.«

»Aber was heißt denn ›kranker Mann‹? Dein Augenlicht …«

»Das ist es nicht, Auguste. Jedenfalls nicht *nur.*« Julius nahm die Hand seiner Tochter in die seine. »Ich kann mir nichts mehr richtig merken, und ich erinnere mich plötzlich besser an Personen, die ich früher einmal kannte, oder an Dinge, die Jahrzehnte her sind, als an das, was ich mir noch vor zwei Minuten vorgenommen habe.«

»Aber Papa! So was ist doch nicht weiter schlimm! Du weißt, dass ich mitunter furchtbar schusselig sein kann und neulich mit dem Milchtopf in der Hand zu Luis in den Fahrstuhl eingestiegen bin.« Auguste kicherte. »›Na, wenigstens ist's nicht der Nachttopf‹, hat der unverfrorene Kerl gesagt.« Sie hoffte, ihren Vater damit aufzuheitern, doch der blieb ernst.

»Lass gut sein, Gustchen. Du erinnerst dich doch noch an meinen Vater. Bei ihm hat es genauso angefangen. Und ein paar Jahre später hat er uns noch nicht mal mehr erkannt.«

»Dann lass uns beide doch die guten Jahre noch genießen!«, rief Hulda schon von Weitem. »Und wenn du glaubst, ich weiß erst jetzt um deine Schwierigkeiten, Julius, dann hast du dich getäuscht!« Sie trat mit einer Schüssel dampfender Grießklößchensuppe in den Händen in die Stube. »Jetzt wird erst mal gegessen, und dann kannst du mit deinen Zukunftsplänen rausrücken. Und, Häseken«, sie wandte sich Auguste zu, »Heiraten steht für uns – wenn überhaupt – an allerletzter Stelle.«

Da sich, wie Jakob es bereits erwartet hatte, beim Landgericht niemand als zuständig dafür erachtete, »am heiligen Sonntag« ein entscheidendes Beweisstück aufzunehmen, verfasste er ein detailliertes Protokoll zum Ablauf des vergangenen Tages. Er ließ es sich nicht nehmen, darauf hinzuweisen, dass seit dem Auffinden des Giftpfeils »Fräulein Fuchs' Momentaufnahme« ein wichtiges Beweisstück war. Und angesichts der daraus resultierenden Erkenntnisse war klar, dass jener unbekannte Mörder lediglich auf einen ersten Blick hin eine ungewöhnlich komplizierte Tötungsart gewählt hatte: Das Blasrohr war als Teil von Juppi Weinfurths wilder Requisitensammlung völlig unverdächtig: Es verschwand beim Abbau seines »Harems«-Ambientes genauso unauffällig wieder aus dem Atelier, wie es dorthin gekommen war. Und der mit Gift getränkte Pfeil war klein und unscheinbar genug, um ihn gleich nach der Tat – in dem erwarteten Tumult – diskret in einer Jacken- oder Manteltasche zu verstecken. Der letzte Teil des Plans war zwar gescheitert, aber ein Unschuldiger stand für Justiz und Presse ja bereits als Täter fest. Summa summarum also war es ein perfekter Mord.

Am Nachmittag hätte Jakob Auguste gern zu einer Bootspartie im Tiergarten oder zu einem Stückchen Torte im Café Viktoria eingeladen, doch da es ihrem Vater immer noch nicht besser ging, blieb es bei einem abendlichen Telefongespräch.

»Du, stell dir vor: Papa zieht nächste Woche offiziell bei Hulda ein! In die Pension, als sogenannter ›Dauergast‹! Von wegen Reputierlichkeit und so.« Auguste kicherte. »Die beiden weigern sich partout zu heiraten!«

»Warum denn das? Was ist denn gegen Heiraten zu sagen?«

»Vielleicht kommt man sich albern dabei vor, wenn man schon seit beinah zwanzig Jahren ein Paar ist.«

Die Pause, die danach entstand, war winzig; im Grunde viel zu kurz, um unter »Pause« zu fungieren. Aber Auguste wurde schlagartig bewusst, wie leichtherzig sie mit dem umging, was man gemeinhin für moralisch absolut verwerflich hielt. »Konkubinat«: Das hieß gewöhnlich, dass der weibliche Anteil daran als loses Frauenzimmer galt, während der männliche als toller Hecht bewundert wurde. Was Jakob daraus wohl für Schlüsse zog, dass sie es auf die leichte Schulter nahm, wenn Hulda und ihr Vater keinen Trauschein brauchten zum Zusammenleben? Aber die Pause, die sie sich vielleicht nur eingebildet hatte, verstrich im Nu, und es gab ohnehin viel Wichtigeres zu verkünden: »Papa räumt sein Privatkontor neben dem Atelier. Dann kann ich oben meine Werkstatt einrichten, und das Archiv kommt in die beiden frei gewordenen Zimmer unten in der Wohnung.«

»Das heißt, du bist dann quasi ab sofort Alleininhaberin?«

»Ja, bin ich! Auch wenn die Felle unseres lieben Gustav damit ein für alle Mal die Spree hinunterschwimmen.«

»Und wer, bitte, ist ›unser lieber Gustav‹?«

»Mein Vetter. Sohn von dem verstorbenen Bruder meines Vaters. Der Kerl raucht stinkende Zigarren, grapscht mir, wann immer es ihm passt, mit beiden Händen an die Taille und hat's seit Jahr und Tag auf unseren Laden abgesehen.«

»Hört sich so an, als wäre es dein Lieblingsvetter.«

»Ich hab ja keinen anderen.«

»Dann gratulier ich dir!«

»Zu meinem Vetter?«

»Nee! Zu deinem Aufstieg zur Geschäftsinhaberin.«

»Merci. Und wenn wir Ndeschio vom Gefängnis abholen, gratulier ich dir zurück.«

»Champagner?«

»Mir wäre *Champagne du Nord* bedeutend lieber!«

»Aha …?«

Auguste kicherte. Der Spross einer holsteinischen Strandkorbmacherdynastie kannte sich offenbar noch nicht mit den lokalen Sagen und Legenden aus. »Hat seinerzeit Napoleon so genannt. *Champagne du Nord* kennt euereins auch als ›Berliner Weiße‹.«

»Chapeau. Der alte Zausel hatte offenbar Geschmack.«

»Dann feiern wir bei ›Tübbecke‹ in Stralau! Und nehmen Ndeschio und den Anwalt mit!«

Klingt nett und sogar logisch, dachte Jakob, nur: Zu zweit wär's mir bedeutend lieber. Aber anstatt das auszusprechen, sagte er: »Gute Idee«, und nahm sich vor, Auguste demnächst in ein richtig nobles Restaurant – vielleicht sogar ins »Hiller« – einzuladen. »Ich nehm das Protokoll gleich morgen früh mit ins Präsidium.«

»Und ich fahr raus nach Halensee zu Rechtsanwalt von Ihlow. Mit etwas Glück ist Ndeschio schon morgen wieder frei.«

Von Barnstedt schaute sich das Ding, das Jakob ins Präsidium gebracht hatte, aufmerksam an. »Pygmäen, sagten Sie?«

»Das hat dieser Mambila jedenfalls dem Fräulein Fuchs erzählt.«

»Das Mädel mischt sich aber auch in *alles* ein!«

»Ganz recht. Und ohne sie stünden wir immer noch ohne eine verfolgenswerte Spur im Nebel.«

»Und wo genau leben diese Pygmäen? Hat ihr das Herr Mambila auch gesagt?«

»Nein, das hab ich beim Auswärtigen Amt erfahren. Pygmäen gibt es nicht.«

»Das wird ja immer toller …«

»Damit werden ganz allgemein Menschen bezeichnet, die deutlich sehr viel kleiner sind als wir.«

»Liliputaner, sozusagen.«

Jakob ersparte sich und seinem Kommissar den Hinweis, dass diese Bezeichnung genauso unsinnig war, denn Kleinwüchsige gab es auf der ganzen Welt, und keiner von ihnen wohnte auf einer – ohnehin fiktiven – Insel namens Liliput.

»Das Blasrohr ist in Neuguinea weitverbreitet. Aber in Afrika gibt es wohl ebenfalls bestimmte Völker, die …«

»Wissen Sie was, Wilhelmi? Das fragen Sie am besten einen guten Freund von mir. Baron von Jadow hat den schwarzen Kontinent bereist und jahrelang unter den Wilden dort gelebt. Bestimmt kann er in dieser Frage weiterhelfen. Ich nehme das Beweisstück mit und schau mal, was der Untersuchungsrichter dazu sagt.«

»Vergessen Sie Augustes Fotogra… ähm … Vergessen Sie auf keinen Fall das Bild, das uns das Fräulein Fuchs so freundlich überlassen hat!«

»Jaja!« Von Barnstedt schlüpfte hastig in den Mantel. Dass er bei Max von Jadow vorsprechen und sich die Blöße geben würde, etwas nicht zu wissen, kam nicht infrage! Und wenn er mit dem Pfeil beim Untersuchungsrichter punkten konnte – umso besser. Musste ja niemand wissen, dass nicht *er* oder sein Assistent, sondern die dreiste kleine Fotografin das Beweisstück aufgestöbert hatte. »Im Grunewald. ›Platz A‹. Die Villa mit den tausend Erkern, Türmchen und Balkönchen und den reichlich mickrigen drei Birken vor dem Haus. Die können Sie gar nicht verfehlen!«

Von Barnstedt griff nach seinem Hut. »Adieu, Wilhelmi!«

Und schon war er aus der Tür.

Kapitel 13

Berlin, den 15. Juni 1896
Ich, Ndeschio Temba, geboren am 4. Januar 1867 in Kitimberihu, gestehe hiermit, die Krankenschwester Charlotte Paulus am 4. Juni 1896 durch das Zufügen einer tödlichen Substanz getötet zu haben.

Nachdem Ndeschio sein Geständnis Eyck von Ihlow übergeben hatte, schwieg er beharrlich: kein Wort zu Waffe, Tathergang oder Motiv oder zu jenem zweiten Mord, den ihm der Richter zusätzlich zur Last gelegt hatte. Besuche in der Untersuchungshaft lehnte Ndeschio ab. Er hatte seinem Anwalt lediglich ein weiteres Schreiben mitgegeben. Sein ausdrücklicher Wunsch war, dass der bereits verschlossene Umschlag umgehend an Herrn Dr. Christian Paulus in die Missionsstation Hohenfriedeberg zu schicken sei.

»Warum um Himmels willen tun Sie das?«, hatte von Ihlow Ndeschio gefragt. »Damit erreichen Sie doch nur, dass der, der Fräulein Paulus umgebracht hat, unbehelligt weiterlebt, während auf *Sie* mit Sicherheit die Todesstrafe wartet.«

Doch Ndeschio nahm auch diesen Einwand wortlos hin.

Auguste konnte das, was ihr der Rechtsanwalt erzählte, beim besten Willen nicht begreifen. Sie hatte sich gleich nach dem Frühstück auf ihr Rad geschwungen und gehofft, dass Ndeschio mit von Ihlows Hilfe noch am selben Tag aus der Untersuchungshaft entlassen werden könnte.

»Verehrtes Fräulein Fuchs, ich habe alles nur Erdenkliche versucht, aber er ist bei seinen Vorhaben geblieben.« Der Anwalt seufzte; ihm ging das Ganze scheinbar näher, als es sein Beruf erforderte. »Herr Temba hat wohl, wie es aussieht, mit dem Leben abgeschlossen.«

»Ich begreife nicht, was ihn dazu gebracht hat …«

»Er hat durch einen Wärter von der Brandstiftung in Ihrem Haus erfahren. Und jetzt scheint er zu glauben, dass das ein gezielter Anschlag und eine Art … Warnung war.«

Auguste merkte, wie das Blut aus ihren Wangen wich. Das Zimmer schien sich wild um sie zu drehen, und sie rang nach Luft.

Der Rechtsanwalt sprang auf. »Ist da etwa was Wahres dran?«

»Ich weiß nicht …«

»Um Himmels willen! Was …? Wie …? Ähm …« Von Ihlow war den Umgang mit der Ohnmacht nahen jungen Damen offensichtlich nicht gewöhnt. »Soll ich Ihnen ein Glas Wasser holen lassen?« Er war so klug, die Antwort nicht erst abzuwarten.

Auguste schloss die Augen und zwang sich dazu, gleichmäßig durchzuatmen: Sie hatte nur den kurzen Augenblick, in dem von Ihlow nicht im Zimmer war, um die Gedanken und Gefühle zu sortieren, die sich in ihrem Kopf aufgrund Ndeschios Vermutung überschlugen: Jakob hat von vornherein gesagt, dass dieser Brand kein Zufall war. Und Ndeschio hat vermutlich recht damit, dass uns der unbekannte Brandstifter mit diesem Anschlag etwas sagen wollte: Hört auf mit euren Schnüffeleien, sonst passiert noch Schlimmeres. Das heißt, Ndeschio will uns schützen. Er hofft, mit seinem Schuldbekenntnis denen, die Charlottes Tod auf dem Gewissen haben, klarzumachen, dass ihnen keinerlei Gefahr von unserer Seite droht.

Auguste trank das Wasser, das von Ihlows Sekretär ihr brachte, sehr langsam und bedächtig aus. Sie brauchte Zeit, um weiter nachzudenken. Dass mit dem Feuer im Archiv auch die Beweise gegen Peters und den Mörder seiner Angehörigen verloren waren, musste Ndeschio hart getroffen haben. Wie hatte es von Ihlow ausgedrückt? ›Herr Temba hat wohl, wie es aussieht, mit dem Leben abgeschlossen.‹

Aber es gab ja immer noch den unbekannten Mann in der Safarikleidung. »Schauen Sie mal«, Auguste zog den aufgeklebten Zeitungsausschnitt aus dem Buch in ihrer Jackentasche und reichte ihn von Ihlow.

»Wer ist das?«

»Der, der in Wirklichkeit für all die Morde zuständig zu sein scheint.«

Der Anwalt wendete den Ausschnitt um, zog vorsichtig an einer Ecke und schnupperte daran. »Kartoffelstärke«, stellte er zufrieden fest.

Als Jakob am »Platz A« der Villenkolonie Grunewald aus seiner Droschke stieg, erkannte er die Villa, die von Barnstedt ihm beschrieben hatte, auf der Stelle: zu viel von allem, und nichts wollte zueinander passen. Am Tor zum Vorgarten war ein schwarzes Dienstmädchen gerade im Begriff, das Messingschild über dem Klingelknopf blank zu polieren. Der Name »Max von Jadow« schimmerte schon durch, aber der Klingelknopf versank noch unter einer Schicht aus Natronpaste.

»Guten Morgen, wenn Sie wohl so freundlich wären …?« Jakob wies lächelnd auf die dick mit Putzmittel beschmierte Klingel. »Mein Name ist Wilhelmi. Ich bin der Assistent von Kommissar von Barnstedt und müsste den Baron wenn möglich unverzüglich sprechen.«

Die Afrikanerin sah Jakob nur kurz an und senkte dann erneut die Augenlider. Doch schon aus ihrem kurzen Blick war abzulesen, dass sie ihn offensichtlich nicht verstand. Sie knickste tief und öffnete das Tor. Als Jakob auf das Haus zuging, fragte er sich, wie sich die junge Frau wohl fühlen musste, wenn es tagein tagaus niemanden gab, mit dem sie reden konnte.

Und selbst wenn ihre Herrschaft ein paar Wörter ihrer Muttersprache kannte: Man unterhielt sich nicht mit seinem Personal.

Der Türklopfer am Eingang war aus schwerer Bronze: ein schlecht gelauntes Fabeltier mit Fischkörper und Drachenkopf; nicht gerade einladend. Doch Sidonie von

Jadow öffnete höchstselbst die Tür, und schon verflog der Eindruck, hier als Besucher nicht unbedingt erwünscht zu sein. »Treten Sie ein – Ihr Vorgesetzter hat Ihr Kommen ja am Telefon schon avisiert.«

Gut, dass von Barnstedt das noch eingefallen ist, dachte sich Jakob, das erspart mir lange Vorreden. »Ich danke Ihnen, dass Sie mich empfangen. Ihr werter Gatte kann uns hoffentlich in einem äußerst wichtigen Zusammenhang behilflich sein.«

»Das tut mir leid: Er wird wohl noch ein halbes Stündchen auf sich warten lassen. Wenn Sie so freundlich wären, mir einstweilen bei einem Kaffee Gesellschaft zu leisten, würd ich mich freuen.«

»Ja, gerne. Vielen Dank.«

Jakob gab Hut und Mantel dem herbeigeeilten Dienstmädchen und folgte Sidonie von Jadow in das sogenannte Morgenzimmer. Wie es in herrschaftlichen Villen üblich war, führte von dort aus eine beinah deckenhohe, mehrflügelige Glastür in den Garten. Der Blick auf die bereits bepflanzten Rosenbeete war beeindruckend, auch wenn der Rest der Anlage noch im Entstehen war. Sogar eine Orangerie hatte man an der Grundstücksgrenze aufgestellt. Doch da, wo in anderen Herrenhäusern Möbel, Stoffe, Accessoires und Wandbekleidung die Farben der Natur aufgriffen, sodass die Morgenzimmer Leichtigkeit und Harmonie ausstrahlten, war hier – genau wie in der Eingangshalle – ein dunkles Braun vorherrschend. Die Wände waren rundherum mit ausgestopften Jagdtrophäen und Waffen dekoriert. Jakob war unbehaglich angesichts der glasäugigen Blicke toter Zebras, Büffel oder Antilopen, und dass ein Löwenfell, bei dem der Kopf des Tieres posthum die Zähne bleckte, als Teppich diente, empfand er als genauso wenig angenehm. Als Sidonie von Jadow sich auf einem Stuhl aus Leder, Ebenholz und Büffelhörnern niederließ, wurde die Diskrepanz zwischen dem düsteren Ambiente und der blassen, zarten Hausherrin besonders augenfällig. Sidonie war eine wunderschöne Frau: zierlich – zerbrechlich fast – und ausgesprochen elegant. Doch Jakob sah auch einen bitteren Zug um ihren Mund, kaum merklich. Er zeugte von unglücklichen Vorkommnissen, die nachhaltige Spuren hinterlassen hatten. Und deutlich sah er in ihr auch die passionierte Jägerin, als die sie sich auf einem der gerahmten Bilder präsentierte: kühl die Distanz zu ihrer Beute abschätzend, das Gewehr anlegend, mit der Hand am Abzugshahn.

»Vielleicht kann *ich* Ihnen ja hinsichtlich Ihrer Fragen weiterhelfen.«

»Oh ja. Das kann tatsächlich sein.« Das Angebot riss Jakob jäh aus seinen Überlegungen. »Sie haben, wie ich sehe, für einige Zeit in Afrika gelebt.« Er deutete auf eine weitere Fotografie: ein lang gestrecktes, weiß gestrichenes Gebäude unter Palmen. Auf der Veranda waren Korbsessel um einen kleinen Tisch gruppiert, und ein schwarzes Dienstmädchen servierte Tee. Das Ehepaar von Jadow stand zusammen in der Eingangstür, und auf den Treppenstufen lag ein Hund und döste in der Sonne.

Was für eine Idylle, dachte Jakob.

Und der Kaffee – »aus eigenem Import«, wie Sidonie betonte – war ganz vorzüglich.

Der Hausherr allerdings ließ auf sich warten, und so fragte Jakob stattdessen Sidonie von Jadow, ob sie Näheres über Pygmäen, Blasrohre und Pfeile, die mit Strophanthin vergiftet waren, wusste.

»Ein lediglich handtellergroßer Pfeil? Und auf dem Bild, sagen Sie, ist ein Blasrohr?«

»Zumindest könnte es ein Blasrohr sein.«

»Ach, wissen Sie: Die Wilden nutzen alles Mögliche zur Jagd: Speer, Pfeil und Bogen, Schlingen, Netze. Und Gifte gibt's in der Natur mehr als genug. Strophanthus wächst recht häufig im Gebirge. Ein Kletterstrauch mit hübschen Blüten. Das Gift aus seinen Samen nennen sie Kombé. Aber ich fürchte, diese Spur führt Sie nicht weiter. Und jemandem Gift mit einem, wie Sie sagen, unscheinbaren kleinen Giftpfeil zuzufügen: Dazu braucht derjenige doch kein Blasrohr, oder? Das ginge doch viel besser auch direkt – so wie beim Arzt, mit einer Spritze.«

»Richtig. Die Frage ist daher: Warum nimmt der dann nicht von vornherein so eine Spritze? Weshalb sich erst die Mühe machen, einen Giftpfeil zu besorgen?«

»Vielleicht, um den Verdacht bewusst auf jemanden zu lenken.«

»Vielleicht.«

»Ich fürchte, mehr wird Ihnen auch mein Mann nicht sagen können.« Sidonie stand auf und machte Jakob damit klar, dass seine Audienz beendet war.

Im Vestibül half ihm das Dienstmädchen in den Mantel und reichte ihm den Hut. Erst als er Letzteren nach seiner Rückkehr ins Präsidium an den Garderobenhaken hängte, bemerkte er, dass etwas innen unter dem Hutband steckte: ein handbeschriebenes Stück Papier, scheinbar aus einer Kladde oder einem Tagebuch gerissen. Die Handschrift ließ nicht darauf schließen, ob der Text von einem Mann verfasst war oder von einer Frau.

Duala, 19. September 1894
Es fällt mir schwer, Duala zu verlassen. Ich hätte mir andere Umstände gewünscht und würde gern noch weitere Erinnerungsstücke mitnehmen, wenn es denn unter den gegebenen Bedingungen nicht unvermeidlich wäre, so schnell wie möglich von hier fortzugehen. Man wird Linou suchen und vielleicht die Spuren deuten können, selbst wenn die Geier ganze Arbeit leisten. Dass die Kolonialverwaltung es noch ein zweites Mal mit Tropenkoller und Neurasthenie bewenden lässt, ist unwahrscheinlich.

Von Barnstedt schaute die herausgerissene Seite lange und bedächtig an. »Das klingt für mich, als schriebe jemand an einem Roman.«

»Ich finde, das klingt zweifellos nach Tagebuch.«

»Wie man es dreht und wendet: In Kamerun hat sich ein Mensch namens Linou scheinbar Unverzeihliches zuschulden kommen lassen und sich, um sich dem Urteil zu entziehen, umgebracht.«

»Oder der Schreiber dieses Tagebuchs hat selber Unverzeihliches getan und musste deshalb aus Duala fliehen.«

»Der eine wie der andere Fall obliegt der Kolonialverwaltung in Duala.«

»Und warum hat dann jemand diese Seite heimlich bei von Jadow aus dem Haus geschmuggelt?«

»Wenn Ihnen so viel daran liegt, werd ich ihn fragen. Ich sehe Max von Jadow nächstes Wochenende.«

»Aber dann bringen Sie vielleicht denjenigen, der uns damit eine versteckte Botschaft übermitteln wollte, in Gefahr.«

»Wilhelmi, bitte!« Von Barnstedt schüttelte indigniert den Kopf. »Für wie undiplomatisch halten Sie mich denn?«

Jakob war froh, die Frage nicht mit »ausgesprochen«, »reichlich« oder »sehr« beantworten zu müssen, da sich von Barnstedt umgehend Ndeschio Tembas Akte zuwandte.

»Die Annahme, dass Temba diesen Pfeil zur Irreführung eingesetzt und seinem Opfer das tödliche Gift in Wahrheit mittels einer Spritze injiziert hat, ist zwar aus meiner Sicht weit hergeholt, aber der Untersuchungsrichter wird das vielleicht anders sehen. Und letzten Endes hält er es aufgrund des Schuldbekenntnisses ohnehin für zwingend, Ndeschio Temba weiterhin in Untersuchungshaft zu halten.«

»Täusch ich mich oder sind Sie nicht mehr unbedingt von Tembas Schuld am Tod von Charlotte Paulus überzeugt?«

Von Barnstedt wand sich innerlich. »Das Feuer bei den Fuchsens ist doch eine eigenartige Koinzidenz. Finden Sie nicht?«

Während sich Jakob und von Barnstedt noch einmal durch Ndeschio Tembas Akte wühlten, saß der Student Reginald Wündrich in einem Zugabteil der dritten Klasse und starrte abwechselnd zum Fenster raus und auf Henriettas Telegramm.

= SUCHE REISEBEGLEITUNG NACH AFRIKA = KOSTEN WERDEN UEBERNOMMEN ZUZUEGLICH MONATSLOHN = TELEFON HOTEL CECIL LONDON = HENRIETTA DROYDON-JONES

»Ich kann gut auf mich selber aufpassen«, hatte die Lady ihm am Telefon versichert. »Aber Sie wollten sich, wenn ich mich recht erinnere, in Sachen Fleckfieber doch gerne mal in Afrika umsehen, oder? Und haben Sie nicht gesagt, dass Sie Kisuaheli sprechen?«

Reginald hatte irgendwas gestammelt – sein Kisuaheli-Wortschatz entsprach dem eines Vierjährigen –, doch Lady Henrietta hatte wohl ein »Ja« herausgehört, und damit war das Ganze für sie quasi ausgemachte Sache. Reginald hatte etwa zehn Minuten lang mit sich gerungen. Sein Studium für eine Bildungsreise zu unterbrechen, von der die schnöseligsten Schnösel seines Jahrgangs nicht einmal zu träumen wagten, war ungemein verlockend. Doch seinen Broterwerb durfte er dabei keinesfalls riskieren.

Professor Straßmann hatte denn auch konsterniert die Augenbrauen hochgezogen, als Reginald ihn schon in aller Herrgottsfrühe in der Charité aufsuchte. »Soso, noch grün hinter den Ohren und dann den schwarzen Kontinent bereisen ...«

Reginald blieb vor Aufregung beinah die Stimme weg. »Ich wäre ja zum Wintersemester wieder hier«, erklärte er heiser, »das heißt, ich würde nur ein gutes Vierteljahr ...«

»Auf keinen Fall, junger Mann.«

Vor Reginalds innerem Auge schrumpften die Bilder von Savanne, Schirmakazien und Missionsstationen zu pfennigstückgroßen, schwarzen Klecksen zusammen, die schließlich mit einem ekeligen »Plitsch« zerplatzten.

»Auf keinen Fall …«, begann Professor Straßmann von Neuem, »… und unter gar keinen Umständen sollten Sie sich so ein Angebot entgehen lassen. Ich werde schweren Herzens die paar Wochen auf Ihre unschätzbare Mitarbeit verzichten. Aber es wird schon gehen.«

Reginald wäre seinem verehrten Meister am liebsten um den Hals gefallen. Stattdessen murmelte er »Tausend Dank!« Und da Fritz Straßmann sich bereits den Dokumenten zuwandte, die sich auf seinem Schreibtisch stapelten, hatte sich Reginald so leise wie es ging zur Tür geschlichen. »Und wehe, Wündrich«, schickte Professor Straßmann ihm noch hinterher, »wehe, Sie kommen nicht zu mir, sobald Sie wieder hier sind, und erzählen mir von A bis Z, was Ihnen Abenteuerliches widerfahren ist!«

Auguste radelte von Halensee aus nicht direkt nach Hause. Von Ihlow mochte linkisch sein und manchmal allzu harmlos wirken, jedoch sein liebenswertes Mondgesicht täuschte nur auf den ersten Blick darüber weg, dass er ein blitzgescheiter Kerl war. Von Ihlow hatte Ndeschios Zeitungsausschnitt in lauwarmem Wasser eingeweicht, und mit etwas Geschick ließ sich das Bild nach wenigen Minuten von der Rückseite aus Pappe lösen. Der Sekretär wurde nach einem aufgeheizten Bügeleisen in von Ihlows Wohnräume geschickt, und zwischen Löschblättern vor dem Ansengen geschützt, ging Ndeschios Zeitungsausschnitt unversehrt aus dieser Prozedur hervor. Die Rückseite bescherte eine Überraschung.

»Dem Initial zufolge stammt das aus der *Illustrirten Zeitung*«, stellte von Ihlow fest.

»Dann werden die ja vielleicht wissen, wer darauf zu sehen ist.«

Der Volontär beim Ullstein-Verlag, bei dem Auguste schließlich nach verschiedenen Umwegen landete, bestätigte, dass es sich um ein Bild aus einer Ausgabe der beliebten *Illustrirten* handelte. »Aber um welche …?« Er ließ des Rest des Satzes in der Luft hängen und schüttelte den Kopf.

»Es ist aber sozusagen lebenswichtig.«

»Und es ist *sozusagen* unwahrscheinlich, dass der Name dessen, der die Vorlage für dieses Bild fotografiert hat, tatsächlich in der Unterschrift genannt wurde. Möglicherweise handelt es sich auch um eine Darstellung, die lediglich der Fantasie entsprungen ist.«

»Aber wieso dann so ein Fantasiebild aufkleben und in 'nen Rahmen stecken? Und jemand hat den Mann, der auf dem Bild ist, wiedererkannt!«

»Und wie der heißt, das weiß derjenige nicht?«

»Nein, weiß er nicht!« Auguste merkte, dass sie wieder einmal patzig wurde, weil etwas nicht sofort nach ihrem Willen ging. Sie zwang sich dazu, lieblich und devot zu lächeln, und setzte höflich ein »Sonst würd ich Sie ja mit meiner Frage nicht behelligen«, hinzu.

Der pickelige Volontär fühlte sich geschmeichelt. »Na gut. Wenn Sie mir dann das Datum nennen könnten, an dem das Bild erschienen ist?«

Auguste blies die Backen auf. Ndeschio war mit seinen Angehörigen in Hohenfriedeberg gestrandet, nachdem der Aufstand der Wahehe und Wadschagga durch Gouverneur von Schele endgültig niedergeschlagen worden war. »Das Bild muss aus einer der Ausgaben von 1894 stammen«, erklärte sie, »mehr weiß ich leider nicht.«

»Na gut, wenn ich mal Zeit hab …«, grummelte der Volontär.

»Oh bitte, ja.« Auguste lächelte noch einmal allerliebst. »Fotoatelier Fuchs. Sie können uns gern telefonisch anläuten, sobald Sie fündig werden.«

Zu Hause überfiel Luis sie gleich mit einem ganzen Schwall von Fragen, und Hulda und ihr Vater wollten ebenfalls genau über den Stand der Dinge unterrichtet werden. Natürlich waren alle erst einmal schockiert über die Theorie, dass die Brandstiftung ihnen als eine Art Warnsignal gegolten haben könnte. Auguste war hingegen nicht bereit, auf den Verdacht hin in eine Art Schockstarre zu verfallen. »Wir wissen's nicht. Aber wenn dem so war, kann das doch trotzdem nicht bedeuten, dass wir Ndeschio seinem Schicksal überlassen.«

Augustes Vater hob ratlos die Hände, und Hulda schüttelte den Kopf. »Mensch, Häseken, mach dich nicht unglücklich. Wer weiß, wozu der oder die so alles fähig sind!«

»Der Anwalt sagt, die Tatsache, dass Ndeschio nichts zum Hergang, der benutzten Waffe oder zum Motiv erklärt hat, weist deutlich darauf hin, dass er unschuldig ist und dass er dieses Schuldbekenntnis lediglich abgegeben hat, um uns zu schützen,. Das heißt, das Einzige, was ihm noch helfen kann, ist, den zu finden, der den Mord – oder die Morde – tatsächlich begangen hat.«

»Das seh ich ganz genau so!« Diesmal stimmte Hulda Auguste zu. »Und dafür gibt es schließlich Leute, die das können! Jetzt kommt's auf diesen Kommissar von Barnstedt und auf seinen hübschen Assistenten an. Die müssen halt beweisen, dass Ndeschio nicht die Wahrheit sagt, indem sie der Gerichtsbarkeit die wahren Täter zuführen.«

Auguste sagte nichts dazu. Sie hatte vor, die Neuigkeiten und die Sache mit dem Bild aus der *Berliner Illustrirten* zunächst einmal mit Jakob zu besprechen. Und schließlich gab es da ja noch den Brief, den Rechtsanwalt von Ihlow an Charlottes Vater schicken sollte. Ndeschio hatte Christian Paulus gegenüber ganz bestimmt sein falsches Schuldbekenntnis widerrufen. »Es gibt noch andere Möglichkeiten, Ndeschios Unschuld zu beweisen«, erklärte Auguste, bevor sie sich ins Atelier zurückzog. »Und Tante Hattie ist ja Gott sei Dank schon auf dem Weg nach Afrika.«

Kapitel 14

Mein liebes Gustchen, lieber Julius,
es ist ein seltsames Gefühl, dass diese Zeilen Euch wahrscheinlich erst nach drei, vier Wochen in Berlin erreichen werden. Genauso eigentümlich fühlt sich an, dass ich vorerst keine Post von Euch erhalten werde, denn unser Dampfer wird, lange bevor eine Nachricht von Euch dorthin gelangen könnte, die nächste Poststation (Dar-es-Salaam) erreichen. Dank jedenfalls für Euren lieben Brief, der mich in Hamburg im Hotel buchstäblich kurz vor dem Ablegen des Schiffes noch erreicht hat. Was Ihr berichtet, hat mich nur darin bestärkt, alles erdenklich Mögliche für Ndeschio zu unternehmen. Und Sorgen müsst Ihr Euch um mich nicht machen: Ich habe ja einen »Beinahschon-Arzt« an meiner Seite. Ihr wundert Euch bestimmt darüber, dass ich mir einen Medizinstudenten als Reisebegleiter ausgesucht hab, aber – mein liebes Gustchen – frag einfach Deinen reizenden Herrn Kri-

minalassistenten; der ist mit Reginald bekannt und bürgt gewiss für dessen einwandfreien Ruf.

Ich lese viel. Dank, Gustchen, nochmals für die aufwühlende Darstellung der an der Engstirnigkeit ihrer Umgebung fast zugrunde gehenden Agathe im Roman von Gabriele Reuter! Und Reginald erweist sich als erfrischend witziger und kluger Kerl, mit dem man über Gott, die Welt und alles, was dazwischen ist, sehr kurzweilig parlieren kann.

Zurzeit ist es noch kühl, und morgens lagern leichte Nebel auf dem Wasser. Ein Möwenschwarm umkreist das Schiff. Was sag ich »Schiff«? Es ist ein schwimmendes Hotel, das durchaus mit Bequemlichkeiten aufwartet. Unsere Kabinen sind hübsch und praktisch eingerichtet: ein komfortables, weiches Bett, eine patente Waschvorrichtung, ein kleiner Kleiderschrank, dazu ein Tisch und ein Paar kleine Sesselchen. Und für die heißeren Regionen gibt es einen Ventilator.

Die »Kanzler II« gleitet jetzt allerdings nicht immer ruhig durch die Wogen, und ich war gestern offenbar ein wenig blass um meine Nase. Der gute Reginald hat mir ein Stückchen Ingwerwurzel aus der Bordküche besorgt. Darauf herumzukauen ist zwar widerlich, aber es hilft tatsächlich gegen Übelkeit und Schwindel. Trotzdem ist es ein mulmiges Gefühl, auf einem Postdampfer mit Namen »Kanzler II« zu reisen, wo man doch weiß, dass dessen Vorgänger mit Namen »Kanzler« schon auf der zweiten Reise havariert ist. Aber in den Kabinen gibt es Rettungskissen, und auf den Rettungsbooten ist für alle Platz.

Auguste las Henriettas Brief wieder und wieder durch. Es war schier unerträglich, dass sie nicht direkt darauf mit ein paar eigenen Zeilen reagieren konnte, denn schließlich war so viel geschehen: Jakob und sie waren inzwischen zwar nicht offiziell, doch dafür umso leidenschaftlicher verliebt. Nur Luis war bisher in ihre Heimlichkeiten eingeweiht: Seit Julius Fuchs zu seiner Hulda umgezogen war, hatte der Liftboy Jakob beinah täglich in die Fuchs'sche Wohnung hochgefahren. Und selbstverständlich brachte er ihn, kurz bevor sein Dienst beendet war, ganz reputierlich wieder ins Parterre – obwohl es Jakob und Auguste immer schwerer fiel, nicht auch die Nacht zusammen zu verbringen.

»Det wär doch allet janich nötig, wenn ihr zwei verheirat' wärt.« Luis empfand es geradezu als seine Pflicht, Auguste auf die praktisch unbegrenzten Möglichkeiten hinzuweisen, die eine Eheschließung auf erotischem Gebiet zu offerieren hatte. Doch Heiraten und Kinderkriegen lagen sowohl für sie als auch für Jakob noch in weiter Ferne: Die neue Werkstatt musste ausgestattet und der Atelierbetrieb wieder in Schwung gebracht werden, und Jakob wollte es auf jeden Fall vom Assistenten bis zum Kommissar gebracht haben, bevor er an Familiengründung denken konnte.

Darüber hinaus hatten die beiden mit den weiteren Ermittlungen alle Hände voll zu tun: Obwohl Ndeschio nach wie vor nicht dazu zu bewegen war, mit irgendjemandem zu reden, hatte von Ihlow einen Aufschub des Prozesstermins erwirken können: Belastbare Indizien für den Ndeschio zur Last gelegten Mord an Idrissou Ntamag gab es nicht, und jener Pfeil sorgte – zusammen mit Augustes Fotografie – dafür, dass man Ndeschios Schuldbekenntnis als nicht mehr ausreichend für eine Verurteilung betrachtete. Dennoch blieb er in Untersuchungshaft.

Wie angekündigt, hatte sich von Barnstedt mittlerweile der seltsamen Sache mit dem Tagebuchblatt angenommen. Er hatte eine unverfängliche Situation gewählt: In der Vereins-Villa des Herrenclubs war man beim Cognac unter sich, zumal Graf Teubnitz und Major von Wulkenzien sich seit Stunden angelegentlich mit einem der anwesenden Minister unterhielten. Von Barnstedt nahm ein Streichholz und entzündete geradezu meditativ den Grashalm, den er zuvor aus der Virginia-Zigarre gezogen hatte. »Du, Max«, begann er und sog intensiv an dem Mundstück, »sag mal: Hat Sidonie nicht vielleicht Ambitionen …«, er sog erneut in kurzen Intervallen an seiner Zigarre, »hat sie nicht Ambitionen …« Der Rauch fand endlich den Weg in seine Mundhöhle, und von Barnstedt stieß ihn mit einem Seufzer, der genussvoll klingen sollte, aus. Er mochte keine Zigarren, aber das Ritual des Anzündens hatte den unschätzbaren Vorteil, dass von Jadow mittlerweile höchst gespannt war auf das, was sein alter Internatsfreund ihn fragen wollte.

»Hätte sie nicht womöglich Lust, sich als Romanschriftstellerin zu betätigen?«

»Wie bitte?« Von Jadow lachte irritiert. »Weder liest Sidonie *Die Gartenlaube* noch interessiert sie sich für schöngeistige Literatur! Wie kommst du denn darauf, dass sie Romane schreiben könnte?«

Von Barnstedt hatte sich auch für das Weitere gut vorbereitet. »Es wäre doch geradezu sensationell, wenn sie als Frau ihre Erlebnisse in Afrika als eine Art Kolonialroman veröffentlichen würde.«

»Aber das macht doch schon mit einigem Erfolg die gute Frau von Bülow.«

»Bitte, wer?« Von Barnstedt schaffte es, so auszusehen, als ob ihm das bedauerlicherweise gar nichts sagte.

»Frieda von Bülow? Selbst Mecklenburger Hinterwäldler sollten doch schon mal von ihr gehört haben: *Reiseskizzen und Tagebuchblätter aus Deutsch-Ostafrika*?, *Deutsch-Ostafrikanische Novellen*?«

Von Barnstedt schlug sich an die Stirn, als habe er einen Geistesblitz. »Natürlich!« Dabei hatte er seine Fragerei dank eines Mitarbeiters der »Nicolaischen Buchhandlung« aufs Allerbeste vorbereitet. »Hat man nicht bei Fontane letztes Jahr einen Roman von ihr mit Namen *Tropenkolle*r rausgebracht?«

»Ganz recht!« Von Jadow stutzte. »Liest du so was?«

»Nee, ich les lieber Bücher von Jules Verne oder von Edgar Allen Poe. Aber mein Assistent war ganz begeistert von dem neuesten von Bülow'schen Roman.«

»Verstehe …« Max von Jadow zögerte und runzelte die Stirn. »Aber, nochmals gefragt, wie kommst du darauf, dass sich ausgerechnet Sidonie tagein tagaus an ihren Schreibtisch setzen und Erbauliches verfassen könnte?«

»Ich dachte, dass sie jetzt, wo ihr zurück in Deutschland seid, die Muße hat, um die Erinnerungen an die Zeit in Afrika niederzuschreiben. Und wenn nicht sie, dann doch vielleicht du selber …« Von Barnstedt wagte sich vorsichtig weiter vor. »Wäre doch interessant. Zum Bespiel als Roman in Tagebuchformat.«

»Absurd!« Von Jadow griff nach seinem Cognacglas und stürzte den Rémy Martin hinunter, als sei es billiger Fusel. »Ich schreibe doch noch nicht mal Briefe! Und Sidonie? Die reitet wie ein Kerl, und im Pistolenschießen macht ihr keiner etwas vor! Und sie liest allenfalls die *St. Hubertus* und die *Forst- und Jagdzeitung*!«

»Verstehe. War auch nur so ein Gedanke …« Von Barnstedt mochte auf den ersten Blick zwar nicht gerade einfühlsam erscheinen, doch Max von Jadows Zwischentöne registrierte er mit seismischer Genauigkeit: Dessen Zurückweisung des Gedankens, Erinnerungen an die Zeit in Afrika schriftlich verfasst zu haben, war etwas *zu* nachdrücklich ausgefallen.

Max nahm sich vor, sofort mit Sidonie über dieses irritierende Gespräch zu reden. Doch Sidonie war offensichtlich ausgegangen. Oder sie war bereits in ihrem Boudoir, um sich zurechtzumachen – nicht für ihn, so viel war klar. Aber das schmerzte ihn schon lange nicht mehr. Er zog sich in sein Schlafzimmer zurück und griff zu seiner Bettlektüre: *In einer Familie.* Auch wenn es für ihn selbst schon seit Jahrzehnten keine Leidenschaft und körperliche Liebe mehr gab, so tat es manchmal durchaus wohl, in diesen Dingen am Erleben frei erfundener Gestalten teilzunehmen. Er hatte einen Satz im Buch mit Bleistift angestrichen.

Wir werden wir selbst erst durch das, was mit uns geschieht oder was wir tun.

Es kam ihm vor, als habe Heinrich Mann in seiner manchmal recht verquasten Ausdrucksweise ihn persönlich angesprochen. Wer bin ich, fragte sich von Jadow, und bin ich nur durch das, was mir vor vielen Jahren widerfahren ist, so geworden? Oder erst durch die Taten, die daraus erfolgt sind? Warum schrieb Heinrich Mann denn »oder«? Als könne man im Leben unterscheiden zwischen Zugefügtem und Erlebtem und dem, was man selbst dazu beiträgt, dass es einem widerfährt. Er hatte so viel Sorgfalt und Elan darauf verwandt, als weltgewandter Lebemann zu gelten, als Frauenheld und Abenteurer, dem es trotz seiner Ausschweifungen stets gelang, sein ohnehin erfolgreiches Importgeschäft noch zu erweitern: erst Elfenbein, Kakao und Krokodilleder aus Kamerun und dann die Kaffeepflanzungen in Deutsch-Ostafrika, die sich, auch ohne dass er weiterhin vor Ort war, günstig entwickelten.

Als Uma klopfte und ihm seinen Schlaftrunk brachte, legte er seine Hand kurz auf die ihre. »Es tut mir leid um deinen Mann«, sagte er leise, obwohl er davon ausgehen musste, dass sie die Worte nicht verstand.

Dank der von Jakob als authentisch bestätigten Fotografien hatte sich die »Preußische Feuerversicherungs AG« nicht lange mit dem Zahlen geziert: Im Hof wurden die letzten Spuren des Brandanschlags beseitigt, und Hulda bekam sogar die Vorhänge ersetzt, aus denen der Gestank nach Ruß und Rauch auch nach dem dritten Reinigungsversuch nicht rausgegangen war.

Solange in den Zimmern und im Atelier noch umgeräumt und das Archiv, die Dunkelkammer und die

Werkstatt eingerichtet wurden, beschränkte sich Augustes Arbeit lediglich auf ein paar Stunden in der Woche. Und das bedeutete, dass sie sich häufiger als sonst bei Hulda in der Küche einfand. Ihr ging Jakobs Geschichte von der Tagebuchseite, die auf so abenteuerliche Weise aus dem Haus geschmuggelt worden war, nicht aus dem Kopf.

»Das Ganze kann kein Zufall sein.« Auch Hulda fand die Sache äußerst mysteriös. »Nur, ob das was mit Ndeschio zu tun hat? Woher sollte das Dienstmädchen denn wissen, worum es bei Jakobs Besuch im Haus von Jadow ging?«

»Vielleicht hat das Mädchen gelauscht. Aber dass dieser Eintrag aus Duala stammt, kann eigentlich nichts mit Ndeschio zu tun haben: Duala liegt nun mal in Kamerun und nicht in Deutsch-Ostafrika.«

»Und was ist mit von Barnstedts Theorie, dass sich dieses Dienstmädchen vielleicht höchstselbst schriftstellerisch betätigen will?«

»Entschuldige: Was hast du gesagt?«

»Auguste? Hörst du mir nicht zu?«

»Doch, doch. Mir geht nur gerade etwas durch den Kopf …«

»Das ist bei dir nichts Ungewöhnliches, hat aber manchmal ganz fatale Folgen.« Hulda fiel beim Stichwort »Folgen« etwas ein, das sie schon eine Weile auf dem Herzen hatte, und sie hob nachdrücklich die Stimme. »Und, Gustchen … à propos fatale Folgen. Darüber wollte ich mit dir schon längst gesprochen haben. Was nämlich Kinderkriegen angeht, gibt es durchaus Möglichkeiten, das ein bisschen rauszuschieben.«

»Ah ja?« Auguste war mit den Gedanken offensichtlich ganz woanders.

»Häseken?!«

»Du, Hulda, Jakob hat gesagt, dass die Baronin sehr zuvorkommend gewesen sei. Mit anderen Worten: Etwas zu verbergen scheint sie nicht zu haben.«

»Und was hat das mit Kinderkriegen oder nicht zu tun?«

»Wie kommst du denn auf Kinderkriegen?«

»Ich fass es nicht!« Hulda schlug in gespielter Verzweiflung die Hände über dem Kopf zusammen. »Was, bitte, geht gerade in dir vor, dass du nicht mal beim Thema Kinderkriegen aus'm Mustopf kommst?«

»Entschuldige. Darüber reden wir vielleicht ein andermal. Ich hab da nämlich so eine Idee …«

Und damit sprang Auguste auf, griff in die Schale mit dem legendären Sandgebäck, dem nicht nur Huldas Gäste hoffnungslos verfallen waren, und rannte aus der Küche. Mit vollem Mund rief sie im Hausflur noch: »Erzähl ich alles später!«

Hulda vertagte ihren mütterlichen Vortrag zur Verhütung und griff seufzend ebenfalls nach einem Keks.

In ihrem Zimmer nahm Auguste unverzüglich Feder und Papier zur Hand.

Verehrte Baronin,
bitte gestatten Sie, dass ich mich Ihnen zunächst einmal vorstelle. Mein Name ist Auguste Fuchs, und ich bin Inhaberin des gleichnamigen Atel…

Auguste warf das Blatt in den Papierkorb und begann von Neuem. *Noch* war sie offiziell nicht die alleinige Besitzerin des Fotoateliers, und »Fotografin« klang zudem nicht ganz so hochtrabend. Ansonsten log sie, dass sich schier die Balken bogen: Sie habe sich auf der Gewerbeausstellung intensiv mit der Thematik »Kaffee-Import aus den Kolonien« befasst – zum Nachweis für den Unsinn legte sie die Aufnahme vom »Zuntz Kaffee«-Pavillon bei – und dabei ohne es zu wollen ein Gespräch belauscht, in dem zwei Damen sich über die Villa, die Hochwohlgeboren unlängst für sich bauen ließ, recht lebhaft unterhielten. Dieselbe sei, wenn sie die Damen recht verstanden habe, von außerordentlicher Eleganz. Sie plane derzeit, schrieb Auguste weiter, ein Buch über besonders eindrucksvolle Häuser in Berlin. Und über deren Interieur. Und ob Hochwohlgeboren nicht vielleicht die außerordentliche Güte hätte, ihr eine fotografische Dokumentation ihres bemerkenswerten Heimes zu ermöglichen?

Die Anschrift der von Jadows fand sich leider noch nicht im Adressbuch, doch eine Radtour in den Grunewald, fand Auguste, lohne sich in jedem Fall. »Ein schreckliches Gemisch aus Stilen« und »Platz A« hatte sie sich gemerkt, und *so* dicht war der Platz mit Sicherheit noch nicht bebaut, dass sie die Hausnummer vor Ort nicht finden könnte. Während sie ihr Nachmittagskleid auszog und in Hosenrock und Bluse schlüpfte, dachte sie nach: Ob sie wohl Jakob von dem Vorhaben, sich in der Villa der von Jadows umzusehen, bereits im Vorhinein erzählen sollte? Was, wenn es der Baronin nicht einmal im Traum einfiele, auf ihre Anfrage zu reagieren? Oder wenn Jakob versuchen würde, sie von dem, was sie da vorhatte, abzuhalten? Es war, entschied sie, besser, erst mal nichts von ihrem Plan zu erwähnen.

Sie fuhr quer durch den Tiergarten, am Neuen See vorbei und bog erst an der Ecke Leibnizstraße ab in Richtung Ku'damm. Es war bewölkt, aber bei diesem viel zu regnerischen Sommer konnte man schon zufrieden sein, wenn es nicht wie aus Eimern goss.

Während Auguste voller Tatendrang durch die Paulsborner Straße radelte, saß Henrietta rund zehntausend Kilometer weit entfernt in ihrer Schiffskabine. Sie gab es auf, sich mittels eines Fächers aus besticktem Tüll Luft zuzuwedeln: Das Ding mochte für einen Ballsaal in Belgravia oder Mayfair taugen, aber hier war es fehl am Platze: Vom vielen Fächeln taten ihr bereits die Handgelenke weh, ohne dass ihr auch nur ein wenig kühler wurde. Und einen Ventilator gab es auf den kleinen Küstendampfern nicht. Mit einem Seufzer legte Henrietta das nutzlose Accessoire zur Seite und schrieb weiter.

> *Mittags von zwölf bis vier Uhr ist es jetzt furchtbar warm, aber ich hoffe sehr, dass man sich peu à peu daran gewöhnt.*
> *Ihr glaubt nicht, was sich hier an Bord alles zusammenfindet: Missionare, Abenteurer, Offiziere und Barone! Bis auf die redselige Gattin eines Kolonialbeamten und eine leicht verdrießlich wirkende Diakonisse bin ich die einzige Frau. Natürlich machen mir die Ledigen unter den Herren den Hof (oder diejenigen, die nur so tun, als gäbe es zu Haus in Deutschland*

keine Ehefrau ...), doch Reginald spielt sehr gekonnt den wohlerzogenen Sohn (!) und Tugendwächter. Mit einem Bodenkundler aus Stettin hatte ich trotzdem schon das eine oder andere anregende Gespräch. Ein flotter Kerl, vielleicht sogar etwas frivol (das hab ich Reginald bis jetzt verschwiegen!). Er heißt Ferdinand Wohlgemuth und macht seinem Namen alle Ehre. Die Zukunft Deutsch-Ostafrikas liege im Kaffee, sagt er. Hier Äpfel und Kohlrabi oder Weihnachtsbäume anzupflanzen, sei nur etwas für Leute, die hoffnungslos an Sehnsucht nach der viel besungenen Heimatscholle leiden. »Den Schwarzwald kriegen sie nicht hierher importiert«, hat er gesagt, »auch wenn das hier der Schwarze Kontinent ist.« Er will sich in der Nähe eines Örtchens namens Moschi umsehen und herausfinden, ob es am Kilimandscharo trotz der Höhenlage mit Kaffeeplantagen klappen könnte.
Nachts kann man übrigens das »Kreuz des Südens« sehen. Der Ozean, die Palmen und der Sternenhimmel hier verschlagen mir mitunter regelrecht den Atem. Manchmal vergesse ich beinahe, weshalb ich hergekommen bin. Ich hoffe, Ndeschios Gerichtstermin wird so lange auf sich warten lassen, bis ich Hohenfriedeberg erreicht hab. Oder bis er – was ich von Herzen hoffe – von sich aus sein unglückseliges Geständnis widerruft.

Henrietta setzte die üblichen Grüße an alle darunter, steckte den Brief in ein Kuvert und ging an Deck. Reginald saß neben der mürrischen Diakonisse und plauderte ihr ein Lächeln nach dem anderen ins Gesicht.

»Ihr Sohn ist wirklich reizend, Lady Droydon-Jones!«

»Oh, Schwester Gretchen, so was hört man gern.«

»Liebste Mama?« Reginald spielte seine Rolle todernst weiter. »Wie wär's mit einer Limonade?«

»Aber nur *zu* gern, *Reggie, dear*«, versetzte Henrietta. Sie nahm auf einem Deckstuhl Platz und drückte Reginald den Umschlag in die Hand. »Wenn du dich darum kümmern würdest, dass der Brief in Tanga sofort weitergeht nach Dar-es-Salaam?«

»Natürlich. Wird wohl trotzdem beinah einen Monat brauchen bis Berlin.«

»Tja«, Henrietta seufzte, »und wer weiß, was in der Zwischenzeit passiert.«

»Gott gebe dir, was du von Herzen wünschst«, meldete sich Schwester Gretchen unverhofft zu Worte. »Was du dir vorgenommen hast, das lasse er gelingen. Der Herr erfülle alle deine Bitten.«

Das nennt man denn wohl »fromme Wünsche«, dachte sich Henrietta. Nicht, dass die unwillkommen waren, aber dass auf der Liste mit den Bitten obenan das Überführen eines Mörders stand, würde die gute Schwester – wenn sie es denn wüsste – bestimmt aufs Äußerste düpieren.

KAPITEL 15

In Berlin ließ Sidonie von Jadows Antwort auf Augustes Schreiben nicht lange auf sich warten.

Verehrtes Fräulein Fuchs,
Ihr Vorhaben klingt ausgesprochen interessant, und ich bin gern bereit, Ihnen für Ihre Aufnahmen mein Haus zu öffnen. Sie schreiben, dass Sie dafür zwei, drei Tage brauchen werden und dass für die Außenaufnahmen das Wetter eine Rolle spielt. Wenn Sie die Kurzfristigkeit nicht inkommodiert, käme mir ein Besuch, bei dem Sie sich die Örtlichkeiten einmal ansehen könnten, am morgigen Vormittag sehr gelegen.
Mit vorzüglicher Hochachtung

Sidonie von Jadow

Als Jakob ins Atelier kam, ließ Auguste den Brief blitzschnell hinter ihrem Rücken verschwinden. Allerdings nicht schnell genug.

»Aha? Was gibt's denn da zu verheimlichen? Ein Liebesbrief von deinem Vetter Gustav?«

»Der schreibt schon lange keine Liebesbriefe mehr. Und wenn ich dir sage, dass es dabei um was rein Berufliches geht, gibst du dann Ruhe?«

»Nee. Auf keinen Fall.«

»Und wenn ich schwöre, dass damit in keiner Weise Amouröses oder auch nur im Entferntesten Gefährliches verbunden ist?«

»Geschworen? Ehrlich?«

»Absolut.«

»Na, dann kannst du mir doch …«

»Und? Wie geht es denn *bei euch* nun weiter?« Auguste hatte keine Lust, sich weiter ins Verhör nehmen zu lassen. Vielleicht kam bei der ganzen Angelegenheit nichts heraus als sinnlos investierte Arbeitszeit. Zudem war Jakob nicht gerade bester Laune, und dass das mit Ndeschios Fall zu tun hatte, lag auf der Hand. Sollte er sich doch erst mal alles von der Seele reden.

»Wir kommen weder mit der Brandstiftung auf einen grünen Zweig noch gibt es Neues, was die Sache mit dem Blasrohr angeht.« Jakob nahm neben Auguste auf dem Rosensofa Platz und griff dankbar nach einem Bier, während Auguste sich eine Berliner Weiße gönnte. »Man kann Strophanthus kombé mit ein bisschen gärtnerischem Glück sogar in unseren Breiten ziehen. Man muss die Pflanze lediglich zum Überwintern ins Gewächshaus stellen, um sie vor Frost zu schützen. Natürlich müsste man auch noch im Ansetzen von Tinkturen bewandert sein, um aus den Samen Gift zu gewinnen. Aber das soll angeblich auch nicht allzu schwierig sein.«

»Das heißt, die endlos lange Fragerei in unseren Apotheken hat zu nichts geführt.«

»Verlorene Zeit. Genauso wie die Sache mit den kostbaren Geschenken, die man Charlotte anonym geschickt hat. Aber zumindest ist Ndeschio in dieser Hinsicht nicht mehr in Verdacht: Im Wintergarten oder im Central-Hotel hat nie jemand eines dieser Stücke als vermisst oder gestohlen gemeldet.«

»Aber mysteriös bleibt diese Sache schon.«

Von Barnstedt saß auf seiner Bank im Hof und sprach mit seiner Katze. »Dass die von Jadows vor dem Kauf der Ländereien in Ostafrika in Kamerun ansässig waren, hab ich Wilhelmi nie erzählt. Gab schließlich bisher keinen Anlass, sich beruflich mit den beiden zu befassen. Aber nachdem das Dienstmädchen den Tagebuchausriss in seinen Hut geschmuggelt hat, kann ich ja schließlich nicht so tun, als wüsste ich von nichts.« Die Katze leckte sich das letzte Restchen Sahne aus dem Bart und schwieg.

»Zumindest geht aus diesem Tagebuchfragment hervor, dass es in Kamerun etwas gegeben haben muss, das eine überstürzte Abreise zur Folge hatte.« Von Barnstedt stand seufzend auf. »Ich hol mir noch 'n Bier«, erklärte er, »bleib sitzen, Mullemaus, ich komm gleich wieder.« Doch Mullemaus wartete dieses Mal vergeblich auf von Barnstedts Rückkehr: Kaum war er auf dem Weg zur Speisekammer, schrillte das Telefon.

»Max? Was verschafft mir denn die Ehre?«

»Ich weiß, es kommt ein wenig überraschend, aber ich möchte dich für heute Abend zu 'nem kleinen Umtrunk einladen.«

»Oh, danke, aber ich bin schon …«

Von Jadow ließ von Barnstedt gar nicht erst zu Worte kommen. »Ein Herrenabend, nichts Besonderes also. Aber ein Freund vom mir – unmittelbar dem Staatssekretär im Reichsjustizamt unterstellt – wird überraschend hier bei uns zugegen sein. Ich denke, so eine Bekanntschaft wäre für dich durchaus von Interesse.«

Da ihm kein Argument dagegen einfiel, fand sich von Barnstedt wie verabredet am späteren Abend in der Villa der von Jadows ein. Ihm war nicht wohl bei dem Besuch. Hatte die Fragerei nach einem Kolonialroman in Tagebuchform von Jadow nachhaltig verunsichert?

Das schwarze Dienstmädchen servierte Cognac und Zigarren, und der Herr, der laut von Jadow eine exponierte Stellung im Justizamt innehatte, ließ sich nicht nehmen, dies mit einem Kompliment an seinen Gastgeber zu quittieren. »Chapeau! Ein Auge für die holde Weiblichkeit hattest du ja immer schon, mein lieber Max.« Als ihm die junge Frau sein Glas einschenkte, taxierte er sie wie ein potenzieller Käufer einen interessanten Gegenstand. »Man sagt ja, dass die Negerinnen wild und leidenschaftlich, andererseits aber geradezu devot und ausgesprochen willig sind. Famos! Ich hätte nichts dagegen, Max, wenn du mir nächstes Mal so eine mitbringst. Aber genau so hübsch wie die hier, wenn ich bitten darf!«

Von Barnstedt hielt den Atem an, doch die junge Frau schien Gott sei Dank nicht zu verstehen, was dieser Kerl da von sich gab. Max lachte höflich und ging nicht weiter auf diese Sache ein. »Danke, Uma.«

Das Mädchen knickste und verschwand so leise, wie es eingetreten war.

Dass man in einer Herrenrunde Schlüpfrigkeiten von sich gab oder obszöne Witze riss, empfand von Barnstedt durchaus als normal, auch wenn er so etwas nicht gerade schätzte. Aber sich gegenüber einer jungen Frau derart respektlos zu verhalten: Das war in seinen Augen unverzeihlich, und Herkunft, Hautfarbe oder die Haushalts-Hierarchie spielten für ihn dabei nicht die geringste Rolle. Doch leider war es nun mal mehr als unhöflich, sich gegenüber einem fremden Gast zu explizieren. Stattdessen stand er auf. »Ich würde gerne kurz ein wenig an die frische Luft gehen, wenn's genehm ist.«

»Ist dir nicht wohl?«

»Doch, doch. Ich habe lediglich ein bisschen viel geraucht.«

Im Garten duftete es angenehm nach frisch gemähtem Gras. Von Barnstedt setzte sich auf eine von zwei Palmentöpfen eingerahmte Bank und atmete tief durch. Zigarren rauchte er, weil sich das für den kultivierten Herren von Welt nun mal gehörte. Aber statt des damit verbundenen Qualms war ihm der frische Sommerwind, der durch den Garten wehte, bedeutend lieber. Ihm fiel der erste Abend nach von Jadows Rückkehr wieder ein. Max hatte ihm, als sei das völlig selbstverständlich, von seinen schwarzen Konkubinen vorgeschwärmt. Und diese hübsche junge Frau? Gehörte sie vielleicht dazu? Aber wenn sie, wie es schien, kein Deutsch verstand: Wie reimte es sich dann zusammen, dass sie Wilhelmi ganz gezielt die Seite aus dem Tagebuch zustecken konnte?

»Hubert?« Das war eindeutig Sidonie, niemand sonst sprach seinen Vornamen auf Französisch aus. Sie lief von der Terrasse kommend auf von Barnstedt zu, nahm seine Hand und zog ihn zu einem der beiden Gartenpavillons hinüber. »Hubert, ich bin so froh, dich endlich einmal ganz für mich zu haben.« Die langen, dunklen Locken fielen offen über ihre Schultern, und der hauchdünne Seidenmantel, den sie – wie es schien, in aller Eile – angezogen hatte, verriet von Barnstedt mehr, als er verbarg. »Ich hab mir diesen Augenblick so oft herbeigesehnt«, wisperte sie, »hab keine Angst, hier sind wir ungestört.«

Kurz bevor Luis seinen Fahrstuhldienst beendete, hörte er, wie Augustes Liebster klammheimlich die Treppe runterschlich. Aber so sehr sich Jakob auch bemühte: Die Stufen knarrten unbarmherzig unter seinen Schritten! So 'n Blödsinn, dachte Luis, denn es gab mittlerweile wirklich kein Geheimnis mehr zu hüten: Natürlich waren Julius Fuchs und Hulda Preissing längst in alles eingeweiht, und selbst das Dorchen wusste schon Bescheid: Auguste hatte sich in diesen flotten jungen Kommissarsanwärter verguckt, und da das jeder wusste, konnte der ohne Weiteres den Fahrstuhl nehmen, anstatt sich heimlich zu verdrücken.

»Herr Kommissar?«

Jakob schrak zusammen, als das Licht im Hausflur anging. »'n Abend, Luis. Aber *noch* bin ich nur Assistent.«

»Ich weiß. Aber ›Herr Assistent‹ klingt bissken popelig.«

»So unverblümt hat man mir das noch nie gesagt, aber ...«, Jakob grinste, »... wie wär es dann statt ›Assistent‹ mit ›Jakob‹?«

»Det soll mir recht sein, Jakob klingt eindeutig besser. Und wo ick dich gerade beim Schlafittchen habe: Einer von Huldas Stammgästen is heute Abend wieder mal hier eingetrudelt. Und der behauptet, kurz vor seiner letzten Abreise hätt' sich bei uns im Hof irgend'n eleganter Fatzke komisch uffjeführt.«

»Aha?«

»Na ja, wat dieser Gast is: Der hat, sagt er, kurz bevor er los ist, det Fenster in sein' Zimmer zujemacht. Und dabei hat er rausjekiekt.«

»Das ist beim Fensterzumachen ja ziemlich unvermeidlich.«

»Genau. Und da hat er sich dann gefragt, wat *so einer* da unten wohl zu suchen hat.«

»Aha. Und was versteht der aufmerksame Gast unter ›*so einer*‹?«

»Na, wat wohl?« Luis verzog enerviert das Gesicht. »Wer kommt denn bei uns in 'n Hof – außer die Gören, die da spielen? Na?« Als Jakob nicht sofort mit einer Antwort bei der Hand war, gab Luis sie selbst: »Der Kohlenhändler oder der Kartoffelfritze! Und manchmal ooch 'n Leierkastenmann! Und wat ha'm die gemeinhin uff'n Kopp?« Jetzt wartete Luis eine Antwort gar nicht erst ab: »'ne Mütze oder – wenn's der Leierkastenmann ist – 'nen verbeulten Schlappoklack.«

»*Chapeau Claque*«, verbesserte Jakob mechanisch.

»Egal. Aber 'nen *Homburg* trägt von denen keiner! So was zieht nur der Kaiser an! Und andere feine Leute!

Die Deckel kosten schließlich ooch 'n Haufen Geld! Das heißt, das war kein Arbeiter, verstehste?«

»Vielleicht war das 'n Kunde, und der hat geguckt, ob Julius Fuchs oder Auguste in der Werkstatt sind.«

»Nee nee, der hat da heimlich wat verbuckt.«

»Wie bitte?«

Endlich, fand Luis, war auch Jakob alarmiert. »Na siehste! Jetzt machste die Ohren uff! Der Gast meint nämlich, wat der feine Herr da um die Ecke von der Werkstatt hingestellt hat, war 'n Topp oder 'ne Kruke oder …«

»… 'ne Kanne?! Vielleicht … mit Benzin?«

Etwa zur gleichen Zeit schloss Kommissar von Barnstedt seine Haustür auf, und seine Katze strich ihm schnurrend um die Beine. Ganz offensichtlich nahm sie ihrem Herrn nicht übel, dass er sich, ohne ihr Bescheid zu sagen, noch mal wegbegeben hatte.

»Ach, Mullemaus«, seufzte von Barnstedt, »was bin ich für ein tumber Tor!« Er legte Hut und Mantel ab, zog seine Stiefel aus und schlüpfte in die Hauspantinen. Dann knöpfte er mit einem Seufzer der Erleichterung seine auf die Dauer doch recht unbequeme Weste auf. »Hat man im Leben irgendwann mal irgendwas davon, ein Ehrenmann zu sein?«

Die Katze zeigte keinerlei erkennbares Interesse an den Kümmernissen ihres Herrn, doch da es außer Mullemaus niemanden gab, dem er sein Herz ausschütten konnte, fuhr Kommissar von Barnstedt ungeachtet ihrer Ignoranz mit seiner Beichte fort: »Was, meinst du, Mullemaus, ist dümmer? Den Kuss von einer wunderschönen Frau – und was noch daraus werden könnte – brüsk zurückzuweisen? Oder sich nicht darüber klar zu sein, dass daraufhin die wunderschöne Frau zur Todfeindin mutiert?«

Die Katze blieb auch hier die Antwort schuldig, und von Barnstedt wälzte sich die halbe Nacht hindurch in seinem Bett, ohne ein Auge zuzutun. Im Morgengrauen kam er zu dem Schluss, dass er ein unverbesserlicher Trottel war: Wie konnte er in so einem Moment den Puritaner rauskehren, der grundsätzlich die Finger von den Ehefrauen anderer Leute lässt? Er hatte Sidonie damit beschämt, gedemütigt und tief verletzt. Und das, obwohl sie doch die große Liebe seines Lebens war! Todmüde, unglücklich und ausnahmsweise schlecht rasiert machte er sich am Morgen auf den Weg zum Alexanderplatz.

Erst als er auf der Suche nach dem Taschentuch in seine Manteltasche griff, entdeckte er ein winzig kleines Päckchen – eingeschlagen in Zeitungspapier.

Was für ein seltsames Haus, dachte Auguste, als sie ihr Rad am Eingang abstellte. Sie drückte auf den blank polierten Klingelknopf, und Sidonie von Jadow öffnete zu ihrer Überraschung selbst die Tür.

»Das Personal …« Sidonie lächelte und hob in gespielter Verzweiflung die Hände. »Aber ein Sommerschnupfen ist nun mal was Grässliches.« Sie nahm Auguste ihren Mantel ab und führte sie ins Morgenzimmer. »Bevor das Mädchen Sie und mich noch ansteckt, hab ich ihm Bettruhe verordnet.«

Auguste nahm es Jakob einen Augenblick lang übel, dass er ihr scheinbar absichtlich verschwiegen hatte, wie schön und elegant Sidonie von Jadow war. Es stand ihm natürlich frei, andere Frauen anziehend zu finden – solange er sich dabei nicht auf Abwege begab. Das seltsame Ambiente hatte Jakob zwar – im Unterschied zur Hausherrin – recht anschaulich beschrieben, jedoch der Anblick all der toten Tiere an den Wänden verschlug Auguste erst einmal die Sprache. Und diese blasse, zarte Hausherrin schien so gar nicht in das waffen- und trophäenstarrende Interieur zu passen.

»Bitte nehmen Sie doch Platz.« Auf einem Tischchen standen Tee und eine Schale mit Gebäck bereit. Sidonie umfasste den ganzen Raum mit einer Geste. »Gewohnheitssache, wissen Sie? Wenn man so viele Jahre auf dem Schwarzen Kontinent verbracht hat, dann möchte man ganz Afrika am liebsten mit nach Deutschland nehmen.« Sie zuckte lächelnd mit den Schultern. »Und bei uns sind es, wie Sie sehen können, besonders viele Souvenirs geworden.«

»Für mein Vorhaben ist das wunderbar!« Auguste hielt sich im Gespräch mit Sidonie strikt an den vorgeschobenen Anlass. »Mit Sicherheit gibt es in ganz Berlin kein Haus wie dieses«, erklärte sie – und zwischen all den Lügereien traf das ausnahmsweise zu.

»Dann schauen wir uns doch einmal die Räume an, die für Ihr Buch infrage kommen. Und wenn Sie Wünsche haben, sagen Sie es frei heraus.«

Zunächst wich die Baronin nicht von ihrer Seite, und Auguste sah den Plan, im Haus herumzuschnüffeln, bereits zerrinnen. Doch als sie über eine breite Freitreppe den ersten Stock erreichten, kam ihr ein Zwischenfall zu Hilfe: Unten betrat jemand das Haus.

»Oh …« Eine Sekunde lang schien Sidonie die Fassung zu verlieren. Doch ebenso schnell, wie er gekommen war, schwand dieser Eindruck wieder. »Ein weiterer Besucher«, sie hob entschuldigend die Achseln. »Ich hab so früh noch nicht mit ihm gerechnet. Wenn Sie so freundlich wären, einen Augenblick zu warten?« Sie hastete hinunter ins Parterre, und Auguste nahm auf einer der mit rotem Samt gepolsterten Sitzbänke Platz, mit denen die beiden Erker ausgestattet waren. Von unten drangen aufgeregte Stimmen zu ihr herauf; eine davon gehörte einem Mann. Es handelte sich offensichtlich um ein hitziges Zwiegespräch. Dann hörte sie ein weiteres Geräusch, ein leises Wimmern, ganz in ihrer Nähe, wie von einem eingesperrten Kätzchen. Die Stimmen im Parterre entfernten sich. Auguste hielt den Atem an. Ihr blieben lediglich ein paar Sekunden Zeit, aber sie musste es versuchen. Zu ihrem Glück war auch der Flur im ersten Stock mit dicken Orientteppichen, die ihre Schritte dämpften, ausgelegt. Am Ende des Ganges führte eine steile Treppe zu den Dienstbotenzimmern hinauf. Dort stand eine Gestalt: ein schwarzes Dienstmädchen, barfuß, gekleidet in ein ausgewaschenes Leinenhemd. Die junge Frau hielt sich, am ganzen Körper zitternd, am Geländer fest; ihr Gesicht war schmerzverzerrt. Bevor Auguste etwas sagen konnte, legte das Mädchen warnend einen Finger auf den Mund.

Im Erdgeschoss schlug eine Tür. Auguste wisperte: »Entschuldigung. Ich komme wieder!« Dann huschte sie zurück zu ihrem Erkerplatz, um nicht den Argwohn der Hausherrin zu erregen.

Die junge Frau auf der Dienstbotentreppe presste die Lippen fest zusammen, um jeden Schmerzenslaut zu unterdrücken. Dann drehte sie sich um und schleppte sich die Treppe hoch, zurück zu den Dienstbotenzimmern. Der Rücken ihres Leinenhemds war blutdurchtränkt.

Im Polizeipräsidium brütete Kommissar von Barnstedt über den zwei Seiten, die sich – klein gefaltet und in einen Tageszeitungsfetzen eingewickelt – in seiner Manteltasche angefunden hatten.

> *Ich habe einen unserer Ochsen schlachten lassen. Es ist erstaunlich: So ein Rinderpenis ist gedehnt tatsächlich über einen Meter lang. Idrissou hat ihn mittels eines Fleischerhakens an der Wurzel durchgestochen und hinter den Ställen aufgehängt; pikanterweise, ohne dass er wusste, worum es bei der Sache ging.*
> *Wenn früher bei uns auf dem Gut geschlachtet wurde, hat man zum Dehnen in die Penisspitze ein Gewicht gehängt; hier tat es auch ein schwerer Stein. Ich hab den Penis schließlich zu Idrissous Staunen wie eine Kordel um sich selbst gedreht und dann das Ganze mittels eines Pflocks fixiert.*

Der nächste Text stand auf der zweiten Seite. Er war wohl ein paar Tage später eingetragen worden.

> *Hier in der heißen Sonne ging das Trocknen sehr viel schneller als zu Hause. Idrissou hat mit seiner Axt*

die Penisspitze abgetrennt und ein geflochtenes Lederband als Trageschlaufe an der Peniswurzel angebracht. Sehr hübsch. Die meisten Menschen finden den Geruch so eines Ochsenziemers widerlich. Aber die Nilpferdpeitsche ist nun mal ein viel zu wenig effizientes Züchtigungsinstrument.

Von Barnstedts Magen meldete sich nachdrücklich zu Wort: Das Unbehagen angesichts dieses Berichts hatte auch ihn erreicht.

Jakob und Rechtsanwalt von Ihlow konnten ihr Erschrecken kaum verbergen: Ndeschio war deutlich abgemagert, und scheinbar gab man ihm die Kleidungsstücke, die von Ihlow ihm geschickt hatte, nicht weiter. Die beiden Männer hatten das Verhör »aufgrund des aktuellen Stands der Untersuchungen« erzwungen, denn Ndeschio weigerte sich nach wie vor, Besuche zu empfangen. Doch der Pensionsgast, der den »feinen Herrn mit Homburg auf dem Kopf« vom Fenster aus gesehen hatte, war ohne Weiteres bereit gewesen, seine Beobachtung zu Protokoll zu geben: Vom zweiten Stock aus hatte er zwar kein Gesicht erkennen können, aber was jener Herr versteckt hatte, beschrieb er sehr genau. Und es war zweifellos ein blecherner Benzinbehälter; genau wie der, dessen Fragmente auf den Bildern, die Auguste nach dem Brand gemacht hatte, zu erkennen waren. Das war zwar streng genommen keine neue Spur im Fall Charlotte Paulus, aber da Ndeschio vor seiner Festnahme in der Fuchs'schen Werkstatt Unterschlupf gefunden hatte, hatte er – wie von Ihlow es bezeichnete

– »möglicherweise wesentlich zur Aufklärung in einem Fall von Brandstiftung beizutragen.«

Doch Ndeschio schwieg. Sogar als Jakob ihm erzählte, dass das Bild von jenem Mann im Tropenanzug den Brandanschlag überlebt hatte und dass Auguste mit von Ihlows Hilfe immerhin bereits herausgefunden hatte, in welcher Zeitung es erschienen war.

»… und Henrietta sollte irgendwann demnächst in Hohenfriedeberg ankommen.«

Ndeschio erschrak. Dann schüttelte er lediglich den Kopf und schwieg beharrlich weiter.

Auguste spielte ihre Rolle in der Villa der von Jadows nur so lange weiter, wie es ein Mindestmaß an Glaubwürdigkeit verlangte. Als sie mit Sidonie zusammen wieder unten im Parterre ankam, war von dem Mann, mit dem sich Sidonie gestritten hatte, nichts zu sehen.

»Nun, wenn Sie möchten, können Sie nächste Woche mit den Aufnahmen beginnen, Fräulein Fuchs.«

»Danke, das Angebot nehm ich sehr gerne an.«

Sidonie nickte verbindlich, und als Auguste auf ihr Rad stieg und davonfuhr, winkte sie ihr lächelnd hinterher.

Von Barnstedt hatte eine Prise Bullrich Salz in Wasser aufgelöst und flößte sich die segensreiche Mischung in kleinen Schlucken ein, um seinen Magen zu beruhigen. Dabei las er die Tagebucheinträge nochmals durch. Er kannte Ochsenziemer: Etliche Wirte in Berlin hatten so ein übel riechendes Mittelding aus Schlagstock und Peitsche hinter ihrer Theke liegen, um sich bei Angriffen Betrunkener zur Wehr zu setzen. Die Wunden, die man damit schlagen konnte, klafften mitunter handtellerbreit auf. Einem Gendarmen, den von Barnstedt kannte, hatte man vor nicht allzu langer Zeit mit einem einzigen Schlag den Unterkiefer zertrümmert, und einem anderen hatte man das Jochbein und den Augapfel so schwer verletzt, dass er sein Augenlicht verlor.

Doch Max von Jadow hatte nun mal weder mit Ganoven noch mit Kneipenwirten irgendwas gemein. Andererseits: Dass Kolonisten ihre Dienerschaft mit Peitschenhieben zu bestrafen pflegten, war nichts Ungewöhnliches, galten die Schwarzen doch als disziplinlos, dreist und träge. Und selbst die Wissenschaft gab denen, die das Auspeitschen als unentbehrliches Erziehungsmittel ansahen, insofern recht, als sie den Schwarzen eine niedrigere Entwicklungsstufe attestierte als den weißen Herren: Der sogenannten »Rassenhierarchie« zufolge waren Schwarze Affen ähnlicher als weißen Europäern. Dass die ärztlich verbriefte Überlegenheit gleichzeitig als Rechtfertigung für Barbarei und Rohheit galt – so wie sie sie unter anderem Carl Peters praktizierte –, fand Kommissar von Barnstedt schlicht empörend. Die Tagebucheinträge ließen keinen anderen Schluss zu, dass jemand – ein Diener oder eine Dienerin – infolge einer körperlichen Züchtigung gestorben war. Aber was hatte das mit Max und Sidonie zu tun? Das Ganze blieb ein Rätsel.

»Idrissou …«, murmelte von Barnstedt. War der im Text genannte Name nur rein zufällig identisch mit dem jenes Toten auf der Kolonialausstellung?

Die Post nach Deutschland musste via Tanga nach Dar-es-salaam befördert werden, und Henrietta nutzte die Gelegenheit, einem der Ingenieure, die beim Bau der Usambarabahn beschäftigt waren, den Brief nach Tanga mitzugeben.

Ihr Lieben in Berlin,
die Reise mit der Usambarabahn war kurz, aber – gemessen an den Umständen – recht komfortabel: Via Ngomeni erreicht man nach dreistündiger Fahrt das Dorf Muhesa. Am Bahnhof – bitte stellt euch keinen Bahnhof, so wie wir ihn kennen, vor! – findet sich, kaum dass der Zug dort Einfahrt hält, ein ganzer Pulk sich stimmlich überbietender Frauen und Kinder ein, die Früchte oder vielfältige Dienste für die Weiterreise anbieten.
Reginald hat uns Zelte, einen Klapptisch, Stühle, Faltbetten und was sonst noch alles nötig ist, organisiert. Auch das Bestellen eines Kochs und einer ganzen Gruppe Träger hat er übernommen; er hat die Nase praktisch ohne Unterbrechung in seinem Vokabelbuch. Und ich lern mit: Träger zum Beispiel heißt auf Kisuaheli Mbebaji. Ndiyo und hapana – ja und nein – hab ich natürlich längst gelernt. Das Wichtigste ist allerdings Tafadhali usisumbue!, was so viel heißt wie: Bitte nicht stören!, denn so was wie Privatsphäre gibt es hier nicht. Inzwischen haben wir erfahren, dass Schwester Gretchen auf dem Weg nach Moschi ist, um dort bei der Errichtung der Missionsstation zu helfen. Und mein Verehrer Ferdinand ist in die gleiche Richtung unterwegs. Wir können also noch ein ganzes Stück zusam-

men reisen, was unsere Karawane zwar nicht gerade schnell, dafür jedoch bedeutend sicherer macht. Die nächste Nachricht wird womöglich auf recht abenteuerlichen Wegen nach Berlin gelangen. Aber wenn alles gut geht, wird sie Ndeschio eindeutig entlasten, sodass er freikommt. Einstweilen seid von Herzen umarmt von Eurer
Tante Hattie – Henrietta

P.S. Das eindrucksvollste Tier hier ist ein gehörnter kleiner Drache, Chamäleon genannt. Er hat vier Greifhändchen, er kann die Farbe wechseln und die Augen unabhängig voneinander nach vorne, hinten, links und rechts bewegen. Und seine Zunge ist so lang wie der gesamte Körper. Schön nicht gerade, aber wie ich finde ausgesprochen vielseitig und praktisch ausstaffiert.

»Herr Kommissar … zu Diensten!« Sigismund Brändel buckelte beflissen, als von Barnstedt bei ihm auftauchte. Er führte ihn zur Rückseite des Hauses in den »Gassen Kairos«, in dem sich das Büro der Kolonialausstellung befand. »Womit ham wer denn dieses Mal die Ehre?«, erkundigte er sich auf dem Weg dorthin.

»Ich weiß nicht, ob ich da bei Ihnen richtig bin, aber: Gibt es bei Ihren Schutzbefohlenen jemanden – oder mehrere –, die Idrissou heißen? Ich mein': Ist das in Afrika vielleicht genauso ein alltäglicher Vorname wie bei uns Hans, Peter, Karl und Otto?«

Brändel lachte laut auf und zog eine Grimasse. »Sie glooben doch nich im Ernst, det ick mir die Namen von die Kerle merke!« Dann stutzte er. »Das heißt: *Einen* Idrissou kenn ick selbstverständlich: Idrissou … Soundso; den Nachnamen hab ick mir nich jemerkt. Es heißt doch, der, wo diese Schlangenfrau uff'm Jewissen hat, hat ooch diesen Idrissou abjemurkst, oder?«

»So *heißt* es«, von Barnstedt zögerte, »aber das ist noch nicht unbedingt erwiesen.«

»Na, der Mambila hat die Liste mit die Namen von die Schauneger. Der hilft Sie janz bestimmt bei diese Sache weiter.«

Von Barnstedt fragte sich, ob seine Fantasie ihm einen Streich spielte, aber ihm schien, dass Aleeke Mambila regelrecht zusammenzuckte, als er das Büro betrat.

»Herr Kommissar! Nehmen Sie Platz! Was kann ich für Sie tun?«

»Ach, nichts Besonderes«, von Barnstedt winkte ab. »Es geht um etwas absolut Alltägliches: Ihr leider unter schrecklichen Umständen verstorbener Freund Idrissou … Sagen Sie: Gibt es diesen Namen öfter?«

»Wieso wollen Sie das …? Ähm … Die Frage ist ja durchaus etwas ungewöhnlich«, Mambila unterbrach sich, schnappte kurz nach Luft und lachte dann jovial. »Ich meine: Ja, den Namen gibt es öfter. Bei uns in Kamerun gibt es ihn als Familiennamen *und* als Vornamen. Wieso?«

»Nichts weiter von Bedeutung.« Von Barnstedt tat, als sei die Sache damit aus der Welt. Doch in der Tür drehte er sich noch einmal um. »Und, sagen Sie, wo lebt noch mal die Witwe von Ihrem Freund? Die ist doch hier in Berlin als Dienstmädchen in Stellung, oder? Hatten Sie ihr nicht seinerzeit sämtliche Formalitäten abgenommen, die mit dem Tod ihres Mannes verbunden waren? Wie hieß sie noch?«

»Ja. Sie heißt Uma.« Aleeke Mambila griff zu seinem Teeglas – offenbar, um Zeit zu schinden. »Aber ich weiß wirklich nicht, wo sie sich mittlerweile aufhält. Wahrscheinlich ist sie schon zurück in ihrem Heimatdorf.«

Von Barnstedt dachte an den Abend bei den von Jadows und an den aufdringlichen Herrn vom Justizamt, der Max schwarzes Dienstmädchen unablässig mit seinen lüsternen Blicken verfolgt hatte.

Er hatte inständig auf Zufälle gehofft, und noch wollte er diese Hoffnung nicht ganz aufgeben. Doch jetzt blieb ihm nichts anderes übrig, als von Jadow mit alldem zu konfrontieren. Wohl war ihm nicht dabei, und er verschob das Ganze auf den nächsten Arbeitstag. Dazwischen lag der Sonntag, und der ließ ihm Zeit, alles, was er mittlerweile wusste, noch einmal zu durchdenken.

Kapitel 16

Es war nur eine Sache weniger Minuten, das blank polierte Messingschild am Eingang abzuschrauben. Als sehr viel schwieriger gestaltete es sich, die Tasche des Gehrocks zuzunähen. Es war, wie Max von Jadow schmunzelnd feststellte, das erste Mal, dass er sich mit dem Inhalt eines Nähkastens befasste, und der Gedanke, dass es gleichzeitig das letzte Mal war, amüsierte ihn. Er wählte einen weißen Zwirn, der sich so deutlich von dem dunklen Grau des Gehrocks abhob, dass die mit groben Stichen festgenähte Taschenpatte dem, der seine Leiche fand, sofort auffallen musste. Es war ihm wichtig, dass man auf der Stelle wusste, um wen es sich bei dem angeschwemmten Toten handelte. Das Türschild war für seine Zwecke ideal: Ein Stück Papier würde sich im Wasser viel zu schnell auflösen.

Für einen Selbstmord gab es zweifellos dramatischere Varianten. Es galt als kultiviert, sich mit Pistole oder Jagdgewehr am Schreibtisch sitzend zu erschießen.

Auch sich im Pferdestall an einem Balken aufzuhängen, wurde als passend für den lebensmüden Mann von Welt angesehen. »Ins Wasser gehen« war verpönt, es galt als typisch weibliche Methode. Doch ihm schien es nun mal entschieden rücksichtsvoller, in den eigenen vier Wänden keine Umstände zu machen.

Er hatte alles bis ins Kleinste vorbereitet: Das Testament und jener Umschlag, der von Barnstedt zugedacht war, lagen bei seinem Anwalt für den Tag bereit, an dem man seine Leiche finden würde. Wann das der Fall sein würde, war natürlich nicht präzise kalkulierbar, aber die Spree gab ihre Toten an der Stelle, die er für sich ausgesucht hatte, meistens bereits nach Stunden – spätestens nach Tagen – preis. Ertrinken, hieß es, sei, sobald man jene erste Phase hinter sich gelassen hatte, in der der Überlebenstrieb noch übermächtig war, ein sanfter Tod: Sobald sich das Bewusstsein trübte, glitt man entrückt hinüber in ein Stadium, in dem es weder Angst noch Zweifel noch Bedauern gab.

Die Sonne ging gerade auf, als er das Haus verließ. Er schaute nicht zurück. Die Türmchen, Erker, Söller und den ganzen Zierrat hatte er noch nie gemocht.

Nachdem Luis Auguste nicht gerade zartfühlend erklärt hatte, dass mittlerweile schon das ganze Haus von ihrem Techtelmechtel wusste, war sie – nach einem ersten Schreck – geradezu erleichtert. Und da die Angelegenheit auf keinen Widerspruch bei Hulda oder ihrem Vater stieß, hatte sie Jakob offiziell zur Wiederherstellung des Gärtchens eingespannt, das bei dem Brand im Hof vernichtet worden war. Zunächst galt es, den Tisch und die Biergartenstühle zu restaurieren, das hieß: verkohltes und versengtes Holz durch neues zu ersetzen und das Ensemble anschließend frisch zu lackieren.

»Ich mach mir ernsthaft Sorgen um von Barnstedt.« Jakob schraubte ein neues Brett auf einen Stuhl und strich sich mit dem Unterarm die Schweißtropfen von seiner Stirn. »Er ist gestern den ganzen Tag nicht im Präsidium aufgekreuzt, er geht nicht an seinen Telefonapparat, und eine Nachricht im Präsidium hinterlassen hat er auch nicht.«

»Vielleicht gönnt er sich einfach mal ein langes Wochenende.«

»Das glaub ich nicht. Der ist doch die Korrektheit in Person.«

»Auch die Korrektesten brauchen vielleicht mal einen zusätzlichen Ruhetag.«

»Nicht Kommissar von Barnstedt! Ich werde das Gefühl nicht los, da ist etwas im Busch! Seitdem er mich zu seinem Freund geschickt hat – der dann nicht erschienen ist –, vermeidet er, den Namen Max von Jadow auch nur zu erwähnen.«

Auguste kämpfte mit sich: Sollte sie Jakob von ihrer Begegnung mit dem schwarzen Dienstmädchen erzählen? Aber dann würde er den Plan, sich noch einmal bei den von Jadows umzusehen, mit Sicherheit zunichtemachen.

»Du meinst, dass dieser Tagebucheintrag, den man dir in den Hut gezaubert hat, mit dem Baron zu tun hat?«, fragte sie stattdessen.

»Ja. Nur so ein Gefühl. Es ist doch eigenartig, dass sich von Barnstedt neuerdings partout alleine darum kümmern will.«

Auguste tauchte einen Pinsel in die Lackfarbe und begann, den ersten fertig restaurierten Stuhl zu streichen. Eine Zeit lang arbeiteten die beiden schweigend vor sich hin. Am späten Nachmittag kam Hulda mit Kaffee und Marmorkuchen zu ihnen herunter, und Julius Fuchs brachte zwei Sofadecken auf den Hof. »Solange es noch keine anderen Sitzgelegenheiten gibt, müssen wir eben wie ein Engländer beim Picknick auf dem Hosenboden sitzen.« Es war das erste Mal, dass er nach dem Feuer den Hof betrat. »Jetzt, wo hier so viel Platz ist, werd ich wohl 'ne Birke pflanzen. Und wenn ihr zwei mit Tisch und Stühlen fertig seid, kümmere ich mich um die neue Vogeltränke.«

Ihr Vater war so unbeschwert und gut gelaunt wie schon seit Monaten nicht mehr, und Auguste warf einen dankbaren Blick zu Hulda hinüber. Die tat, als habe sie das nicht bemerkt, und schnitt den Kuchen an.

»Und, Herr Wilhelmi?«, fuhr Julius fort, »was machen die Ermittlungen?«

»Es geht nicht so voran, wie ich das gerne hätte«, gab Jakob zögernd zu. »Aber was diesen Giftpfeil angeht, hab ich immerhin die Aussagen der beiden Runtschen-Schwestern: Hanna und Jenny saßen Ndeschio gegenüber. Die beiden hätten zweifellos gesehen, wenn er mit einer Spritze oder einem giftgefüllten Pfeil ...«

»Und warum lässt man ihn nicht endlich frei?«, warf Hulda ein.

»Weil man ihm ja auch noch den zweiten Mord – auf der Kolonialausstellung – andichtet. Und weil er immer noch darauf besteht, schuld an Charlottes Tod zu sein.«

»Das heißt, wir sind auf Henrietta und auf Christian Paulus angewiesen.«

»Ja. Und das kann gut und gerne noch etliche weitere Wochen dauern.«

Ihr Lieben,
schnell noch, bevor ich schlafen gehe, ein paar Zeilen: Im Morgengrauen gegen sechs Uhr marschieren wir meist ab, wenn noch der Tau auf Bäumen und auf Sträuchern liegt. Wir Weißen werden jeweils von vier Mann getragen, aber Ihr müsst nicht etwa denken, dass Getragenwerden angenehm ist: Glaubt mir, ich bin noch nie so durchgerüttelt worden, denn jeder läuft so, wie er will, und natürlich sind nicht alle Träger gleich groß. Sie singen, während sie uns schleppen. Das klingt nicht gerade wie im Royal Opera House, aber es tröstet mich ein wenig darüber hinweg, dass ich in dieser Wildnis – wörtlich – »nicht auf eigenen Füßen stehen« oder besser: »auf eigenen Füßen gehen« kann.
Es wird bei uns ja viel über die sagenhafte Tierwelt hier in Deutsch-Ostafrika geschrieben. Dabei vergisst man leider zu erwähnen, dass es vor allem lästige Insekten sind (zum Teil handgroße Spinnen!), mit denen man als Reisender zu tun hat.
Einer der Träger – Mwaniki mit Namen – hatte sich einen Dorn in seine Fußsohle getreten, und die daraus entstandene Entzündung schmerzte sehr. Reginald, hilfsbereit wie immer, reinigte die Wunde, strich sie mit Jod ein und verband den Fuß. Nicht einmal zehn Minuten später standen an die zwanzig Leute

da, die Schmerzen hatten: an den Armen, Beinen, an Hals und Rücken oder sonst wo. Reginald hat sie allesamt mit Hamamelis-Salbe eingeschmiert. Sie waren überzeugt, dass er ein Doktor sei, und Reginald hat ihnen nur sehr halbherzig zu widersprechen versucht. Jetzt ist es schon nach fünf, die Sonne sinkt, um sechs Uhr ist sie fort, und eine Viertelstunde später herrscht hier tiefe, dunkle Nacht, nur vor den Hütten brennen noch die Holzfeuer. Gegen acht Uhr liegt alles dann im tiefsten Schlummer, auch ich, denn draußen sitzen zu bleiben ist gefährlich – wegen der Schlangen und der wilden Tiere.

Morgen brechen wir endlich zur letzten Etappe auf. Mit etwas Glück sind wir am Abend in Hohenfriedeberg.

Ich hoffe, ihr bekommt von dort die langersehnten guten Nachrichten.

In Liebe Tante Hattie/Henrietta

»Schon wieder eene.« Die Mädchen aus dem Friedrichs-Waisenhaus waren den Anblick angetriebener Wasserleichen schon gewöhnt: Nicht weit von ihrem Badeschiff im Rummelsburger See entfernt fiel das Gelände sanft zu einer flachen, nur mit niedrigem Gebüsch bewachsenen Stelle ab. Dort gab die Spree nicht selten ihre Opfer preis. Meist waren es Selbstmörderinnen oder Menschen, deren Kleidung darauf schließen ließ, dass sie bei einem Bade- oder Bootsunfall ertrunken waren. Doch diesmal war es keine Frau, und seine elegante Straßenkleidung unterschied den Toten von den herkömmlichen Wasserleichen.

»Der sieht ja aus, als wär er jrade erst ersoffen.«

»Jenau. Ha'm jedenfalls noch keene Fische dran jeknabbert.«

»Det is 'n feiner Pinkel. Kiek dir die Kledage an.«

»Schluss jetzt! Und ab mit euch! Und zwar 'n bisschen dalli!« Die beiden Fräuleins scheuchten ihre Schutzbefohlenen zurück ins Haus, um sich den Mann am Ufer selbst einmal genauer anzusehen. »Und sagt Marie Bescheid, dass sie uns 'nen Gendarm und wenn es geht auch gleich 'nen Leichenwagen schicken sollen.«

Der Mann wies keine äußere Verletzung auf, was Fräulein Bertha und Fräulein Helene darauf schließen ließ, dass kein Gewaltverbrechen als Ursache für seinen Tod infrage kam. Aber selbst für den Fall, dass es sich nicht um einen Selbstmord handelte, war es für beide Fräuleins ein Gebot der Pietät und Nächstenliebe, den Toten ordentlich am Ufer hinzulegen und so gut es ging zu säubern. Sein eleganter Gehrock war aus feinster Wolle, die Hände mit den makellos gepflegten Fingernägeln wiesen keine Spur von Schwielen auf, und auch sein sonstiges Erscheinungsbild ließ keinen Zweifel daran zu, dass dieser Mann aus gut betuchten Kreisen stammen musste.

»Wat so einer sich dabei denkt, sich zu versündigen …« Das Fräulein Bertha schüttelte empört den Kopf, »dem hat's im Leben doch an nischt gefehlt.«

Helene zuckte mit den Achseln. Sie war bei Weitem nicht so religiös wie ihre Kollegin Bertha und konnte sich durchaus Gegebenheiten vorstellen, mit denen man nicht weiterleben wollte. Die ungelenk mit weißem Zwirn verschlossene Tasche weckte ihre Neugier. Sie zog eine der Haarnadeln aus ihrem Knoten, und ritsch, ratsch war der Faden durch.

»Hier unten liegt er!«, rief Helene dem Gendarm entgegen, als dieser eine halbe Stunde später an den Leichenfundort kam, »eindeutig Selbstmord! Und der Tote heißt von Jadow!«

»Aha. Und woher wollen Sie das wissen?«

Statt einer Antwort hielt sie ihm ein Klingelschild aus Messing hin. »'n ausgesprochen schlauer Kerl. Schade, dass der nu nich mehr is.«

Professor Straßmanns Untersuchungen bestätigten die Schwestern aus dem Rummelsburger Waisenhaus: Das Spreewasser in Max von Jadows Lungen und das Fehlen jeder Spur von Fremdeinwirkung, gepaart mit jenem kuriosen Einfall, sich posthum mit dem eigenen Klingelschild zu identifizieren, führte zu keinem anderen Schluss, als dass er sich aus freiem Willen selbst getötet hatte.

Die Witwe zu benachrichtigen, war in solchen Fällen eine heikle Angelegenheit, und bei einem Baron war besondere Diskretion geboten, denn offiziell würde der Tod mit Sicherheit mit einem Sportunfall erklärt. »... das Ruderboot gekentert« oder »... beim Schwimmen einem Herzanfall erlegen«; auf etwas dieser Art lief so was meist hinaus.

Straßmann vermisste nicht zum ersten Mal Reginald Wündrich. Doch da der Junge sich derzeit in Afrika herumtrieb, ordnete er an, dass jemand mit vergleichbar anständigen Manieren zur Villenkolonie hinausfuhr und die Todesnachricht überbrachte.

»Ich hab es rausgefunden!«, blökte ein aufgekratzter junger Mann am frühen Montagmorgen ins Telefon. »Der Zeichner heißt Berthold Zielinsky!«

»Aha?« Zunächst hatte Auguste keine Ahnung, wer der Kerl am anderen Ende der Leitung war.

»Das Bild von diesem Tropenanzugsheini! Hatten Sie doch seinerzeit so dringend nach gefragt!«

Oh je, dachte Auguste, der Volontär vom Ullstein-Verlag! »Verzeihung, aber so früh morgens bin ich noch nicht richtig wach!«

»Ich hatte Nachtdienst in der Redaktion, und als ich heute früh endlich den Namen rausgefunden hatte, hab ich gedacht, ich ruf Sie eben an, bevor ich mich nach Hause und ins Bett begebe.«

Ins Bett zurück würd ich jetzt auch gern, dachte Auguste und gab sich Mühe, nicht allzu laut zu gähnen.

»Zielinsky sagt, er weiß noch ganz genau, was ihm der Fotograf erzählt hat. Der, dessen Aufnahme als Vorlage gedient hat.«

»Ja?«

Pause.

»Ja.«

Noch eine Pause.

»Und?!« Du lieber Himmel! Auguste stöhnte leise – für einen künftigen Zeitungsredakteur war der Junge aber nicht gerade eloquent!

»Das Bild ist Mitte Oktober 1894 erschienen, anlässlich der Eröffnung der Etappe Tanga – Pongwe uns're Usambarabahn. Aber die Vorlage, also die Fotografie, ist schon früher aufgenommen worden. Bei 'ner Safari, hat der Fotograf gesagt.«

»Und konnte der sich noch daran erinnern, wer auf seinem Bild zu sehen ist?«

»Ja.«

Pause.

»Und wer?«

»So 'n Kaffeefritze.«

»Und den Namen weiß er nicht mehr?«

»Doch.«

Ich krieche gleich durch diesen Apparat und erwürg den Kerl, dachte Auguste. »Das heißt, der Mann im Tropenanzug heißt ...?«

»Von Jadow. Max von Jadow!«

Der Volontär war hörbar stolz auf das Ergebnis seiner Nachforschungen. Doch statt einer Begeisterungsbekundung herrschte Stille.

»Hallo? Fräulein Fuchs?«

Auguste traute ihren Ohren nicht.

»Hallo? Sind Sie noch da?«

»Ja. Tausend Dank!«, brachte Auguste gerade noch hervor. Sie würde sich mit einem Buch oder einem anderen Geschenk bei diesem Volontär erkenntlich zeigen. Aber als Erstes rief sie Jakob an. »Bitte! Wir müssen etwas tun!«

»Mein Beileid.«

Sidonie von Jadow nickte wortlos, schloss die Tür und atmete erleichtert aus. Max hatte endlich wahrgemacht, was er seit fünfundzwanzig Jahren immer wieder angekündigt, aber nie zustande gebracht hatte: ein Held, zurückgekehrt nach dem glorreich gewonnenen Krieg, und sie damals kaum zwanzig, aber eigentlich schon Witwe. Verletzungen wie seine kämen, wie es hieß, im Krieg nur äußerst selten vor, aber sie müsse sich bedauerlicherweise damit abfinden, dass der Baron zur sogenannten »ehelichen Beiwohnung« nie mehr imstande sein werde.

Man hatte sich darauf geeinigt, dass eine Scheidung schon aus Rücksicht auf den Ruf beider Familien nicht infrage kam. Max hatte ihr den einen oder anderen Liebhaber zugebilligt, solange beide Seiten dabei rücksichtsvoll und mit der nötigen Verschwiegenheit vorgingen. Ein dummer, kleiner Fahnenjunker hatte das Tabu gebrochen, aber in Afrika zeigte sich, dass dort ein außereheliches Liebesleben leichter zu verbergen war, als sie vermutet hatte: Zwar hielten sich Max' Freunde völlig selbstverständlich schwarze Konkubinen, doch der Gedanke, dass sich eine weiße Frau schwarze Geliebte nehmen könnte, war für die Herren so absurd, dass es nicht einmal Verdacht erregte, als sie Aleeke, Idrissou und die kleine Uma von Douala aus mit nach Deutsch-Ostafrika genommen hatten.

»Schwarz steht dir gut«, flüsterte Sidonie, als sie sich vor dem Spiegel drehte. Das Trauerkleid aus schwerer, schwarzer Atlasseide hatte sie in Berlin, sofort nach ihrer Rückkehr, schneidern lassen.

Dass Max so lange mit der Konsequenz aus allem, was geschehen ist, gewartet hat …

Zu dumm: Die Mode wechselt ja so schnell …

Die Ärmel müssen abgeändert werden, und der Kragen könnte gern ein Spürchen weiter sein …

Ich werde mir wohl vorsichtshalber einen schwarzen Schirm herstellen lassen …

… falls es bei der Beerdigung regnen sollte …

Von Barnstedt hatte den ganzen Sonntag lang mit sich gerungen. Dann stand es für ihn fest: Er musste Max mit seinen Fragen konfrontieren, auch wenn ihn das vermutlich dessen Freundschaft und die vielversprechenden Beziehungen kosten würde, die mit der Mitgliedschaft in seinem exklusiven Herrenclub verbunden waren. Um Jakob aus dem Weg zu gehen, hinterließ er eine kurze Nachricht auf dem Schreibtisch im Präsidium, aus der hervorging, dass er erst am Nachmittag zurück sein werde. Während er in der Droschke Richtung Grunewald saß, grübelte er, wie er es anstellen könnte, das schwarze Dienstmädchen vor Strafe zu bewahren: Schließlich war sie die einzige Person, die für das Aus-dem-Haus-Schmuggeln der Tagebuchtexte infrage kam. Am unbehaglichsten jedoch war der Gedanke, zum ersten Mal nach jenem unglücklichen Abend auf Sidonie zu treffen. Er hoffte inständig, dass Max zu Hause war und ihn nicht einen Augenblick lang mit Sidonie alleine ließ.

Auguste schnallte sich, wie es inzwischen schon Routine war, die Fotoausrüstung und das Stativ auf ihren Rücken.

»Mensch, Häseken!«, rief Hulda in den Hof hinunter. »Wo willste denn schon wieder hin? Wir wollten uns doch endlich mal von Frau zu Frau …«

»Das werden wir, Hulda! Versprochen!« Auguste stieg aufs Rad und rief im Wegfahren noch einmal: »Ehrlich! Gleich, wenn ich wiederkomme!« Wenn Hulda etwas zu besprechen hatte, bei dem kein anderer dabei sein durfte, musste es sich wohl um etwas Ernstes handeln.

Aber dafür war schließlich auch am Abend Zeit genug. Jetzt hieß es erst mal, sich den Zorn vom Leib zu strampeln. Nachdem der Volontär ihr Max von Jadow sozusagen auf dem Silbertablett präsentiert hatte, war sie geradezu euphorisch davon ausgegangen, dass Jakob schnurstracks in die Villa am »Platz A« marschieren würde, um den Mann, auf dessen Spur Ndeschio und Charlotte Paulus nach Berlin gekommen waren, festzunehmen. Doch Jakobs Reaktion fiel anders aus, als sie erwartet hatte. »Zuerst muss ich von Barnstedt über alles informieren. Und dann mit Eyck von Ihlows Hilfe Ndeschio dazu bringen, dass er erklärt, wie dieses Bild aus einer deutschen Illustrierten in seinen Besitz geraten ist. Und überhaupt ist es doch nur eine Vermutung, dass es den Mann zeigt, der auf einer Großwildjagd Ndeschios Bruder, seine Schwägerin und seine Nichte umgebracht hat.«

»Das darf nicht wahr sein!« Auguste zog schon während des Disputs mit Jakob ihr Nachthemd aus und angelte nach ihrer Fahrradmontur. »Wenn ihr ihn nicht festnehmt, bucht der Kerl sich vielleicht einfach die nächstbeste Schiffspassage und ist dann mir nichts, dir nichts über alle Berge!«

»Gustchen, hör mir doch bitte einen Moment in Ruhe zu!«

Doch Auguste hatte bereits den Hörer auf die Gabel geworfen und war wütend aus dem Zimmer gerannt.

Wie eigenartig, dachte Kommissar von Barnstedt, dass das Namensschild nicht mehr an seinem Platz ist. Obwohl ansonsten nichts im Vorgarten oder am Haus verändert schien, hatte er ein beklemmendes Gefühl in der Magengrube, als er auf den Klingelknopf drückte.

Die Tür ging auf, doch niemand war zu sehen. Er stieg die Eingangstreppe hoch und trat ins Haus.

»Max?«

Keine Antwort. Vom Personal war offensichtlich niemand in der Nähe. Im Morgenzimmer hörte er ein Rascheln, dann ein knackendes Geräusch. »Sidonie?«

Als keine Antwort kam, klopfte von Barnstedt an die angelehnte Tür.

»Komm rein.«

Unter dem ausgestopften Schädel einer Antilope stand eine schlanke, weibliche Gestalt in Schwarz mit einem Jagdgewehr im Anschlag.

Luis, Hulda und selbst Julius Fuchs konnten beim besten Willen nicht sagen, wohin Auguste unterwegs war, und Jakob ärgerte sich maßlos über das sang- und klanglose Verschwinden seiner Liebsten.

Als er im Präsidium ankam, fand er lediglich eine Notiz vor, aus der nichts weiter zu entnehmen war, als dass von Barnstedt irgendwann im Lauf des Tages wieder im Büro auftauchen werde.

Jakob beschloss, zur Villenkolonie zu fahren und diesmal nicht nur mit der Hausherrin, sondern mit Max von Jadow selbst zu sprechen. Einen Vorwand dafür würde er schon finden. In Hut und Mantel rief er hastig Eyck von Ihlow an und bat ihn, heute noch ein Gespräch mit Ndeschio in die Wege zu leiten. Kaum hatte er den Hörer wieder in die Gabel eingehängt, klopfte ein junger Bursche an die Tür.

»Die Rechtanwaltskanzlei Jonas und Hirsch hat mich geschickt. Das soll ich Kommissar Hubert von Barnstedt übergeben.« Er reichte Jakob einen Briefumschlag, Jakob quittierte die Entgegennahme, und im Nu war der Kanzleibote verschwunden – mit einem Trinkgeld seitens eines Polizeibeamten rechnete er offensichtlich nicht.

Als Jakob den mit »Kommissar Hubert von Barnstedt, Polizeipräsidium« adressierten Umschlag auf den Schreibtisch seines Vorgesetzten legte, stellte er fest, dass sich im Innern noch ein weiteres Kuvert befand. Mit einigem Geschick ließ sich die Aufschrift dort – in einer anderen Handschrift als der auf der Außenhülle – entziffern. »Im Falle meines Ablebens« war zu erkennen. Und die Initialen »M .v. J.«.

Die Kugel hatte unterhalb von Barnstedts Schlüsselbein das rechte Schulterblatt durchschlagen. Er spürte – eigentümlich, wie er fand – nicht die geringsten Schmerzen. Stattdessen zog das Blut, das sich in Windeseile auszubreiten schien, seine gesamte Aufmerksamkeit auf sich: Es fühlte sich wie eine heiße Lavamasse an, die unaufhörlich aus der Wunde quoll.

»Du wirst aus dieser Sache nicht mit heiler Haut herauskommen.« Sidonies Stimme klang sanft wie immer. Sie stellte das Gewehr beiseite und nahm auf einem der beiden Büffelhornsessel Platz. »Du wirst verbluten. Uma und Aleeke ebenfalls. Ich werde meinen lieben Max posthum für wahnsinnig erklären lassen, und niemand wird auf den Gedanken kommen, dass ich mit dem Ableben der kleinen Paulus – und dem, was sonst so alles vorgefallen ist – auch nur das Geringste zu tun haben könnte.«

»Warum ...?« Von Barnstedt hatte das Gefühl, sein Mund, sein Rachen und sein ganzer Brustkorb seien ausgetrocknet.

Statt einer Antwort schloss Sidonie die Augen und lächelte in der Erinnerung an etwas, das ihr offensichtlich Freude machte. »Jaja, die süße, kleine Schlangenfrau ...« Sie lachte unvermittelt auf, als habe gerade jemand einen Witz mit einer ganz besonders pfiffigen Pointe erzählt. »Ich habe mir die Zeit mit einem hübschen Spiel vertrieben. Es hat ja doch gedauert, bis sich eine Gelegenheit geboten hat, die Frau, die uns gefährlich werden könnte, umzubringen.«

Von Barnstedt zwang sich durchzuatmen, um nicht das Bewusstsein zu verlieren, und Sidonie parlierte weiter, ohne Pause, als sei das alles nur ein netter Plausch beim Tee. »Ich hab dem Schlangenmädchen nach und nach – und anonym, versteht sich – kleine Geschenke zugeschickt: Schmuck, einen Schal, Parfüm ... ein buntes Allerlei von Kostbarkeiten, die ich gerade im Hause hatte. Für deren Verschwinden hat dann Uma jeweils kräftig Prügel eingesteckt. Sie kann kein Deutsch, aber was es bedeutet, wenn man sie ›verfluchte Diebin‹ nennt, weiß sie genau. Du siehst: Ich komme immer irgendwie auf meine Kosten. Und wenn du *mich* fragst, hab ich das verdient!«

Übergangslos stand Sidonie aus ihrem Sessel auf, ging auf von Barnstedt zu, hob ihren Rocksaum und versetzte ihm einen gezielten Tritt. Und einen zweiten, dritten, vierten, bis ihm schwarz vor Augen wurde.

Auguste wunderte sich, dass das Türschild fehlte und die Haustür aufstand. Sie stieg vom Rad und ging, die Ausrüstung und das Stativ auf ihrem Rücken, zum Eingang. Bevor sie den Türklopfer in Bewegung setzen konnte, legte sich eine schwarze Hand über die ihre. Das Dienstmädchen bedeutete ihr gestisch, keinen Laut von sich zu geben und ihr zu folgen: in den Vorgarten und dann ums Haus herum, auf den noch unbepflanzten Streifen, der an das Nachbargrundstück grenzte.

»Hier gut«, flüsterte Uma Ntamag und deutete mit einer Geste an, dass man sie hier unter dem Söller nicht durch eines der Fenster sehen konnte. Sie zog eine zerlesene alte Kinderfibel unter ihrer Schürze vor. Die Zeichnungen darin waren mit ungewöhnlichen Buchstabenfolgen versehen, mit ungelenk geschriebenen Wörtern in einer fremdem Sprache. Auguste wollte es kaum glauben. »Bringst du dir etwa selbst Schreiben und Lesen bei? Und Deutsch?«

Uma Ntamag nickte. »Po-li-zei-mann«, sagte sie und deutete auf eine Illustration in ihrer Fibel. »Polizeimann in … Haus«, sie legte die Hand auf ihre Brust, »hier weh. Blut. Du Hilfe. Bitte.«

Hieß »Polizeimann« Kommissar von Barnstedt? Oder war Jakob in Gefahr? Auguste nahm die junge Schwarze bei der Hand und rannte los. »Jemand hier in der Gegend muss uns sofort an seinen Fernsprechapparat lassen.«

Ihre Erleichterung war grenzenlos, als Jakob sich bei ihrem Anruf meldete.

Als er nach einer endlos scheinenden Dreiviertelstunde »Platz A« im Grunewald erreichte, sah alles so wie immer aus – reich, und schön und friedlich. Er hatte die Kollegen mit der »Grünen Minna« in einer der Zufahrtsstraßen zurückgelassen: Hier gab es keine Deckung; der Platz war noch nicht lückenlos bebaut. Auguste und Uma Ntamag saßen gegenüber der von Jadow'schen Villa im Vestibül eines weiß-roten Fachwerkhauses. Die Köchin, die allein im Hause war, hatte den beiden erst nach langem Hin und Her erlaubt, den Fernsprechapparat der Herrschaft zu benutzen. »Madame ist dieser Tage noch zur Kur in Baden-Baden, und unser gnädiger Herr macht heute einen Segeltörn auf unserem schönen Wannsee.«

Dass es bei dem Anliegen der beiden jungen Frauen um Leben oder Tod ging, hatte die standhafte Verteidigerin des Hauses zunächst partout nicht glauben wollen: So etwas kam in ihrer Gegend niemals vor! Doch dann war in der Villa der von Jadows ein Schuss gefallen, und plötzlich konnte es ihr gar nicht schnell genug gehen, Auguste an den Telefonapparat ihres Dienstherren zu lassen.

Jakob nahm sich kaum die Sekunde, Auguste zur Begrüßung zu umarmen. Er dirigierte drei Gendarmen ungesehen durch die offene Eingangstür. Im Flur hörte man lediglich die dumpfen, gleichmäßigen Töne, die das Pendel einer Standuhr von sich gab.

»Treten Sie ruhig ein, meine Herren«, hörte man Sidonie im Morgenzimmer rufen. »Aber stolpern Sie nicht.«

Die Tür ließ sich nur einen Spalt breit öffnen. Ein toter Körper lag quer vor der Schwelle.

Etwa zur gleichen Zeit – und ohne etwas von dem, was im fernen Deutschland vor sich ging, zu ahnen – trafen Henrietta und Reginald in der Missionsstation Hohenfriedeberg ein. Doktor Christian Immanuel Paulus war ein besonnener älterer Herr. Natürlich, so viel gab er zu, *natürlich* hatte Ndeschio – ihm gegenüber – brieflich sein Geständnis widerrufen. Aber er hatte ihn, was die Behörden anging, auch zu striktem Stillschweigen verpflichtet, und der Doktor hielt sich, auch wenn Henrietta ihm mit Engelszungen zuredete, an sein Versprechen. Aber er könne, wie er zugab, ein paar Wochen Heimaturlaub gut gebrauchen. Dann könne er mit Ndeschio sprechen, und man würde weitersehen. Das Endergebnis der Verhandlungen bestand in einem Telegrammtext, den Reginald dem schnellsten ihrer Träger Richtung Tanga mitgab:

+++ Dar-es-Salaam +++ Berlin +++
Ndeschios Widerruf liegt vor +++ in vier Wochen Ankunft Christian Paulus in Berlin zwecks Zeugenaussage +++
Gruß Henrietta +++

Der einzige Wermutstropfen für Reginald bestand darin, dass es, wie Dr. Paulus ihm schmunzelnd erklärte, in den luftigen Usambara-Bergen bisher noch nicht einen einzigen Malariafall gegeben hatte.

Aleeke Mambila war tot. Und Sidonie von Jadow lachte. Durch den Türspalt konnte man eine zweite männliche Gestalt erkennen: Von Barnstedt lag reglos am Boden. Ob er noch lebte, war nicht zu erkennen.

»Bitte, Baronin, legen Sie die Waffe weg und lassen Sie uns unserem Kollegen helfen.«

»Aber ich sagte doch: Kommen Sie rein. Kostet Sie lediglich ein bisschen Kraft, Aleekes Leiche wegzuschieben, der kann nun mal nicht selber aufstehen. Der ist ja tot, wie Ihnen sicher nicht entgangen ist.«

Jakob gab einem seiner Kollegen ein Zeichen, und der verschwand zurück nach draußen.

Kurze Zeit später ging das Glas in der Terrassentür zu Bruch, und Jakob nutzte den Moment, den Raum zu stürmen. Sidonie leistete keinerlei Widerstand. Im Gegenteil: Sie lächelte; blass, zart und schön, so wie sie jeder kannte. Und Schwarz stand ihr besonders gut.

Kapitel 17

Auguste brachte Kommissar von Barnstedt die neueste Ausgabe des *Simplizissimus* ans Krankenbett, und Jakob hatte das Kuvert dabei, das der Kanzleibote bei ihm abgegeben hatte. Es war, das wusste Jakob, im Sinne der Genesung angebracht, Patienten nur mit guten Nachrichten – oder zumindest Tröstlichem und Angenehmem – zu versorgen. Er ging bei Max von Jadows Schreiben davon aus, dass es sich entweder um einen Abschiedsbrief oder um eine großzügige Schenkung handelte.

Von Barnstedt bat Auguste, ihm das Schreiben vorzulesen. »Ich bin zwar auf dem Weg der Besserung, aber im Liegen liest es sich so schlecht.«

»Mein lieber Freund«, begann Auguste, *»ich ziehe es vor, mich selbst zu richten, und wenn du diesen Brief in Händen hältst, ist das bereits geschehen: Ich muss und möchte dem, was ich jahrzehntelang vertuscht, verschwiegen und beschönigt habe, mit meinem Tod ein Ende setzen.«* Auguste blickte auf. »Das ist ja sehr … persönlich. Und ein lan-

ger Brief. Möchten Sie mit dem Lesen nicht vielleicht so lange warten, bis Sie wieder ganz gesund und auf dem Posten sind?«

»Nein, nein«, von Barnstedt winkte ab. »Wissen Sie, ich respektiere jeden, der – aus welchem Grund auch immer – sein Leben vorzeitig beendet. Und wenn Max ausgerechnet *mir* so einen langen Abschiedsbrief geschrieben hat, würd ich schon gerne wissen, was er mir posthum zu sagen hat.«

»Gut, wie Sie möchten. Also, dann les ich weiter:

Ich habe all die Jahre tatenlos mit angesehen, wie Sidonie sich nach und nach in ihren Wahn hineingesteigert hat. Vielleicht ist es tatsächlich meine Schuld, dass es ihr Freude macht, anderen Lebewesen Schmerzen zuzufügen. Es fing mit einem unserer Hunde an. Sie hat ihn wegen einer Bagatelle totgeschlagen. Später hat sie die Peitsche und den Ochsenziemer auch bei einem unserer schwarzen Diener eingesetzt.«

Auguste ließ die Seite sinken. Von Barnstedt starrte unverwandt zur Zimmerdecke, und Jakob saß, den Kopf gesenkt, auf seinem Stuhl am Fußende des Krankenbetts. Als keiner ein Wort sagte, fuhr sie mit dem Lesen fort. »*Als dann auch Linou eine dieser Auspeitschungen nicht überlebt hat, haben wir Kamerun von einem Tag zum anderen verlassen. Die Kolonialverwaltung hat die Ermittlungen, wie ich erfahren habe, recht bald eingestellt. Ein zweites Mal die Sache zu vertuschen war unmöglich. Ich dachte, wir sind in Ostafrika in Sicherheit, und können neu beginnen. Doch dann, bei einer Jagdgesellschaft, kam die Geschichte mit Ndeschio Tembas Bruder. Sidonie hatte das arme Mädchen – Tembas Nichte – einigen unserer Gäste zu deren Vergnügen angeboten.*«

Augustes Stimme brach. Jakob stand leise auf, nahm ihr die restlichen Briefseiten aus der Hand und las an ihrer Stelle weiter. »*Das Mädchen hat um sich geschlagen und geschrien. Und daraufhin hat Sidonie wie eine Rasende auf sie eingeschlagen. Als die Eltern der Kleinen zu Hilfe kommen wollten, hab ich sie erschossen. Beide waren sofort tot. Ich habe sie umgebracht, um Sidonie zu schützen. Heute kann ich es selbst nicht begreifen. Ich hab sie abgeknallt wie wilde Tiere.*«

»Großer Gott …«, murmelte von Barnstedt. Er hob die Hand und bat um einen Augenblick, um sich zu fassen. Dann sagte er: »Lesen Sie weiter, Jakob.« Es war das erste Mal, dass er ihn nicht mit dem Familiennamen ansprach.

»*Mein lieber Freund*«, las Jakob, »*du musst mir um der alten Zeiten willen und bei allem, was dir heilig ist, versprechen, dich dafür einzusetzen, dass man Sidonies Handlungen als Folge einer Seelenkrankheit anerkennt. Ob das in gleichem Maße auf Aleeke – ihren langjährigen Liebhaber – zutrifft, vermag ich nicht zu sagen. Aleeke Mambila tut ohne zu zögern alles, was Sidonie ihm befiehlt. Natürlich wusste sie um seine Fähigkeiten im Umgang mit Blasrohr und Giftpfeilen. Und als es um die Haremsfotografien ging, hat sie ihm kurzerhand aufgetragen, Idrissou zu ermorden. Aleeke hat ihr zuliebe seinen besten Freund getötet, und das auf die vage Aussicht hin, Charlotte Paulus aus dem Weg zu räumen. Der Tod der jungen Frau tut mir unendlich leid. Und dass Ndeschio Temba für Mambilas Taten büßen soll, kann ich mir nicht zu all dem anderen aufs Gewissen laden.*

Ich bitte Dich nicht um Vergebung, denn die kann es für mich nirgendwo und niemals geben. Aber ich bitte dich darum, das Leiden zu beenden, das ich durch mein Verhalten mitverschuldet habe. In alter Freundschaft, Max.«

Kapitel 18

Ndeschio hatte sich nach seiner Freilassung entschlossen, mit Doktor Paulus nach Hohenfriedeberg zurückzugehen, und Reginald nahm seine Arbeit bei Professor Straßmann wieder auf. Und wenn es auf dem »Leichenkommissariat« mal nicht so viel zu tun gab, ließ sich Professor Straßmann gern bei einem Gläschen Rotwein von Reginalds Abenteuern in Ostafrika berichten. »Wündrich, was halten Sie davon, meinen Kollegen Robert Koch kennenzulernen? Der interessiert sich ebenso wie Sie besonders für Malaria!«

Henrietta reiste von Berlin aus mit deutlich mehr Gepäck als sonst zurück nach Oxfordshire: Ferdinand Wohlgemuth besaß zwar keinen Adelstitel, doch eine ausgesprochen umfangreiche, ausgesprochen exquisite Garderobe.

Zu Vetter Gustavs Ärger war das Fuchs'sche Fotoatelier bereits im Herbst wieder genauso ausgebucht wie vor dem Feuer, und die Verheiratung seiner Cousine ließ auf sich warten. Julius stand ab und zu noch mal im Laden, aber er schien Huldas gemütliches Zuhause und sein Hofgärtchen mit der frisch gepflanzten Birke sehr zu genießen.

Es war mal wieder spät geworden, und Auguste löschte hochzufrieden mit dem Ende ihres Arbeitstags das Licht im Laden. Sie war schon fast im Hausflur, als es an der Eingangstür klingelte.

»Tut mir leid! Für heute geschlossen!«, rief sie in Richtung Verkaufsraum, doch der späte Besucher ließ sich nicht abwimmeln und verlegte sich auf lautes Klopfen. Auguste war friedlich gestimmt und ging mit einem höflichen »Morgen ist auch noch 'n Tag« zurück zur Ladentür.

Davor stand Kommissar von Barnstedt.

»Hoppla!«, sagte Auguste und schloss auf.

»Tut mir leid, dass ich so spät noch störe, aber ich habe ein – ähm – diskretes Anliegen, bei dem ich nicht gern anderen Kunden begegnen möchte.«

»Verstehe.« Auguste nickte, obwohl sie sich beim besten Willen nicht vorstellen konnte, wieso von Barnstedt für einen Besuch im Fuchs'schen Fotoatelier den Schutz der Dunkelheit suchte. Ein Bild im Badekostüm vielleicht? Einen entsprechenden Hintergrundprospekt – »Ostseestrand mit Badekarren« – gab es durchaus, aber von Barnstedt im quer gestreiften Einteiler? Womöglich mit Sandschäufelchen und Schwimmring? Zumindest ließ der Deckelkorb, den er unter dem Arm trug, darauf schließen, dass bei seinem geheimen Vorhaben Requisiten im Spiel waren.

»Wenn Sie sich ausnahmsweise jetzt noch eben die Zeit für ein paar Aufnahmen nehmen könnten …«

»Natürlich. Kein Problem.« Auguste hätte nur *zu* gern gewusst, wen Jakobs Vorgesetzter mit diskreten Fotos zu beglücken wünschte. Doch für *allzu* Diskretes war sie nicht zu haben, das würde sie ihm schon mit allem Nachdruck deutlich machen. Sie lotste Kommissar von Barnstedt durch den dunklen Laden in den Hausflur, drückte den Rufknopf, und der Aufzug ratterte zu ihnen runter ins Parterre. »Ins Atelier, bitte, Luis.«

»Sehr wohl.« Luis bediente seine Knöpfe und Hebel und warf Auguste einen fragenden Blick zu. »Bissken spät dran, unser Herr Kommissar, wa?«

Statt einer Replik erklang ein lang gezogenes »Miaaau«.

»Ach herrje! Den Nachbarn ihre Mieze treibt sich wiedermal bei uns in't Treppenhaus herum.« Luis hob entschuldigend die Achseln. »Soll se nich. Aber will se nu mal. Und Mäuse inne Bude braucht ja nu keener, wa?« Er fand es ausgesprochen irritierend, dass von Barnstedt angesichts dieser sachlichen Feststellung vom Stehkragen aufwärts bis in die Ohren rot wurde. Doch noch bevor er diesem Rätsel auf die Spur kam, erreichte der Lift das Dachgeschoss, und Luis sagte »Bitte sehr« und machte seinen obligaten Diener.

Zwei Wochen später klingelte der Postbote von Chadlington am Dienstboteneingang von Evenlode House. »A letter from Germany. For Mister Carson.«

Portia Wilton, Henriettas Haushälterin, nahm den Brief entgegen und befühlte neugierig dessen Inhalt. Ein rechteckiges Pappstück. Ein Foto? Hatte der gute Cedric etwa eine Brieffreundin? Vielleicht sogar eine heimliche Liebschaft? Doch Cedric Carsons Reaktion ließ auf keinen amourösen Kontext schließen: Er war genauso irritiert wie Portia Wilton und noch irritierter, als die Fotografie aus dem Umschlag glitt. Nachdem er sich vergewissert hatte, dass *Her Ladyship* zufällig einmal nicht mit ihrem neuen Dauergast durch den herbstbunten Park flanierte, klopfte er an die offen stehende Tür zum Morgenzimmer.

»Milady?«

»Cedric?«

»Excuse me, but may I ask for your help?«

»Of course!«

»There is a letter from Germany«, Cedric schwenkte ein eng beschriebenes Blatt Papier, »and I don't understand …«

Henrietta überflog die Zeilen.

Sehr geehrter Herr Carson,
wie ich von Lady Droydon-Jones vernommen habe, stellen Sie nach entsprechenden Vorlagen ganz reizende Porträts von unseren liebgewordenen Hausgenossen her.

Henrietta griff nach der beigelegten Fotografie. Der ionische Pappmaché-Säulenstumpf aus dem Fuchs'schen Atelier war unverkennbar. Und obendrauf saß eine pummelige schwarze Katze. Schmunzelnd las Henrietta weiter.

Anbei eine fotografische Aufnahme meiner Mullemaus mit der höflichen Bitte, sie zu von Ihnen zu bestimmenden Konditionen in Öl zu malen.

Henrietta überlegte nicht lange und schickte Carson nach Pinseln, Farben, Palette und Staffelei.

»And what about the grumpy cat?«

»Wait and see.«

Drei Wochen später drückte Kommissar von Barnstedt auf die nagelneue Klingelanlage, die Julius Fuchs sich inzwischen zugelegt hatte. Das Ding war Augustes Vater nach seinem Besuch bei Eyck von Ihlow einfach nicht mehr aus dem Kopf gegangen, und auch wenn er gelegentlich vergaß, was er Minuten zuvor gesagt hatte: Das wunderbar gravitätische, goldglänzende und gleichzeitig hochmoderne Ding hatte es ihm angetan! Und nachdem es im Atelier dank Augustes Arbeitseifer wieder wie am Schnürchen lief, hatte er Hulda so lange in den Ohren gelegen, bis sie, wenn auch grummelnd, dieser kostspieligen Anschaffung zugestimmt hatte.

»Wer kann *das* denn sein?« Auguste schrak regelrecht zusammen, als die neue Klingel einmal, zweimal und dann sogar noch ein drittes Mal nachdrücklich schrillte. »Hulda jedenfalls nicht. Die würde klopfen.«

Jakob seufzte. »Wahrscheinlich spielen die Gören mal wieder ›Nachbarn ärgern‹ …« Trotz dieser Prognose schloss er vorsorglich die Knöpfe an seinem Oberhemd.

»Nee. Um *die* Zeit?« Auguste versuchte hektisch, ihre zerzausten Haare zu richten. »Ich hab *gleich* gesagt: ›Papa, lass die Finger von dem Ding!‹ Da klingeln einem die Leute doch im Zweifelsfall mitten in die Aufnahmen rein!«

Luis staunte nicht schlecht, dass ausgerechnet Kommissar von Barnstedt zu später Stunde vor dem Fahrstuhl stand. »Ich möchte zu Fräulein Fuchs, bitte.«

»Wat? In der ihre Privatjemächer? Und da sind Se janz sicher?« Bei Luis klingelten sämtliche Alarmglocken.

Von Barnstedt nickte gut gelaunt. »Absolut!«

»Oha …«, Luis schwante Schreckliches. Wenn er die Dinge richtig interpretiert hatte, gab es keinen ungünstigeren Augenblick, als gerade *jetzt* bei Auguste aufzukreuzen. Der Duft aus Huldas Küche sprach Bände: Es roch eindeutig nach ihren unverschämt leckeren »Wir müssen reden«-Keksen.

»Danke, Luis!« Von Barnstedt hatte einen locker in Packpapier eingeschlagenen Gegenstand unter dem Arm. Ein Beweisstück für ein Verbrechen? Hatte das nicht Zeit bis morgen? Und was hatte Auguste damit zu tun? Luis hätte vor Nervosität am liebsten an den Nägeln gekaut, aber seine Stellung ließ das nun mal leider nicht zu. Augustes Schritte kamen unaufhaltsam näher. Schließlich gab Luis auf: keine Chance für einen Warnruf!

»Oh!« Auguste öffnete die Tür und starrte von Barnstedt konsterniert an. »Ähm … Aber … Woher wissen Sie denn, dass er hier ist?«

»Wer? Wieso?«

»Öhhh …«, mit einem raschen Seitenblick vergewisserte sich Auguste, dass Jakob hinter dem Sofa in Deckung gegangen war, »och, ist nur so eine Redensart …«

»Ach ja? Na, ist ja auch egal!« Der Kommissar war durch nichts zu beirren und strahlte wie ein Honigkuchenpferd. »Entschuldigen Sie die späte Störung, aber da Sie nicht ganz unschuldig am Resultat sind, wollte ich Ihnen meine neueste Errungenschaft einfach umgehend zeigen!« Er zog einen Gegenstand aus der Packpapierhülle unter seinem Arm hervor und präsentierte stolz das Ölgemälde einer dicken, freundlich dreinblickenden schwarzen Katze. »Ist meiner Mullemaus doch wie aus dem Gesicht geschnitten, oder?«

»Pfff …« Auguste blies die Backen auf. Im Treppenhaus kamen die Schritte immer näher. Sie wusste ganz genau, wer da heraufgetappt kam. »Ja, ähm … eindeutig Ihre Mullemaus! Unverkennbar!« Ihr fiel nichts ein, mit dem man einem vor Stolz beinahe platzenden Katzenbildbesitzer unter Aufrechterhaltung der Höflichkeitsregeln die Tür weisen könnte. »Tja, dann kommen Sie doch rein …«

»Bist du das, Gustchen?« Jetzt war Hulda nur noch eine halbe Treppe weit entfernt. Jakobs Kopf schoss aus der Deckung hervor, gefolgt von seinen panisch fuchtelnden Armen; Gott sei Dank stand von Barnstedt mit dem Rücken zum Sofa.

»Ihr beiden Turteltäubchen!« Der Hall im Treppenhaus machte das Ganze *noch* schlimmer. »Hier kommt die liebe Hulda mit den leckersten Keksen der Welt! Und wie versprochen zeig ich euch, wie man das mit den Verhüterchen richtig macht! Und dann endlich …«, Hulda trat in die Tür, »… ran an'n Speck!«

Von Barnstedt sog hörbar die Luft ein. »Holla!«, brachte er schließlich hervor.

Auguste schlug sich beide Hände vors Gesicht wie ein Kleinkind beim Versteckspielen, und Hulda erstarrte zur Salzsäule.

»Tja …« Jakob krabbelte aus seinem Versteck hervor und bemühte sich um ein Restchen von Würde. »'n Abend. Wenn … ähm … wenn ich das Bild denn auch mal anschauen dürfte?«

Der Abend wurde dann doch noch ganz nett: Von Barnstedt genoss das eilfertig von Auguste servierte Bier, futterte die Keksschale leer, machte Hulda schöne Augen und genoss die Bewunderung für Mullemaus' gelungenes Porträt.

Als alle gegangen waren, verbrachten Jakob und Auguste eine erste Nacht miteinander. Sie gestaltete sich ausgesprochen vielversprechend.

ENDE

Nachwort

Tropenkoller
Der sogenannte Tropenkoller – auch Tropen-Neurasthenie genannt – diente ab Mitte der Neunzigerjahre des vorletzten Jahrhunderts zur Erklärung bzw. Rechtfertigung für eine ganze Reihe gerichtsnotorischer Gewaltexzesse gegen die einheimische Bevölkerung in den Kolonien. Von dem nach damaliger Auffassung durch »Nervenreizung« verursachten sexuellen Kontrollverlust und dem ungebremsten Ausleben von Aggressionen waren keineswegs nur Männer betroffen. Für beide Geschlechter galt die Nilpferdpeitsche als adäquates Requisit zur »Erziehung und Kultivierung der Wilden« – nicht selten mit tödlichen Folgen.

In Deutschland war die Kolonialpolitik allerdings nicht unumstritten. Zentrum und Sozialdemokratie prangerten ihre Methoden als menschenverachtend an.

Carl Peters wurde im November 1897 vom kaiserlichen Disziplinargericht nicht etwa wegen Mordes, sondern wegen »Pflichtverletzung« – das heißt nicht erfolgter Meldung einer Hinrichtung – in Abwesenheit zur Entlassung aus dem Reichsdienst und zum Verlust von Titel und Pensionsanspruch verurteilt.

Kaiser Wilhelm erteilte Peters jedoch bereits 1905 das Recht auf den Titel »Reichskommissar a. D.«, und 1914 erhielt Peters von Kaisers Gnaden auch seinen Pensionsanspruch zurück. Er starb vier Jahre später, am 10. September 1918.

Adolf Hitler hob das Urteil gegen Carl Peters posthum auf, und der auf Kisuaheli – bzw. wie es heute heißt Kiswahili – »Mkono wa damu« (»Blutige Hand«) genannte sadistische Menschenschlächter avancierte in zahlreichen Büchern zum Vorbild der Jugend und glorreichen »Gründer Ostafrikas«. 1940 schließlich wurde er – mit Hans Albers in der Titelrolle – im seinerzeit aufwendigsten deutschen Spielfilm »Carl Peters« zum Nationalhelden stilisiert.

DANKE!

Ich danke all den vielen Menschen, die mir mit Ermunterung und mit Namen, Daten, Zahlen und Fakten behilflich waren. Da wären zunächst einmal die Pharmazeutin und Autorin Dr. Sibyl Quinke, die mich mit allen Informationen zum Thema Strophanthin und dessen Wirkung versorgt hat, der Fotograf Hermann Waltz (www.waltz-fineart.de), der mich in Sachen Fotoequipment der Jahrhundertwende an seinem reichhaltigen Erfahrungsschatz teilhaben ließ, sowie meine Kolleginnen Gitta Edelmann mit ihren Tipps zu London anno 1896 und Fenna Williams mit der Übersetzungshilfe in Sachen Kiswahili.

Mein ganz besonderer Dank gilt Jutta und Edward Peter Nicholson, die mich 1968 während meiner Studienreise durch Kenia und Tansania beherbergt und betreut haben, sowie posthum Margarethe de Wolf (16.6.1899–19.8.1967): Sie reiste anno 1927 in den Kongo, und ihre Briefe waren mir ein reicher Quell der Inspiration. Sie wurden mir freundlicherweise von ihrer Nichte Ruth Prinz zur Verfügung gestellt.

Darüber hinaus möchte ich von ganzem Herzen meiner Lektorin Nicola Härms danken. Es gibt nicht viele Vertreter*innen ihrer Zunft, die es schaffen, mit Adleraugen auf das Manuskript zu schauen (manchmal mit Autsch-Effekt!) und gleichzeitig ihren Autorinnen und Autoren die Freiheit des Fabulierens zu lassen. Danke, Nicola!